필래요

채영신 장편소설

작가의 말

이 이야기는 이름에서 시작되었다. 필래요란 이름을 듣는 순간 내 속을 떠다니던 이야기들이 그 이름을 중심으로 모여들었다.

몇 년 전에 한 남자의 죽음에 대한 기사를 읽었다. 골고다 언덕과 유사한 채석장에서 머리에 가시관을 쓰고 예수처럼 십자가에 매달려 죽은 남자 이야기였다. 그 죽음이 머릿속을 떠나지 않았다. 그는 왜 그렇게 죽었을까. 한 가지는 알 것 같았다. 그가 부활을 믿었든 아니든, 그가 자신을 예수라고 생각했든 아니든, 그의 삶이 견디기 힘들만큼 고통스러웠다는 것. 남자의 죽음에 내가 그토록 천착했던 것도 나 역시, 그만큼은 아닐지라도, 힘들었기 때문이었을 것이다.

지금까지의 인생에서 가장 폭폭하고 팍팍한 시간이었다. 내 마음 속에 티끌만큼이라도 그런 생각이 있었다면 이 자리에서 나를 죽여주세요, 하나님. 걸으면서도 먹으면서도 하나님께 묻고 또 물었다. 나조차도 나를 믿지 못해 하루에도 수십 번씩 같은 기도를 반복했다. 등단하고 7년이 되도록 제대로 된 단편 하나 쓰지 않았던 내가 그 시간에 글을 붙들게 된 걸, 그 역설을 무슨 말로 설명해야 할까. 체했을 때 손가락 끝의 혈 자리를 바늘로 따서 피를 내는 것처럼, 꽉 막히고 닫혀있는 나를 위한 응급처방으로 이 글을 쓴 게 아닐까 싶다. 십자가에서 죽은 그 남자를 종이 위로 불러내어 목소리를 주는 것은 다름 아닌 나를 위로하는 작업이었다.

내 딸 채록이. 그의 도움과 관심이 없었다면 이 글은 완성될 수 없었다. 대학입시를 코앞에 둔 상황에서도 수도 없이 초고를 읽으며 피아노에 대한 잘못된 묘사를 바로 잡아주고 조언해주었다. 필래요의 어린 시절의 실제 모델이기도 하다. 그 사랑스러운 아이를 떠올릴 수 있어서 이 글을 쓰는 시간이 힘들면서도 참으로 행복했다. 이 글은 그와 둘이 함께 썼다고 해도 과언이 아니다.

아침마다 따뜻한 밥을 지어준 오강탁 씨, 고맙습니다. 그 밥 먹고 힘내서 이 글을 썼습니다. 내 대부분의 글이 그렇듯이 이 글도 당신의 명민함에 기댄 바가 큽니다. 문준영 팀장님, 주신 따뜻함으로 나를 덥혀 글로 돌아갈 수 있었습니다. 깊이 머리 숙여 절합니다.

어려운 시기에 출판을 결정해주신 청어출판사 이영철 대표님께도 감사의 인사를 전합니다.

채영신

차 례

프롤로그

사람들은 그 마을을 '잠자는 숲'이라고 불렀다. 행정명은 따로 있지만 언제부턴가 외지인들은 물론이고 마을사람들조차 오래된 그 이름을 낯설어하게 되었다. 마을은 자주 방송을 탔다. 처음엔 카메라만 비추면 황급히 고개부터 돌리던 사람들이 이젠 시사프로인지 예능프로인지 가늠하여 그에 맞춰 표정을 연출하는 여유까지 부릴 줄 알게 되었다.

모든 것의 시작은 김은수였다. 그녀가 오기 전까지만 해도 이 곳은 서른 가구가 옹기종기 모여 밭을 매며 가축을 치는 평범한 시골마을에 지나지 않았다. 그런데 어느 날 배우 김은수가 이 마을에 집을 짓기 시작한 것이다.

수시로 공사 현장을 들락거리는 그녀를 보면서도 마을사람들은 선뜻 그 사실을 믿을 수가 없었다. 경치가 빼어난 것도 아니고 별다른 개발호재가 있는 것도 아니기 때문이었다. 몇 백 년 묵은 세월을 자랑하는 나무 한 그루도, 전설을 품은 바위 한 덩이도 없는 마을이었다. 귀농을 결심한 경우라면 또 모를까, 이런 곳에 아무 연고도 없는 이방인

이 집을, 그것도 궁궐 같은 집을 짓다니. 더군다나 그 이방인이 김은수라니.

별로 인지도도 없는 아파트를 광고 하나로 단숨에 선호도 3위의 아파트로 끌어올린 게 불과 김은수의 나이 다섯 살 때였다. 텔레비전을 통해 꼬맹이 은수가 초등학생이 되고 중학생이 되고 스무 살 아가씨가 되는 과정을 낱낱이 지켜본 전국의 시청자들은 마치 자신들이 손수 은수를 토닥거려 재우고 코를 닦아가며 키우기라도 한 것처럼 그녀의 성장을 기특해하고 흐뭇해했다. 그녀의 결혼식 중계방송이 역대 최고의 시청률을 기록한 사실만 봐도 그녀에게 쏟아진 온 국민의 사랑과 관심을 짐작할 수 있을 것이다. 사람들은 그녀가 선택한 이름 없는 가수까지도 방 서방이라고 부르며 사랑해마지 않았다. 그런 그녀가 이런 곳에 집을 짓다니. 다 지어진 집을 보면서도 사람들은 고개를 갸웃거렸다.

400평 땅에 건평만 1, 2층을 합쳐 150평에 달하는 집은 꼬박 2년을 채우고서야 완공되었다. 김은수는 집들이에 마을사람들을 모두 초대했다. 나이 마흔 넘은 사람 중 참석하지 않은 이는 조카 결혼식 때문에 서울에 간 배 씨가 유일했다. 거동이 불편한 노인들까지도 벽돌을 얹은 유모차를 밀고 새집으로 모였다.

바람 한 점 없는 7월의 해거름녘, 넓은 잔디밭 위에 잔칫상이 차려졌다. 수수한 원피스 차림을 한 김은수는 이게 정말 텔레비전 속의 그 여자와 한 사람인가 싶도록 소탈하고 친근했다.

마을이 방송을 타기 시작한 건 그날부터였다. 집들이를 시작하기도 전부터 카메라들이 김은수를 강아지처럼 졸졸 따라다녔다. 근데 왜 이 동네에 집을 지을 결심을 한 거예요? 술이 한 순배 돌기를 기다렸다가 리포터가 그녀에게 질문을 던졌다. 사람들은 숟갈질을 멈추고 귀를 쫑긋 세웠다. 그들이 정말 궁금했던 게 바로 그 점이기 때문이었다.

그녀는 집게손가락으로 서쪽 하늘을 가리키며 노을 때문에요, 하고 대답했다. 혼자 차를 몰고 가다가 길을 잘못 들어서 이 동네까지 오게 됐어요. 근데 저쪽으로 해가 지고 있는 거예요. 저도 모르게 차를 세워버렸어요. 이 나이가 되도록 석양을 많이 봤지만 그렇게 아름다운 노을은 처음이었어요. 그런 거 아세요? 아, 지금 죽어도 여한이 없겠다 싶은…… 뭐랄까요, 그냥 완벽한…… 나랑 나 아닌 거랑 구분해놓은 경계 같은 게 사라져버린…… 보탤 것도 뺄 것도 없이 완벽한 그런 순간이요. 그 순간이 딱 그랬어요.

말을 마치고 그녀는 천천히 눈을 깜박거리며 서쪽 하늘을 쳐다보았다. 사람들은 한동안 입을 다문 채 보랏빛 노을을 바라보았다. 60, 70 평생을 살도록 아무 감흥 없이 바라보던 하늘이었지만 그 순간부터는 아니었다. 길을 걷다말고 장독을 닦다말고 퍼뜩 떠올랐다는 듯이 고개를 들고 하염없이 저녁하늘을 바라보게 되었다.

텔레비전에서 보던 대로 김은수는 쾌활했다. 헤프다 싶도록 웃음도 많았다. 길에서 마을사람들을 만나면 그녀는 보조개가 패도록 활짝 웃으며 먼저 인사를 건넸다. 사람들이 모이면 이야기의 시작은 늘 그녀의 근황이었다. 그녀가 무슨 드라마를 찍고 있다더라, 그녀와 친한 연예인이 누구라더라……. 이야기의 출처는 서울에서부터 김은수의 살림을 10년 넘게 도맡아 왔다는 박 씨였다. 박 씨가 흘리는 이야기를 통해 사람들은 김은수가 방 서방과 금슬이 좋지 않다는 것과 소속사와의 갈등 때문에 속앓이를 하고 있다는 사실을 알게 되었다.

그러나 무엇보다 사람들을 심란하게 한 건 다른 이야기였다. 한동안 김은수가 보이지 않을 때면 사람들은 당연히 그녀가 드라마 촬영 때문에 집을 비운 거려니 생각했다. 하지만 그 중 열의 다섯은 집에 머물고 있으면서도 바깥출입을 하지 않은 거라는 게 박 씨의 말이었다. 한 번씩 침울하게 가라앉을 때가 있는데, 그럴 때면 김은수는 열흘이고 보름이고 집안의 커튼이란 커튼은 다 닫고 방에 틀어박혀 지낸다고 했다. 먹지도 자지도 씻지도 않고 허공을 바라보다가 이따금 한 번씩 짐승처럼 울부짖는다고 했다.

그 말을 들은 뒤로 사람들은 김은수의 집을 유심히 들여다보게 되었다. 커튼이 꼭꼭 닫힌 그 집을 볼 때마다 사람들은 곧 무슨 일이 벌어지고 말 것 같은 불안감에 가슴이 서늘해졌다.

그리고 올 것이 왔다. 김은수가 시체로 발견된 것이다. 4년 전 그녀가 집들이를 했던 날처럼 무더운 7월이었다. 그녀는 서쪽으로 커다란 창을 낸 2층 방에서 목숨을 끊었다. 아침에 방에 들어간 김은수가 오후 다섯 시가 넘도록 나오지 않자 박 씨는 열쇠공을 불렀다. 그는 문만 따놓고는 문 안쪽으로는 눈길 한 번 주지 않은 채 황급히 몸을 돌려 그 집을 빠져나왔다.

열쇠공이 애써 외면한 문 안쪽의 풍경은 그가 짐작했던 것과 별반 다르지 않았다. 노란 패브릭 소파를 제외하면 아무런 가구도 없는 방. 열린 창에서 흔들리고 있는 노란 커튼. 방바닥에 흩어져 있는 술병과 알약들. 머리를 산발한 채 얼굴에 거품을 뒤집어쓰고 누워있는 여자. 그녀의 맨발을 홑이불처럼 덮고 있는 햇빛. 그 모든 걸 잠자코 품고 있는 노란 벽.

김은수가 죽고 하루도 지나지 않아 서울에서 내려온 고등학생 둘이 마을 뒷산에서 동반 자살했다. 그리고 또 1주일 뒤에 삼십 대 남자가 그 산에서 목숨을 끊었다. 바로 다음 날엔 산의 여기저기서 무려 네 명이나 되는 사람들이 약을 먹거나 목을 맸다. 발목에 돌덩이를 매달고 마을 동쪽에 있는 저수지로 걸어 들어간 사람들도 있었다.

죽음의 행렬이 이어졌다. 그 속에는 간간이 유명 연예인도 끼어 있었다. 김은수의 1주기를 치르고 한 달쯤 뒤에 그녀의 남편마저 죽었다. 그녀가 죽은 그 방에서 그도 그녀처럼 약을 먹었다.

그 동네가 '잠자는 숲'이라고 불리기 시작한 건 그때부터였다. 그녀의 마지막 유작인 드라마 '잠자는 숲 속의 신데렐라'에서 비롯된 이름이었다.

그녀가 한류스타라는 점을 증명하듯 바다 건너에서도 사람들이 왔다. 일본과 중국과 동남아 사람들이 약을 먹거나 번개탄을 피우거나 물에 빠졌다. 드문 경우이긴 해도 멀리 인도나 캐나다에서 죽기 위해 이곳까지 오는 이도 있었다.

이 동네는, 잠자는 숲이라는 이름처럼, 김은수의 2주기도 되기 전에 이미 국내 최초의 자살 마을이 되었다.

1

3월 2일

여자는 잠들어 있었다. 2인용 소파의 팔걸이에 비스듬히 몸을 기댄 채였다. 오후 두 시를 막 지난 카페는 빈자리가 없을 정도로 사람들로 북적댔다. 수진은 여자를 내려다보았다. 좋은 꿈을 꾸는지 여자의 눈가에 옅은 웃음이 고여 있었다. 얼마나 신경이 밧줄 같으면 이런 곳에서 잠들 수 있을까. 어젯밤에도 수진은 잠들지 못했다. 푹 자본 게 언제인지 이제 기억도 나지 않았다. 그녀는 여자를 쏘아보았다. 자신의 잠을 여자가 가로채기라도 한 것처럼 적개심이 솟구쳤다. 신경질적으로 가방끈을 비틀며 그녀는 여자의 맞은편 자리에 털썩 앉았다. 깜짝 놀란 듯 여자가 눈을 떴다.

"저, 정호영…… 씨……"

정호영과 씨 사이에서 여자는 뜸을 들였다. 그 잠깐 동안 여자의 눈동자가 불안하게 흔들렸다. 대답 대신 고개를 까딱하며 수진은 여자를 똑바로 쳐다보았다. 왜 이 여자가 내 남편의 이름을 이런 식으로 부르는 거지? 그건 피붙이처럼 친숙한 이름을 내뱉어 놓고 그 이름이 뜻밖에도 너무 가볍게 발화된다는 사실을 깨달았을 때 느끼는 당혹감의 표현이라는 것을 수진은 알고 있었다. 그녀도 그랬으니까. 남편의 이름을 부를 때마다 그녀는 매번 두 번의 당혹감을 느꼈다. 남편의 이름이, 죽어서까지도 그녀를 쥐락펴락하는 그 이름이 아무렇지 않게 발음될 수 있다는 사실에 한 번. 상대방에겐 그 이름이 한낱 기호에 지나지 않는다는 사실에 또 한 번.

"저…… 뭘…… 드시겠어요?"

가방에서 지갑을 꺼내며 여자가 물었다. 커피요, 뜨거운 걸로요. 수진이 대답했다. 여자가 자리에서 일어나는 걸 보며 수진은 소파 등받이에 몸을 묻었다. 저 여자, 호영과 잠까지 잔 사이일까. 여자의 전화를 받은 어젯밤부터 수진은 그 물음에서 놓여날 수가 없었다. 여자는 자신이 보관하고 있는 호영의 물건을 주고 싶으니 만나자고 했다. 그게 어떤 것일까 하는 것보다 두 사람이 잠을 잔 사이인지를 더 궁금해하는 자신을 그녀는 이해할 수가 없었다. 호영은 이미 죽은 사람이었다. 설령 여자와 몸을 섞었다고 해도 그 몸은 불에 태워져 가루가 된 지 오래였다.

여자가 자리로 돌아와 진동벨을 탁자에 올려놓았다. 잤을까 안 잤을까, 호영에게 저 여자는 어떤 의미였을까. 수진은 진동벨을 뚫어져라 쳐다보았다. 여자도 잠자코 진동벨만 쳐다보았다. 얼마나 몰두해서 쳐다봤으면 손바닥만 한 그것이 부르르 떠는 순간 두 사람 모두 눈이 동그래져서 숨을 들이켰을 정도였다.

"시럽…… 넣으세요?"

"아뇨."

여자가 진동벨을 들고 일어서더니 금방 종이컵 두 개를 쥐고 돌아왔다. 머그잔이 아닌 종이컵인 걸 보면 여자가 따로 할 말은 없는 듯했다. 대충 커피 몇 모금을 마시다가 호영이 남겼다는 물건만 챙겨 일어나면 될 것 같았다. 다행이었다. 여자는 마주 앉아 이야기를 나누고 싶을 만큼 호감 가는 사람이 아니었다. 아니 솔직히 말하자면 호감이 안 가는 정도가 아니라 등짝을 후려치고 싶은 상대였다. 서른은 족히 넘어 보이는 여자가 십대 소녀처럼 앞머리를 반듯하게 내려 일자로 자른 거며 겨울도 지났건만 추워죽겠다는 듯 소매를 손등까지 잡아 내리고 있는 꼴은 정말이지 혼자 보기 아까울 정도였다. 여자는 온몸으로 난 미성숙해서 보호가 필요한 여자야 하고 외쳐대고 있었다. 저런 한심한 암컷하고는. 수진은 팔을 뻗어 여자의 앞머리를 마구 헝클어주고 싶은 충동을 느꼈다.

"절 어떻게…… 바로…… 알아보셨네요."

여전히 춥다는 듯 어깨까지 잔뜩 옹송그린 채 종이컵을 두 손으로 감싸 쥐고서 여자가 말했다.

"오기 전에 카톡 프로필 사진을 봤어요."

수진은 어서 물건이나 꺼내라고 재촉하듯 여자의 가방을 빤히 쳐다보았다. 이럴 시간이 있으면 목욕탕에라도 가서 뜨거운 물에 몸을 담그고 싶었다. 피곤했다. 어제가 3월 1일이었다. 조상님들껜 죄스러운 말이지만 수진에게 3월 1일이 거룩한 삼일절이 아닌 지는 이미 오래였다. 쇼핑몰에서 일하기 시작하면서 3월 1일은 1년 중 가장 매출이 많은 날이고 가장 피곤한 날이었다. 하지만 여자는 종이컵 안을 내려다보며 입술만 달싹일 뿐이었다. 제기랄. 소녀병만 있는 게 아니라 눈치까지 없는 여자였다. 수진이 세상에서 가장 싫어하는 부류가 바로 눈치 없는 사람이었다. 눈치 없는 사람을 상대하는 것만큼 피곤한 일도 없었다.

수진은 소파에 몸을 묻으며 눈을 감았다. 잠을 못 잔 탓에 눈꺼풀 안쪽이 씀벅거렸다. 그제야 실내를 떠돌던 노래 소리가 귀에 들어왔다. 사라져 아니 사라지지 마 네 맘을 보여줘 아니 보여주지 마…… 그녀는 한숨을 내쉬었다. 노래까지 그녀를 피곤하게 했다. 사라지랬다가 사라지지 말랬다가 보여주라 했다가 보여주지 말랬다가. 아, 세상엔 왜 이렇게 덜 떨어진 여자들 천지인지.

"저랑 정호영…… 씨는 오래 전에 우연히…… 전철에서 만났어요. 서로…… 마주보는 자리에 앉아있었는데…… 이상하게 들리겠지만…… 첫눈에 서로…… 같은 종류의 사람이구나 하고 알아봤어요."

여자가 말문을 열었다. 제발 말 좀 질질 끌지 말라고! 수진은 짜증을 누르느라 눈을 감고 심호흡을 하며 노래에 집중하기 위해 애썼다. 사랑은 이렇게 생기는 게 아니겠어 어쩌면 내 맘의 반쪽을 네게 걸어보는 건데…… 눈을 감고 있는 데도 눈꺼풀 안쪽에서 눈을 한 번 더 꾹 감는 느낌이 들었다. 마음의 반쪽을 걸어보는 게 사랑이라고? 그녀는 어금니를 물었다. 모든 것을 다 걸었어도 얻을 수 없는 게 사랑이고 사람이었다. 적어도 수진에겐 그랬다.

"우선…… 이것부터 밝혀두고 이야기를 시작하는 게 맞을 것…… 같아요. 우린 이상한 사이는…… 그러니까 연인관계 같은 건 전혀…… 아니었어요."

우리? 수진은 눈을 번쩍 떴다. 어떻게 당신이 내 남편과 우리라는 낱말로 묶일 수 있니? 그녀는 눈을 부릅뜨고 여자를 쳐다보았다. 여자가 아무렇지 않게 내뱉은 우리라는 낱말이 수십 번 수백 번 호영과 몸을 섞었다는 말보다 수진을 더 어쩔 줄 모르게 했다. 그녀와 호영 사이에 없던 게 바로 그거였다. 호영에게 그녀는 늘 금 밖에 있는 사람이었다.

"전 조울증이 있어요. 첫눈에 정호영…… 씨도 환자란 걸 알아봤어요. 그냥…… 보였어요, 그게. 종착역인 의정부역까지 우린 서로를…… 말없이 쳐다보기만 했어요. 만난 적은 별로…… 없어요. 1년에 한두…… 번? 주로 전화통화를…… 했어요. 그러다가 정호영 씨가 제가 사는 곳으로 불쑥…… 찾아왔어요. 그게 그러니까 세상을 떠나기…… 반년쯤 전……"

여자는 차분한 목소리로 이야기를 이어갔다. 감정이 느껴지지 않는 목소리였다. 이야기를 한다기보다 더듬더듬 책을 읽어 내려가는 것 같았다. 수진의 머릿속으로 지하철 1호선이 조용히 흔들리며 지나갔다. 서로 마주 보고 앉은 생면부지의 두 남녀의 모습이 그려졌다. 그때 호영은 조증인 상태였을까, 울증인 상태였을까.

"그냥…… 느닷없이 그런…… 제안을 했어요. 죽고 싶단 생각이 들면 무조건…… 밤이든 새벽이든 어떤 상황이든 연락을 해서…… 만나자고요. 그러면…… 연락 받은 사람은 연락한 사람이 죽고 싶다는 생각을 떨쳐버릴 수 있을 때까지 설득하고…… 또 설득하자고요."

여자가 허공을 쳐다보며 눈을 깜박거렸다. 여자의 얼굴 위로 아까 봤던 그 옅은 웃음이 지나갔다.

"말도 안 되는…… 소리였어요. 저도 정호영 씨도 그 충동이…… 얼마나 갑작스럽고 강렬한지 누구보다도 잘…… 알면서. 하지만 그땐 둘 다 조증인 상태라…… 그 정도쯤이야 뭐…… 아, 정말 말도 안 되는…… 그건 절대로 다른 사람과 나눌 수 있는 게…… 아닌데……"

여자가 입을 다물었다. 말을 마친 건지 저러다가 또 말을 이어갈 생각인 건지 종잡을 수가 없었다. 세상에서 가장 피곤한 사람은 눈치 없는 사람이 아니라 말을 질질 끄는 사람이라고 수진은 당장 생각을 바꿨다. 듣고만 있었을 뿐이었는데도 진이 다 빠져버린 것 같았다. 하여간 싫은 점을 골고루 갖춘, 종합선물세트 같은 사람이었다.

그만 일어나야지, 수진은 생각했다. 여자의 말을 더 듣고 싶지 않았다. 그녀는 앉음새를 고쳐 앉았다. 그리고 막 입을 떼려는 순간 옆자리에서 느닷없이 웃음이 터져 나왔다. 그녀는 옆 탁자를 쳐다보았다. 젊은 여자 넷이 원탁에 둘러앉아 있었다. 참 젊고 참 환하네. 그녀는 속으로 생각했다. 여자들은 모두 삼십 대 중반쯤으로, 수진과 비슷한 또래로 보였다. 그런데도 수진은 그들을 자기보다 한참 어린 젊은 여자들이라고 느꼈다. 퍼뜩, 이십 대에도 자신을 젊다고 여겨본 적이 없다는 데에 생각이 미쳤다. 그녀는 고개를 돌렸다. 그러다가 그녀는 앞에 앉은 여자를 쳐다보았다. 여자도 뭔가에 홀린 듯 하염없이 그 여자들을 바라보고 있었다. 여자의 머릿속으로 자신과 똑같은 생각이 흘러가고 있다는 것을 수진은 알았다. 투명한 어항 속의 금붕어처럼 여자의 생각이 빤히 들여다보였다. 순간 여자에 대한 짜증스러움이 싹 가셨다. 갑자기 여자가 피붙이처럼 가깝게 느껴졌다. 팔을 뻗어 여자의 손을 잡아주고 싶었다. 하지만 안 될 일이었다. 인생에서 가장 경계해야 할 순간이 바로 이런 때였다. 거짓말처럼 벽이 허물어지는 순간. 굳게 잠겼던 문의 잠금장치가 찰칵, 풀리는 순간.

수진은 일부러 핸드폰을 탁자 위에 소리 나게 내려놓았다. 최면에서 풀려난 듯 여자가 한숨을 내쉬더니 가방에서 서류봉투를 꺼내 수진 앞으로 밀어놓았다.

"마지막으로 만났을 때 정호영…… 씨가 준 거예요. 열어보진 않았지만 공책일…… 거예요. 일기 같은 게 적혀 있을 것 같아…… 안 봤어요. 너무 뻔해서……"

"남편이 이거, 저한테 주라고 했나요?"

"아뇨. 그런 말…… 없었어요. 그래서 태워버릴까 하다가……"

서류봉투를 가방에 넣으며 수진은 지나가는 말처럼 물었다.

"남편이 저에 대해 한 말은 없나요?"

여자는 바로 답변을 하지 않았다. 왠지 여자가 수진의 질문을 난감해하고 있는 것 같았다. 그렇다면 답변은 듣지 않느니만 못한 것일 게 뻔했다.

"무섭도록 단단한…… 사람이라고……"

질문을 철회하려는 순간 여자의 입에서 답변이 나왔다. 뭔가로 세게 등짝을 맞은 것처럼 숨길이 막혔다. 무섭도록 단단한 사람이라니. 억울했다. 죽은 호영을 살려내어 멱살을 쥐고 흔들고 싶었다. 10년간의 결혼생활 내내 남편의 표정만 살피며 살던 그녀였다. 힘들다는, 아프다는 내색 같은 건 내비칠 수도 없었다. 그 보상으로 그래, 보란 듯이 목매달아 죽은 모습을 나에게 보인 거니? 눈을 감아도 눈을 떠도 망막에 맺혀있는 것처럼 네 마지막 모습이 보여, 이 개자식아. 쑥 빼물고 있던 검보라색 혓바닥…… 펑 젖어있던 바지 앞섶…… 축 늘어진 사지……. 단단한 사람이라, 무섭도록 단단한 사람이라 마지막까지 내 생각 같은 건 티끌만큼도 하지 않았던 거니? 수진은 손바닥으로 얼굴을 세게 문질렀다. 그런 그녀를 여자가 물끄러미 바라보았다. 이번엔 자신의 머릿속이 어항처럼 투명하게 여자의 눈앞에 펼쳐져 있을 터였다. 수진은 얼른 표정을 수습했다.

"말씀 다 하신 거면 그만 일어나죠."

수진은 가방을 어깨에 메며 자리에서 일어났다. 여자는 수진이 놓고 간 종이컵을 챙겨 카페 입구로 따라 나왔다.

"저…… 이거……"

여자가 종이컵을 수진에게 건넸다. 여자는 키가 컸다. 그에 반해 수진은 키가 작은 편에 속했다. 여자가 수진을 내려다보았다. 여자의 눈빛이 따뜻했다.

"괜찮으시다면…… 또 연락해도 될……까요?"

수진은 여자의 눈동자를 가만히 들여다보았다. 불쑥 어릴 때 기억 한 토막이 떠올랐다. 갑자기 비가 쏟아진 날이었다. 신기하게도 운동장을 반으로 가른 것처럼 한쪽은 쨍쨍한데 다른 한쪽에만 비가 쏟아졌다. 아이들은 다들 마른 땅으로 달려갔는데 수진은 비가 쏟아지는 쪽에 남아 그 비를 다 맞았다. 다시금 그 운동장에 서 있는 것 같았다. 그때와 다른 게 있다면 지금은 혼자가 아니라 여자와 둘이 나란히 서서 비를 맞고 있는 것 같았다. 수진은 또 여자의 손을 잡아주고 싶은 충동을 느꼈다. 하지만 절대 안 될 일이었다. 그녀는 답변을 하지 않은 채 목례를 하고 뒤돌아섰다.

수진은 빠른 걸음으로 카페로부터 멀어졌다. 여자의 시선에서 벗어났다고 생각되었을 때 그녀는 핸드폰으로 시간을 확인했다. 여자와 몇 마디 나누지 않은 것 같은데 벌써 세 시가 지나 있었다. 빨리 매장으로 들어가야 했다. 겨울 옷 반품기한이 사흘밖에 남지 않았다.

그녀는 에스컬레이터를 탔다. 쇼핑몰 규정상 판매사원은 고객들이 이용하는 일반 엘리베이터나 에스컬레이터를 탈 수 없었다. 주차장 쪽에 있는 화물 엘리베이터를 타야 하지만 거기까지 걸어가기가 귀찮았다.

배가 고팠다. 종일 아무 것도 먹지 못했다는 데에 생각이 미쳤다. 그녀는 아동관이 있는 5층에서 내리려다가 9층 식당가까지 올라갔다. 화장실로 가서 커피를 쏟아버렸다. 그리고 보쌈집으로 들어가 보쌈정식을 시켰다.

주문한 음식을 기다리며 그녀는 벽에 걸린 텔레비전을 쳐다보았다. 화면 가득 개의 얼굴이 떠올라 있었다. 눈을 깜박거리며 뭔가를 응시하고 있는 검둥개. 한참 뭔가를 골똘히 바라보던 개가 어디론가 걸음을 떼어놓기 시작했다.

카메라가 계속 개를 따라다녔다. 개에 관한 다큐멘터리인 듯했다. 그녀는 종업원에게 텔레비전 소리를 키워달라고 했다. 어차피 식사시간이 지나서 홀에는 그녀 혼자였다.

개 이름은 겨루였다. 작고 까만 개, 겨루. 겨루는 잠자는 숲이라는 마을에 산다고 했다. 잠자는 숲? 어쩐지 귀에 익은…… 아, 맞다, 자살마을. 겨루는 아침이면 마을입구에 있는 정자나무 아래 앉아서 마을을 찾는 방문객을 기다린다고 했다.

보쌈정식이 나왔다. 나레이터의 목소리를 들으며 수진은 고기를 김치에 싸서 입에 넣었다. 퍽퍽하고 아무 맛도 느껴지지 않았다. 술 생각이 났다. 그녀는 주머니에서 포켓용 술병을 꺼내 얼른 보드카를 한 모금 삼키고 된장국에 밥을 말았다. 그러다가 그녀는 무심코 텔레비전을 쳐다보았다. 맨 처음 보았던 것처럼 또 개의 얼굴이 화면을 가득 채우고 있었다. 밥을 한 술 떠서 입에 넣으려다말고 그녀는 아, 하고 낮게 탄성을 내질렀다. 개가 그 까만 눈동자로 그녀를 응시하고 있었다…… 개의 눈길이 화면을 뚫고 나와서 그녀의 시선과 정확히 마주친 것이다…… 그녀는 눈을 꾹 감았다. 시공간을 초월해서 개가 그녀와 눈을 맞추다니. 그건 도저히 있을 수 없는 일이었다. 하지만 그렇게 생각하면서도 가슴이 뜨거워지는 건 어쩔 수가 없었다. 저 곳에 가고 싶다…… 저 곳에 가고 싶다…… 수진은 눈을 감은 채 세게 도리질을 했다. 반품을 싸야 하고 마네킹 옷도 다 갈아입혀야 하고 행사 매대도 꾸려야 하고…… 그녀는 손가락을 꼽으며 시급하게 해야 할 일을 떠올렸다. 오늘 걷지 않으면 내일은 뛰어야 한다.

그녀는 눈을 떴다. 그리고 다시 텔레비전을 올려다보았다. 겨루가 어디론가 달려가고 있었다. 그러다가 멈춰 서더니 고개만 돌려 뒤를 돌아보았다. 이번엔 그녀와 개의 시선이 손깍지를 낀 것처럼 단단하게 얽혔다. 그녀는 숟가락을 내려놓고 가만히 핸드폰을 열었다.

"급하게 가야 할 곳이 있어요. 내일 늦게나 매장에 올 수 있을 것 같아요. 시간 되는 대로 반품 좀 부탁해요, 언니."

*

교사에서 피아노 소리가 흘러나왔다. 슈베르트 피아노 소타나 14번.

향상음악회 시간이구나. 누가 슈베르트를 연주하고 있을까.

필래요는 걸음을 멈추고 소리 나는 쪽을 향해 고개를 돌렸다. 저 아이는 슈베르트를 모차르트처럼 치고 있었다. 슈베르트의 멜로디는 모차르트 같지만 그렇다고 모차르트처럼 연주하면 안 돼. 그래서 슈베르트가 어려운 거야. 레슨시간마다 선생은 같은 말로 그녀를 다그치곤 했다.

슈베르트가 어려운 이유가 어디 그것뿐일까. 숱한 곡을 배웠지만 슈베르트처럼 그녀를 힘들게 한 작곡가는 없었다. 낭만적이지만 쇼팽이나 슈만처럼 마냥 낭만적인 것도 아니고, 베토벤이나 모차르트처럼 틀에 박힌 고전보다는 자유스럽지만 마냥 자유스럽지도 않은, 딱 그 경계에 있어 표현하기가 어려웠다.

그러나 그녀에게 슈베르트가 유독 어려운 이유는 슈베르트의 성격 때문이었다. 감정표현이 자유롭지 못하고 뭔가에 잔뜩 억눌려 있는 것 같은 슈베르트의 곡을 이해하기에 필래요 자신은 뭐랄까, 너무 직선적이었다. 레슨시간마다 선생은 말했다. 필래요, 넌 슬픈 게 뭔지 모르니? 살면서 한 번도 슬픈 일을 겪었던 적이 없니? 그걸 떠올리면서 쳐보라고! 그녀는 건반에 손을 얹고 할아버지의 장례식을 떠올렸다. 그게 아니라니까! 선생은 고개를 저었다. 슈베르트는 슬픔을 그냥 날 것으로 다 드러내면 안 돼. 슬픔을 지난 슬픔, 슬픔을 삭여낸 슬픔을 연주 속에 녹여내야 해! 그게 필래요의 슈베르트였다. 그녀에게 슈베르트는 슬픔을 지난 슬픔이라는, 도저히 이해할 수 없는 영역이었다.

그녀는 나무의자에 앉았다. 새가 날자 운동장에 새 그림자가 드리워졌다. 그녀는 왼쪽으로 끌려가는 새 그림자를 눈으로 좇았다. 아이의 연주는 형편없었다. 왼손 트레몰로가 번번이 무너졌고 쉼표를 전혀 느끼지 못하고 치고 있었다.

많이 긴장한 탓이겠지. 하긴 향상음악회만큼 떨리는 무대도 없었다. 음악을 전공하는 친구들 100여 명이 한 데 모인 자리에서 전공악기를 연주해야 하는 향상음악회는 어떤 큰 콩쿠르나 시험장의 무대와 비교도 안 될 만큼 더 부담스럽고 긴장되었다.

그 긴장…… 그 떨림……. 그녀는 심호흡을 했다. 피아노 앞에 앉아 의자높이를 조절하고 손수건으로 건반을 닦는 순간이면 말 그대로 심장이 터져버릴 것만 같았다. 하지만 연주에 몰입하게 되면 더 이상 떨림도 아무 것도 없었다. 오직 피아노와 나만 있는 시간. 너무 떨려서 무대에 오르기 전에 청심환이나 인데놀을 먹는 친구들이 많지만 그녀는 딱 한 번 먹은 뒤론 다시 입에 대지 않았다. 그 몰입의 순간을 온전히 느끼고 싶기 때문이었다.

라미레미 도시라 미도라…… 그녀는 작은 목소리로 노래했다. 무릎 위에 올린 손가락이 움찔거리기 시작했다. 지금 다시 슈베르트를 연주한다면 제대로 해낼 수 있을 것 같았다. 슬픔을 지난 슬픔이 뭔지, 슬픔을 삭여낸 슬픔이 뭔지 이제 조금은 알 것 같았다. 그녀는 자신의 손을 한참 내려다보았다. 이제 더 이상 피아노를 칠 수 없게 된 손이었다. 갑자기 송곳으로 푹 쑤신 것처럼 가슴이 아팠다.

그만! 자기연민이나 엄살은 사절!

필래요는 마침표를 찍듯 발을 쾅 구르며 자리에서 일어나 빠른 걸음으로 교문을 나섰다. 슈베르트가 배웅하듯 언덕 아래까지 그녀를 따라 내려왔다.

그녀는 횡단보도 앞에 섰다. 신호가 바뀌었지만 그녀는 꼼짝 않고 서서 주머니에 두 손을 찔러 넣은 채 길 건너 하숙집을 쳐다보았다. 학교를 나설 때까지만 해도 하숙집에 들러 아주머니를 만나고 내려갈 생각이었지만 막상 시간이 닥치자 망설여졌다. 보고 싶지 않아서가 아니었다. 그럴 리가. 아주머니의 밥을 먹고 아주머니가 빨아준 옷을 입고 산 세월이 5년이었다. 아주머니와의 만남을 피하고 싶은 건 울어버릴까 봐 두려워서였다.

신호등에 세 번째로 파란 불이 들어왔을 때 필래요는 횡단보도를 건넜다. 그리고 치즈케이크를 사서 하숙집으로 갔다. 초인종을 누르자 삑, 소리를 내며 쪽문이 열렸다. 그녀는 사람 하나가 겨우 지나갈 만큼 좁고 가파른 계단을 올라갔다.

"세상에!"

아주머니가 필래요를 덥석 끌어안았다. 그녀는 케이크를 든 팔을 옆으로 뻗은 채 엉거주춤한 자세로 안겼다. 아, 이 냄새. 아주머니에게선 여전히 그 냄새가 났다. 빵이 발효될 때 나는 것 같은, 쿰쿰하면서도 달큰한 냄새. 아주머니를 생각할 때 가장 먼저 떠오르는 게 냄새였다. 필래요가 속으로 엄마 냄새라고 이름 붙인, 정작 엄마한테선 한 번도 맡아본 적이 없는 냄새.

"야박한 년. 어쩜 전화 한 통이 없니? 응?"

필래요는 말없이 배시시 웃기만 했다.

"점심 안 먹었지?"

먹었다고 하려다가 필래요는 안 먹었다고 대답했다. 먹었다고 해도 당장 밥상부터 차릴 아주머니였다. 밥 한 끼도 먹지 않고 이 집을 나설 수는 없을 터였다.

"어쩐지 내가 오늘 고등어조림이 하고 싶더라. 너 올 줄 알았나봐, 내가."

아주머니는 벌써 냄비를 가스불 위에 얹고 식탁을 차리기 시작했다.

필래요는 케이크 상자를 식탁 한쪽에 내려놓고 창가로 갔다. 예중·고와 거리가 한눈에 들어왔다. 모든 게 여전했다. 하나도 변한 게 없었다. 너무도 변한 게 없어서 거짓말 같았다. 아니 듣는 사람에게 상처가 될 수도 있는 악의적인 농담 같았다. 난, 피아노밖에 모르던 난 더 이상 피아노를 칠 수 없게 되어 이 곳을 떠났는데, 어떻게 여긴 모든 게 똑같을 수 있는 걸까. 그래도 되는 걸까. 그녀는 자신이 마치 돼지꼬리 같이 생긴 뺌표를 달고 원고지 칸을 차지하고 있던 잘못된 글자였던 것처럼 여겨졌다.

"나 더 늙었지, 필래요?"

칼질을 하며 아주머니가 물었다. 왜 나이 든 여자들은 꼭 저런 질문을 하는 거지? 집에 내려갔을 때 엄마도 그랬다. 딸, 못 보던 사이 엄마 많이 늙었지? 나이 든 여자들이 모르는 게 있는데, 아니 자신들도 한때 십 대였을 때가 있었으니 모른다기보다는 잊었다고 말해야 옳겠지만, 필래요만한 나이엔 쉰이면 충분히 늙어 보여서 거기에 몇 년 더 보탠다고 별 차이가 나지 않는다는 것이다.

"밥 먹자, 필래요."

필래요는 식탁으로 갔다.

"지금 올라온 거니?"

"아뇨, 어제 왔어요."

필래요는 어제 정민의 하숙집에서 밤을 샜다. 예중 시절부터 붙어 다니던 친구들 네 명과 함께였다. 예고를 자퇴하고 엄마가 있는 잠자는 숲으로 내려간 뒤 집을 떠나본 건 이번이 처음이었다. 열 달 만의 외출이었다.

이제 막 고3이 된 친구들의 관심사는 당연히 대학입시였다. 아이들은 좁은 대학문에 대해 이야기하면서 오직 이 날만을 손꼽아 기다렸다는 듯 술을 마셔댔다. 어느 정도 술이 오르자 이야기는 인생을 되돌릴 수 있다면, 하는 것으로 자연스럽게 주제가 바뀌었다.

– 난 예중을 재수해서 들어온 게 후회스러워. 중학교를 재수 삼수까지 해가면서 입학하는 애들이 우리 말고 또 있을까. 그렇게 해서 예중 예고 다 나와도 좋은 대학 가기가 어디 쉽니? 무용이나 미술은 이 학교 저 학교 원서를 다 넣어볼 수 있지만 우리처럼 악기 하는 애들은 딱 한 학교만 정해놓고 죽어라고 그 학교 입시곡만 파야 하잖아. 그래서 떨어지면 재수, 또 떨어지면 삼수, 또 떨어지면 사수……. 너희들, 수혁이 오빠 사수 한단 얘기 들었지? 예고 다닐 때 그래도 피아노 잘 친다고 손에 꼽혔었는데…….

– 그러게. 한 번에 좋은 대학 딱 붙어봤자 선배들 보면 별 것도 없더라. 교수 된다는 건 하늘의 별 따기고…… 우리 선생님처럼 유명한 레스너 되면 성공한 거지 뭐. 우리 같은 애들은 보통 회사에서도 잘 안 써준대.

– 접때 한 번은 미칠 것처럼 아이스크림이 먹고 싶더라. 엄마 몰래 편의점 가서 콘을 하나 샀다. 그리고 딱 한 입 베어 물었는데 갑자기 엄마가 나타나선 그걸 뺏어서 쓰레기통에 버리더라. 그때부터 난 발레란 게 너무너무 싫어졌어. 내가 뭐가 되겠다고 그거 하나 먹을 때도 죄책감을 느끼면서…… 아, 너무너무 지긋지긋한 거야, 그게. 인생을 되

돌릴 수 있다면 발레 같은 거, 절대로 쳐다도 보지 않을 거야.

– 나도 바이올린 싫어. 그래서 바이올린 선택한 게 가장 후회스러운데 난 이걸 때려치울 용기도 없어. 어릴 때부터 난 이것밖에 한 게 없어. 한눈 팔 새도 없이 죽어라고 바이올린만 켰어. 이걸 빼면 내 인생에 뭐가 남지? 바이올린 빼면 난 그냥…… 바보야, 바보.

– 인생을 되돌릴 수 있다면 난 평범하게 공부를 하겠어. 공부하면 선택할 수 있는 게 많잖아. 지금은 있잖니, 예중 그만 두고 일반 학교로 전학 간 애들이 제일 부러워. 그땐 미쳤다고 생각했는데. 어떻게 들어온 학교인데 저렇게 그만 두나, 미친 거 아닌가 했는데. 우린 이제 그만둘 수 있는 타이밍까지도 놓쳐버린 거잖아. 어쩌다가 우린 하나 빼면 아무 것도 모르는 바보가 된 거지?

친구들이 말하는 동안 필래요는 말없이 자신의 손을 내려다보았다. 피아노를 칠 수 없다는 사실을 받아들이고 나자 자신이 0이 되어버린 것 같았다. 머리카락을 잘린 삼손처럼 자신에게 더는 아무런 힘도 남아있지 않은 것 같았다. 하지만 이런 넋두리가 다 무슨 소용일까. 어차피 인생은 되돌릴 수 없는 건데. 자신은, 비록 자의는 아니었을지라도, 이미 넘겨버린 페이지였다.

"얘, 필래요. 그동안 어떻게 지냈니?"

아주머니가 물었다. 필래요는 숟갈질을 멈추고 밥그릇을 내려다보았다. 머릿속으로 잠자는 숲이 펼쳐졌다. 숲을 돌아다니고 책을 읽고 할아버지 집에서 낮잠을 자고…… 또 책을 읽고 들판을 쏘다니고…… 아, 겨루와 산책도 했지. 겨루다란 뜻으로 이름을 그렇게 지었겠지? 뭔가와 겨루기엔 너무 작은 개. 처음 겨루라는 이름을 들었을 때 저 녀석, 나랑 참 비슷하구나 생각했어. 이름이랑 뭔가 겉도는, 이름 뒤에 숨어있는 것 같은, 이름을 따라잡느라 헉헉대며 살아왔을 것 같은 느낌이……. 또…… 음…… 종일 비를 맞고 돌아다니기도 했어.

"전 뭐 그냥 알프스 소녀 하이디처럼……"

말해놓고 필래요는 큰소리로 웃었다.

"아주머니는 어떻게 지내셨어요?"

"나야 똑같지 뭐. 내 하루가 어떤지는 네가 잘 알잖아. 똑같이 살고 있어."

아주머니가 고등어 살을 발라 필래요의 숟가락 위에 얹어주었다. 언제 봐도 착한 여왕개미 같이 생긴 얼굴이었다. 아주머니가 그녀를 쳐다보다가 빙긋 웃었다.

"너 처음 우리 집에 왔을 때…… 참하게 생기고 말씨도 조곤조곤한 애가 아무렇지 않게 뭐라더라…… 너희들 쓰는 말들 있잖아, 그거…… 맞다, 빡친다, 꼴린다, 그런 말들…… 그런 말을 아무렇지 않게 하는 거야, 그 예쁜 입으로. 얼마나, 얼마나 웃음이 나던지……."

생각할수록 더 우습다는 듯 아주머니가 큰 소리로 웃었다. 필래요도 아주머니를 따라 웃었다.

"그게 나쁜 말인 줄 몰랐어요. 걷다, 먹다, 그런 말처럼 사전에 나오는 단어인 줄 알았어요, 그땐."

필래요는 밥을 먹었다. 그녀가 밥을 한 술 뜨기를 기다렸다가 아주머니가 얼른 제육볶음을 숟가락에 올렸다.

"있잖니, 필래요. 자주 그 생각을 해. 내가 많이 아팠던 적이 있지. 밤새 앓다가 아침이 되어서야 깜빡 잠이 들었어. 너희들 아침 먹여서 학교 보내야 하는데 자명종 소릴 못 듣고 자버린 거야. 그런 일, 정말 평생에 처음이었어. 아무튼 깜짝 놀라서 일어났는데 네가…… 식탁을 차리고 아이들을 깨우고 있더라고."

말을 마치고 아주머니가 필래요를 물끄러미 바라보았다. 그 아침을 그녀도 기억하고 있었다. 인터넷으로 요리법을 봐가며 어묵국에 달걀말이를 해서 식탁을 차렸다.

필래요는 숟가락을 내려놓았다.

"네 방 한 번…… 안 들여다볼래?"

예중 입시 준비를 하던 열세 살부터 작년까지, 그러니까 5년이 넘는 세월을 묵었던 방이었다. 잠깐이라도 보고 싶었지만 지금은 다른 아이가 쓰고 있을 터였다. 그녀의 마음을 읽은 듯 아주머니가 말했다.

"뭐 어때. 그냥 잠깐 들여다보기만 하는 건데 뭘."

아주머니가 예의 그 착한 여왕개미 같은 눈을 깜박이며 필래요를 쳐다보았다. 그녀는 의자에서 몸을 일으켰다. 거실을 지나 복도로 들어갔다.

사무실을 개조했다는 이 집은 구조가 독특했다. 거실이라고 하기에는 너무 작은 공간이 있고, 좁은 복도를 따라 양쪽으로 작은 방이 세 개씩 마주 보게끔 앉혀져 있었다. 하숙방 겸 연습실로 쓸 수 있도록, 완벽하진 않지만 어느 정도 방음시설도 갖춰놓은 방들이었다. 건물 외벽 쪽으로 난 방엔 창이 있지만 안쪽 방엔 창문도 없었다. 필래요가 쓰던 방은 창문 없는 맨 끝 방이었다.

그녀는 심호흡을 하고 방문을 열었다. 야마하 업라이트 피아노가 있고 옷장과 책상이 하나씩 놓여있는 작은 방이었다. 옷장도 책상도 너무 작아 처음 이 방을 보았을 때 미니어처의 세상 같다는 생각을 했다.

그녀는 방 안으로 발을 들여놓았다. 등 뒤에서 가만히 문이 닫혔다. 혼자 방에 남겨졌다. 밖은 대낮인데 이 방은 완벽한 어둠으로 가득 채워졌다. 불도 켜지 않은 채 그녀는 어둠 속에 서 있었다. 한참을 우두커니 서있었다. 갑자기 몸의 여기저기가 벌어지며 몸속에 있던 무언가가 팝콘처럼 톡, 투둑, 빠르고 경쾌하게 튀어나왔다. 그러더니 수십 개 수백 개의 그것이 와글와글 떠들어대며 뱅뱅 돌기 시작했다. 어지러웠다. 시끄러웠다. 그녀는 두 손으로 귀를 틀어막았다.

그런 채로 얼마만큼의 시간이 흘렀을까. 정신을 차렸을 땐 팝콘 같은 것들은 싹 사라지고 없었다. 조용했다. 그녀는 가슴에 두 손을 얹었다. 수채화물감이 물에 풀어지듯 몸이 어둠 속에 서서히 풀어지기 시작했다. 손가락과 발가락이 사라지더니 무릎과 입술과 가슴이, 배와 팔꿈치와 발등이, 엉덩이와 허벅지가 뭉텅뭉텅 사라져 버렸다. 다시는 어떤 형체도 가질 수 없을 것 같았는데 이상하게도 그 생각이 그녀를 두렵게 하는 게 아니라 오히려 안도하게 했다.

그녀는 선 채로 까무룩 잠이 들었다. 또 얼마만큼의 시간이 흘렀을까. 잠에서 깨어났을 때 그녀는 울고 있었다. 바닥에 주저앉은 채 엉엉 소리 내어 울고 있었다. 이상했다. 슬픈 것도 아니고 아픈 것도 아닌데 도대체 왜 우는 걸까, 나는. 왜 주먹까지 불끈 쥐고 사지를 떨며 울고 있는 걸까, 나는. 눈앞으로 지난 세월이 흘러갔다. 맨 처음 피아노 건반을 만지던 순간이, 맨 처음 피아노 콩쿠르에서 전체대상을 받던 순간이, 예중 입학시험을 치르고 시험장을 나서던 순간이 지나갔다. 의사에게서 '포컬 디스토니아'라는 병명을 듣던 순간이 담담하게 덤덤하게 흘러갔다. 하나도 슬프지 않았다. 그런데도 그녀는 울음을 그칠 수가 없었다.

점점 울음이 잦아들었다. 그녀는 옷소매를 끌어당겨 얼굴을 닦았다. 그리고 일어나 문을 열었다. 아주머니는 거실 소파에 앉아 창문 밖을 내다보고 있었다.

"이제 집에 가야겠어요."

아주머니가 가만히 고개를 끄덕였다. 버스 시간 때문에요, 필래요는 변명하듯 덧붙였다.

하숙집을 나오자마자 필래요는 상가 화장실로 들어가 교복으로 갈아입었다. 학교 다닐 땐 교문만 나서면 교복부터 벗는 게 일이었는데 예고를 자퇴한 뒤로는 교복을 입고 있어야 사람들의 시선으로부터 편안해졌다.

택시를 타고 그녀는 고속버스터미널로 갔다. 버스는 30분 뒤에 온다고 했다. 대합실 의자에 앉아 이어폰을 찾느라 가방 바닥을 손으로 더듬으며 필래요는 무심코 텔레비전을 올려다보았다. 어딘가를 향해 달음박질 하고 있는 개를 카메라가 롱 테이크로 담고 있었다.

개가 멈춰서더니 고개를 갸우뚱하며 카메라를 응시했다. 어, 겨루? 개는 겨루였다. 그러고 보니 개의 뒤로 보이는 산이 부악산이었다. 그녀는 손을 멈추고 텔레비전을 응시했다. 겨루가 어딘가로 뛰어가기 시작했다. 그 곳을 그녀는 알고 있었다. 과수원을 지나 채마밭을 지나 '피터팬'을 지나 '빨간지붕'을 지나 마을회관과 교회를 지나 정자나무 앞에서 왼쪽으로 길을 틀어 '본 아뻬띠'를 지나 언덕길을 내려가면 긴 문장의 마침표처럼 입을 꾹 다문 모습으로 앉아있는 엄마의 '밥&잠'.

언덕길 입구에서 겨루가 갑자기 또 멈춰 섰다. 그러더니 가만히 선 채로 고개만 휙 뒤로 돌렸다. 카메라가 겨루의 얼굴을 클로즈업했다. 필래요는 자리에서 벌떡 일어났다. 가자, 집으로. 엄살은 그만 부리고 이제 정말 피아노를 내려놓자. 피아노 말고 내 가슴을 뛰게 할 만한 게 있을 거야…… 아니, 있어, 분명히. 난 이제 열아홉인 걸.

겨루가 다시 뛰기 시작했다. 저만치 밥&잠이 보였다. 그녀는 저도 모르게 텔레비전을 향해 팔을 뻗었다.

3월 11일

새벽 네 시. 명자는 알몸으로 침대에서 빠져나왔다. 이렇게 가볍게 잠들어본 게 얼마만인지 몰랐다. 그녀는 누군가와 함께 잠드는 걸 싫어했다. 열 명 넘게 파트너를 갈아치우는 동안 그녀가 고수해온 철칙은 섹스만 끝나면 등짝을 걷어차서라도 가차 없이 남자들을 내보낸다는 거였다.

딸도 예외는 아니었다. 명자는 세 돌이 지난 뒤부턴 필래요가 아플 때만 제외하면 따로 재웠다. 필래요는 처음 며칠은 찡찡댔지만 익숙해진 뒤론 오히려 혼자 자는 걸 더 좋아하는 것 같았다. 아플 때도 웬만하면 제 방에서 혼자 자겠다고 했다. 그런 아이가 친구들을 만난다고 서울에 다녀온 뒤로 1주일 내내 밤마다 베개를 끌어안고 엄마 방으로 건너왔다. 대화를 하는 것도 아니고 그저 핸드폰만 들여다보다가 잠드는 게 전부면서 도대체 왜 같이 자려고 하는 건지, 왜 네다섯 살에도 하지 않던 짓을 하는 건지 명자로선 도무지 요령부득이었다. 아무튼 하루 이틀도 아니고 1주일이나 엄마의 숙면을 방해하더니 어젯밤 필래요는 혼자 자겠다는 반가운 문자를 보내왔다.

명자는 창문을 조금 열었다. 찬바람이 들이닥쳤다. 그녀는 침대에 걸터앉아 담배를 피웠다. 모처럼 푹 자고 난 뒤라 그런지 담배가 더 맛있게 느껴졌다. 그녀는 연거푸 두 대를 피우고서 샤워를 하고 공들여 화장을 했다. 그리고 옷장을 열었다. 그 안에는 잘 다림질 된 똑같은 검정색 블라우스와 하얀 주름치마가 일곱 벌씩 걸려 있었다. 그녀는 블라우스와 치마를 하나씩 내려 몸에 걸쳤다. 마지막으로 머리를 하나로 모아 검정 고무줄로 묶고 귀 밑으로 흘러나온 머리카락을 핀으로 고정했다. 이로써 하루를 맞을 준비가 끝났다.

명자는 현관으로 갔다. 이 방은 김은수가 손님을 위해 만든 방인 듯했다. 월풀 욕조가 구비된 욕실과 드레스룸은 물론이고 간단한 취사를 할 수 있도록 인덕션 전기레인지가 내장된 싱크대와 미니바까지 갖춰져 있었다. 문도 두 개였다. 거실로 연결된 문이 있고 그 문과는 별도로 곧바로 정원으로 나갈 수 있는 현관문이 따로 나있었다.

숄을 걸치고서 그녀는 정원으로 가기 위해 현관문을 열었다.

"이러다 다 죽어, 우리."

피터팬이었다. 그가 현관문 바로 옆 벽에 기대고 서 있었다. 이 시간에 누가 문가에 있으리라고는 생각지 못했기에 깜짝 놀란 게 사실이지만 그럴 때일수록 더 차분해지는 사람이 명자였다. 그녀는 팔짱을 낀 채 그에게로 한 걸음 다가갔다. 그에게선 뜻밖에도 술 냄새가 나지 않았다.

"누나. 난 더는…… 못 버티겠다."

새벽 다섯 시도 안 된 시각이었다. 하루를 여는 이 새벽에 듣고 있기엔 너무 고약한 말이었다. 하긴 저런 말을 듣기에 적당한 때라는 게 따로 있지는 않겠지만. 그가 성마른 손길로 외투 앞주머니를 더듬어댔다. 그녀는 처마 밑에 달아놓은 새집을 열어 담뱃갑을 꺼내 그에게 건넸다. 정원 곳곳엔 담배를 피우고 싶을 땐 언제라도 피울 수 있도록 새 대신 담배가 들어있는 새집이 달려 있었다. 담배에 불을 붙이는 피터팬의 손이 덜덜 떨렸다.

"뭐라고 말 좀 해봐, 누나. 내가 누구 때문에 여기까지 왔는데! 부모형제한테 나쁜 놈 소리까지 들어가면서 쥐어짤 수 있는 거 다 짜내서 내려온 거, 누나가 더 잘 알잖아."

종종 있는 일이었다. 그는 잊을 만하면 한 번씩 그녀를 찾아와 넋두리를 쏟아내곤 했다. 그럴 때마다 그는 술에 흠뻑 취해 있었다. 오늘처럼 술 한 방울 입에 대지 않은 그가 그녀의 눈엔 훨씬 위태로워 보였다.

"아, 씨발. 암만 생각해봐도 방법이……"

그가 신경질적으로 담배를 내던지더니 발로 짓밟아 껐다.

절박하기로 치면 그녀도 피터팬 못지않았다.

잠자는 숲. 이 곳은 그녀의 고향이었다. 그녀는 고향을 별로 좋아하지 않았다. 고향, 하면 가장 먼저 떠오르는 건 평생 병과 싸우던 어머니의 퀭한 눈빛이었다. 아버지의 장례를 치른 뒤 그녀는 고향에 걸음을 하지 않았다. 부모의 기일에만 당일치기로 고향집에 잠깐 들렀을 뿐이었다. 하지만 배우 김은수가 이 마을에 집을 짓고 살다가 여기서 자살했다는 뉴스를 접했을 때 그녀는, 그 당시 남편의 잘못된 투자로 재산의 절반을 날려버린 그녀는, 고향이 자신에게 실패를 만회하라고 기회를 만들어준 거라는 걸 직감했다. 잡아야 한다! 절대로 이 기회를 놓쳐서는 안 된다! 그런데 어떻게?

그날 방송사들은 미리 준비해둔 편성표를 무시하고 온종일 김은수 특집을 내보냈다. 그녀는 하루 종일 텔레비전 앞에 앉아 있었다. 기회라는 건 알겠는데, 모든 감각이 이 기회를 놓쳐선 안 된다고 아우성쳤는데, 딱 거기까지였다. 어떻게 해야 이걸 다시없는 기회로 만들 수 있을지, 아무리 머리를 굴려 봐도 생각은 그 물음표에서 한 발짝도 벗어나질 못했다.

일본의 자살명소인 주카이 숲이 떠오른 건 이른 저녁을 먹고 잠깐 눈을 붙이기 위해 소파에 누웠을 때였다. 막 잠이 들려는 순간 불쑥 주카이 숲이 떠올랐다. 그녀는 발딱 몸을 일으켰다. 그리고 누군가 앞에 앉아있기라도 한 것처럼 고개를 끄덕거리며 소리 내어 말했다. 그래, 그 마을을 자살명소로 만들어보자!

그 뒤의 상황은 그녀가 예상하고 계획한 대로 진행되었다. 김은수의 남편이 그 집을 헐값에 내놓았고 읍내에서 부동산중개업을 하는 명자의 초등학교 동창이 그녀와 미리 입을 맞춰놓은 대로 집값을 말도 안 되는 가격까지 후려쳐놓았다. 그녀는 모든 걸 처분해 마련한 돈에 은행 융자를 얻어 김은수의 집을 사들였다. 그리고 '밥&잠'이라는 간판을 내걸고 1층은 식당으로, 2층은 모텔로 개조해서 운영했다. 김은수가 죽고 꼭 반년이 지난 시점이었다.

그녀는 억척스럽게 일했다. 열세 살밖에 안 된 딸을 예중 · 고 앞에 있는 하숙집에 맡겨놓고 혼자 고향에 내려와 새벽 네 시면 일어나고 열두 시가 넘어야 잠자리에 드는 생활을 이어갔다.

사람들은 꾸준히 이 마을을 찾았다. 김은수를 애도하기 위해 오는 사람도 있었고 단순히 김은수의 흔적을 보기 위해 오는 관광객도 있었으며 죽기 위해 오는 사람도 있었다. 계절이나 날씨에 따라 사람 수는 달라졌지만 분명한 건 이 정도의 방문객으로는 융자를 갚을 길이 점점 더 요원해진다는 사실이었다. 사람들을 끌어들이기 위해서는 이야기가 필요하다고 그녀는 생각했다. 사람들의 마음을 사로잡을 수 있는 이야기, 자살을 섬뜩한 게 아니라 달콤한 것으로 느끼게끔 만들 수 있는 이야기, 어떤 지리멸렬한 인생도 이 곳에서의 자살을 통해 우아하고 결단력 있는 마침표를 찍게 되리라는 확신을 갖게 하는 이야기, 그러면서도 이 곳을 찾는 사람들 하나하나가 다 주인공이 될 수 있는 이야기가.

겨울이 가고 봄이 가고 7월이 되었다. 김은수가 죽고 첫 번째 맞는 기일에 예상했던 것만큼 많은 사람들이 몰려들었지만 얼마 못 가 발길이 끊겼다. 명자는 점점 더 초조해졌다. 마늘을 까고 침대 시트를 가는 동안에도 그녀의 머릿속은 온통 이야기에 대한 생각뿐이었다.

한 남자가 밥&잠에 찾아온 건 김은수의 첫 기일이 지나고 달포쯤 지났을 때였다. 가만히 있어도 땀이 줄줄 흐를 정도로 푹푹 찌는 날이었다. 선글라스에 모자를 푹 눌러쓰고 있었지만 명자는 한눈에 그 남자가 김은수의 남편이란 것을 알아보았다. 그는 식사를 마치고 하룻밤을 묵고 가겠다며 2층으로 올라가더니 김은수가 죽은 방으로 들어갔다. 그녀는 기도했다. 어머니를 땅에 묻고 기도 따위 까맣게 잊고 살아온 그녀였다. 그녀는 무릎까지 꿇고 앉아 저 남자가 살아서 이 계단을 내려오는 일만은 없기를 간절히 기도했다. 김은수의 남편만 죽어준다면, 그것도 김은수가 죽은 바로 그 방에서 죽어준다면 뭔가 그럴 듯한 이야기가 만들어질 수 있을 터였다.

그 밤, 명자는 한숨도 자지 못했다. 그녀는 밤새 김은수의 마지막 유작인 드라마 '잠자는 숲 속의 신데렐라'를 첫 회부터 차례로 보았다. 드라마를 보는 중에도 그녀의 머리 절반에선 남자가 묵고 있는 2층 방의 풍경이 계속 드라마처럼 돌아가고 있었다. 약을 먹어도 좋고 목을 매도 좋고 번개탄을 피워도 좋고 팔목을 그어도 좋으니 제발이지 죽어만 다오. 4회가 끝날 무렵 새벽 네 시에 맞춰놓은 알람이 울렸다. 명자는 뛰어올라가고 싶었지만 정오가 될 때까지 기다렸다.

기도는 이루어졌다. 남자는 그 방에서 스스로 목숨을 끊었다. 그도 그의 아내처럼 약을 먹었다. 기자들이 밥&잠으로 몰려와서 그녀에게 인터뷰를 요청했다. 그녀는 그 순간이 '이야기'를 만들 수 있는 절호의 기회란 걸 알았다. 그녀는 핀 마이크를 옷깃에 꽂고 차분히 말했다. 김은수는 죽어서도 여전히 톱스타예요. 사람들이 이 동네를 뭐라고 부르는지 아세요? '잠자는 숲'이래요. 아마 김은수가 마지막으로 찍은 드라마 제목에서 따온 이름이겠죠.

그날 온종일 잠자는 숲이 네이버 검색 순위 1위를 차지했다. 물론 잠자는 숲은 순전히 그녀의 창작품이었다. 이 사실을 아는 사람은 이 세상에서 오직 한 사람, 그녀뿐이었다.

사람들이 잠자는 숲으로 몰려왔다. 영원히 잠들기 위해 오는 사람도 있었고 죽음을 가까운 거리에서 느껴보기 위해 오는 사람도 있었다. 그리고 그들을 상대로 장사하기 위해 오는 사람들도 생겨났다. 민박집이 들어오고 레스토랑이 들어오고 커피 전문점이 들어왔다. 노래방도 생기고 단란주점도 두 개나 생기고 가장 눈에 띄는 자리에 번개탄이니 노끈이니 하는 것들을 쌓아놓은 슈퍼마켓도 생겨났다. 밥&잠에 묵은 사람 중 시체로 발견되는 사람도 점점 늘었다. 한 3년 꽤 돈이 벌렸다. 그 동안 번 돈으로 융자금을 절반도 넘게 갚을 수 있었다.

피터팬이 잠자는 숲으로 내려온 건 그 즈음이었다. 피터팬과 명자는 왕십리에서 식당을 하며 오랜 세월 친분을 쌓은 사이였다. 명자는 한식당을 운영했고 그는 피터팬이란 간판을 걸고 피자와 파스타를 만들어 팔았다. 그는 서울에서의 모든 걸 접고 이 곳에 내려와 피터팬을 열었다. 그런데 그가 가게를 열자마자 잠자는 숲의 경기가 꺾이기 시작했다.

"지은이가 어젯밤에 영은이 데리고 서울 갔어. 이혼하자네."

남의 이야기를 하듯 피터팬의 말투가 담담했다. 영은이는 아빠 이름 앞 글자에 엄마 이름 뒷 글자를 따서 지은 이름이었다. 그래서 본의 아니게 엄마와 돌림자를 쓴 듯한 이름이 되어버렸다. 지은이 워낙 동안이라 영은이와 함께 있으면 터울이 많이 지는 자매처럼 보이기도 했다. 피터팬과 지은은 유난히 금슬 좋은 부부였다. 결혼한 지 15년이 되도록 남편이 집에 돌아올 시간이 되면 가슴이 설렌다는 지은이었다. 그런데 작년 가을부터 지은은 술에 취하기만 하면 이혼하겠다는 말을 입에 올리기 시작했다. 아마도 피터팬이 본가뿐만 아니라 처가에서까지 돈을 꽤 끌어다 쓴 모양이었다.

"방법이 없는 거야, 누나?"

피터팬이 또 새 담배를 물었다. 그거야말로 그녀가 매일, 하루에도 몇 번씩 자신에게 던지는 질문이었다. 방법이 없을까? 뭔가 방법이 있지 않을까?

그녀가 손 놓고 뭔가 떨어지기를 기다리기만 했던 건 아니었다. 인터뷰를 하면서 안면을 튼 문화부 기자들에게 돈 봉투를 건네 가면서 잠자는 숲에 대해, 자살에 대해 기사를 쓰게 하고 있었다. 며칠 전에 방송됐던 겨루에 대한 다큐멘터리도, 그저 평범한 개에게 그럴 듯한 이야기를 덧씌우느라 헉, 소리가 날 만큼 꽤 큰돈이 들어갔다. 어떻게든 사람들의 발길을 이리로 끌어와야 한다. 넉 달 후면 김은수의 7주기다. 이걸 제대로 활용하지 못한다면 정말 끝이다. 명자는 절박했다.

"이쯤에서 손 털고…… 누나, 그게 맞을까?"

"영수야."

그녀는 오랜만에 피터팬의 이름을 불렀다. 그가 기대에 찬 눈으로 그녀를 쳐다보았다. 하지만 이름을 불러놓고 그녀는 아무 말도 하지 못했다. 그가 담배를 쥐지 않은 손으로 얼굴을 벅벅 문질렀다.

"누난 그래도 버틸 힘이 남아있겠지."

"나도 힘들어. 하지만……"

그녀는 속으로 하지만, 하고 자신이 방금 전에 한 말을 복창해보았다. 하지만은 그녀가 팍팍한 순간마다 수없이 중얼거린 자기최면이었다.

"누나도 많이 늙었네, 인젠. 천하의 최명자가 이렇게 약한 표정을 짓는 걸 보니……"

반이나 남은 담배를 끄더니 그가 천천히 몸을 일으켰다. 그러고는 인사도 없이 대문을 향해 터벅터벅 걸어갔다. 명자는 담배를 꺼냈다가

도로 집어넣고 2층으로 올라갔다.

2층엔 큰 거실 하나에 크기와 구조가 조금씩 다른 방들이 여덟 개 있었다. 모든 방이 드레스룸과 욕실을 갖추고 있는 걸 보면 모두 손님을 위해 만든 방인 것 같았다. 김은수가 자신을 위해 마련한 것 같은 방은 서쪽으로 커다란 창을 낸 방이 유일했다. 노란 패브릭 소파를 제외하면 아무런 가구도 없이 너무도 단출한 방. 노란 소파와 노란 커튼과 노란 벽지. 그래선지 햇빛마저도 그 방에선 노랗게 부서지는 것 같았고 공중에 떠도는 먼지들도 노란 과자 가루처럼 보였다. 침대를 들여놓을까 하다가 명자는 그 방만큼은 김은수가 해놓은 대로 그대로 두기로 했다. 그녀는 그 방을 '노란 방'이라고 불렀다.

그녀는 거실 한복판으로 걸어갔다. 6번 방에서 교성과 함께 신음소리가 새어나왔다. 어제 투숙객은 연인으로 보이는 남녀 세 쌍이 전부였다. 그녀는 테이블 위에 흩어져 있는 신문과 잡지를 잡지꽂이에 꽂고 종이컵을 쓰레기통에 버렸다. 그리고 쿠션을 정리하는데 등 뒤에서 인기척이 느껴졌다. 재훈이었다. 언제 왔는지 재훈이 거기 서 있다가 웃는 얼굴로 목례를 했다.

"왔어요?"

그녀는 작은 소리로 인사했다. 6번 방의 신음소리가 점점 더 가빠졌다. 조금 전까지만 해도 별 생각 없이 듣던 소리가 갑자기 난감하게 느껴졌다.

"어젠 6번 방에만 손님이 든 거예요?"

아무렇지 않은 표정으로 재훈이 물었다. 명자가 뭐라고 대답하려는 순간 여자의 교성에 남자의 된 숨소리가 보태졌다. 명자는 얼굴이 뜨거워졌다. 그녀는 고개를 까딱하고 먼저 계단을 내려왔다. 재훈이 뒤따라 내려오며 사장님, 하고 그녀를 불렀다.

“예전에 어떤 특별한 식당에 대한 기사를 본 적이 있어요. 옷을 다 벗어야 입장이 가능한 식당 얘긴데요, 사람들이 거기 가면 아주 편안한 느낌을 받는대요. 그래서 몇 달 전에 예약해야만 갈 수 있을 정도로 인기가 좋다더라고요.”

그녀는 몸을 돌렸다. 다섯 계단 위에 재훈이 서 있었다. 역광을 받아 그의 머리카락이 푸르스름한 빛을 띠었다.

“우리도 그런 식으로 좀 파격적인…… 말하자면 죽기 전에 꼭 가보고 싶은 인생식당이요. 워낙 공간도 넓으니까 작게 나눠서 그런 특별한 방을 만들어 봐도 좋을 것 같아요. 꼭 옷을 벗지는 않더라도요.”

재훈이 콧잔등을 찡그리며 씩 웃었다. 저 뺨…… 저 눈…… 저 이마…… 명자는 팔을 뻗어 그의 얼굴을 만지고 싶었다. 아니 그녀가 만지고 싶은 건, 손끝이라도 한 번 닿아보고 싶은 건 얼굴이 아니라 그 푸름이었다. 충동을 억누르기 위해 그녀는 두 손을 꽉 맞잡았다.

“별로에요, 제 얘기?”

명자는 계단참에 내려서며 아뇨, 라고 대답했다. 그가 계단을 성큼성큼 내려와 그녀 옆에 섰다.

“사장님. 저 여기서 일한 지 2년이 넘었어요. 그냥 말씀 낮추시고 재훈아, 이렇게 불러주시면 좋겠어요.”

“……”

“엄마가 열여덟에 절 낳으셨어요. 엄마랑 사장님이 나이가 비슷하실 걸요. 그러니,”

“아니요. 지금까지 그래왔으니 계속 이렇게 하는 게 좋을 것 같아요.”

명자가 그의 말을 잘랐다. 그녀가 듣기에도 자신의 말투가 꽤나 쌀쌀맞고 단호했다. 그가 겸연쩍은 표정을 지으며 식당 쪽으로 걸어갔다. 그녀도 식당으로 갔다. 그가 식당 옆의 작은 방으로 들어가더니 금

세 회색 셔츠에 검정 바지로 갈아입고 나왔다. 명자는 반듯하게 다림질 되어 있는 검정색 허리앞치마를 재훈에게 건네고 자신도 똑같은 것으로 허리에 둘렀다.

여섯 시가 다 되어가고 있었다. 아침 준비를 시작해야 했다. 여덟 시가 되면 식사를 하기 위해 손님들이 들어오기 시작할 것이다. 밥&잠에는 메뉴판이 따로 없었다. 끼니마다 메뉴가 한 종류만 나오기 때문에 식당 문 앞과 대문에 다음 날 세 끼니 메뉴를 미리 게시해놓았다. 오늘 아침은 개조개 미역국에 더덕구이였다.

주방에서는 칼질하는 소리, 수돗물 소리, 그릇 부딪치는 소리가 계속 이어졌다. 명자도 재훈도 입을 열지 않았다. 재훈이 주방에 들어온 첫날부터 두 사람은 일하는 내내 거의 말을 하지 않았다. 말이 필요 없었다. 그녀가 육수를 끓이다가 이제 무를 썰어야지 하고 돌아서면 그는 이미 알아서 무를 썰고 있었다. 스물여덟밖에 안 된 청년이라고 믿어지지 않을 만큼 그는 엽렵했다. 밥&잠 이전에도 한식당을 10년 넘게 했던 명자였다. 그동안 같이 일했던 사람들을 헤아리려면 손가락을 다 접었다 펴길 두세 차례 반복해도 부족할 판이었다. 그러나 재훈 같은 사람은 없었다.

일곱 시가 되었다. 재훈은 주방 유리문을 열고 홀로 나가더니 식탁마다 흰 식탁보를 새로 씌웠다. 그리고 창가 자리에 식탁을 차리기 시작했다. 명자는 칼질을 멈추고 숨을 크게 들이마셨다. 그가 나가고 난 뒤에 더욱 분명하게 느껴지는 그의 냄새, 그의 몸짓. 식당 문에 달아놓은 종이 딸랑거렸다. 필래요가 들어왔다. 명자는 밥과 국을 퍼서 식탁으로 갔다. 둥근 식탁에 셋이 둘러앉았다. 필래요는 늘 그렇듯이 의자에 양반다리를 개고 앉아 손목에 차고 있던 고무줄로 머리를 대충 묶었다.

"와, 맛있다!"

국을 한 숟갈 떠먹고 필래요가 재훈을 향해 엄지손가락을 치켜들었다. 그가 활짝 웃었다.

"오빤 요리를 따로 배운 거예요?"

필래요는 밥 한 그릇을 몽땅 국에 말았다. 작년에 집으로 내려온 뒤 1년이 다 되어가도록 필래요는 아침을 먹지 않았다. 밤새 뭘 하는지 불을 켜놓고 있다가 명자가 일어날 때 즈음해서 잠자리에 드는 눈치였다. 그런데 지난주에 서울에 다녀온 뒤로 밤이면 일찍 잠자리에 들고 아침엔 일찍 일어나서 밥까지 먹었다. 오늘도 필래요는 잠옷인지 평상복인지 모를 헐렁한 옷을 입고 있었다.

"배우기도 했지만…… 맛있는 걸 먹으면 집에 오자마자 흉내 내보곤 했지 뭐."

"몇 살에요?"

"한…… 아홉 살?"

"그럼 김치는 몇 살부터 담그기 시작했어요?"

봄동 겉절이를 입에 넣으며 필래요가 물었다.

"열한 살."

"열한 살이면…… 헐, 4학년? 오빠네 엄만 오빠가 그러는 거 싫어하지 않았어요?"

대답 대신 재훈이 웃었다. 긍정인지 부정인지 모를 웃음이었다. 명자는 말없이 밥을 먹었다. 쉰 살의 그녀와 서른 살의 재훈과 열아홉 필래요. 누군가 창문 너머에서 이 광경을 본다면 엄마와 두 자녀가 오붓하게 밥을 먹는다고 생각하겠지.

차바퀴가 자갈을 밟는 소리가 들렸다. 명자는 창밖을 내다보았다. 주차장으로 빨간 자동차가 들어오고 있었다. 곧 자동차가 멈춰 서고 한 여자가 내렸다. 그 여자다. 1주일 전에 왔던, 키가 작으면서도 어깨가 넓어서 체조선수 같아 보이던 여자. 여자가 차 트렁크를 열더니 캐리어를 꺼냈다. 1주일 전에도 여자 곁에는 저 캐리어가 있었다. 뭔가 사람을 긴장하게 만드는 시커멓고 커다란 하드캐리어.

여자가 캐리어를 달달달 끌면서 식당 쪽으로 걸어왔다. 명자는 눈살을 찌푸렸다. 반갑지 않은 일행이었다. 사람과 가방을 일행이라고 느껴보기는 평생에 처음이었다. 처음 보았을 때도 사연 있는 일행이라고 생각했을 만큼 뭐랄까, 그 캐리어는 그녀의 눈엔 단순한 짐 가방이 아니라 살아있는 무엇처럼 보였다. 여자가 밥을 먹는 동안에도 캐리어는 눈먼 주인을 지키는 충직한 개처럼 고단한 눈을 끔벅거리며 의자 옆에 바짝 붙어 앉아있었다.

여자가 식당 문 앞에 섰다. 자동문이 열리며 종이 딸랑거렸다. 명자는 마수걸이로 여자를 들일 마음이 없었다. 그래서 아직 오픈 전인데요, 하고 말하기 위해 입에 든 걸 급하게 삼키는데 재훈이 얼른 자리에서 일어났다.

"어서 오세요, 손님."

*

미역국? 숟가락을 들다말고 필래요는 깜짝 놀랐다. 오늘이 아빠 생일인 걸 엄마가 기억하고 있는 걸까?

"미역국 어때? 너 좋아하는 개조개 미역국인데. 개조개가 하도 물이 좋아서 어젯밤에 갑자기 메뉴를 바꿨지."

필래요의 머릿속을 들여다보고 있는 것처럼 엄마는 아침상에 미역국이 오르게 된 경위를 설명했다. 하긴 엄마가 아빠의 생일을 기억하고 있을 리도 없지만, 기억한다고 해도 아빠를 떠올리며 미역국을 끓이고 있을 엄마는 아니었다. 아무리 사랑이 말도 안 되는 호르몬의 장난질이라고 해도 엄마라는 여자와 아빠라는 남자의 조합은 불가사의 그 자체였다. 엄마는 아빠를 좋아하지 않았다. 당연했다. 엄마는 아빠 같은 사람을 좋아할 수 있는 사람이 아니었다. 아빠는 입으로 해도 되는 일에 절대로 손발을 사용하지 말자라는 게 인생 유일의 모토인 사람이었다. 그에 반해 엄마는 입만 나불대는 종자를 가장 혐오하는 축이었다. 그녀가 기억하기로 두 사람은 싸우는 법이 없었다. 그럴 수밖에 없는 것이 엄마에게 아빠는 아예 없다시피 한 사람이었다. 엄마는 아빠에게 거의 말을 걸지 않았다. 필래요가 보기에 엄마와 아빠는 신이 다분히 악의를 갖고 장난으로 맺어준 부부 같았다. 그래서 아빠가 집을 나갈 때 그녀는, 고작 아홉 살밖에 안 된 나이였지만, 그게 마땅한 마무리라고 생각했다. 다만 그 날을 떠올릴 때마다 마음이 무거워지는 건 집을 나간 게 아빠의 선택이 아니라 엄마한테 쫓겨난 것이기 때문이고 하필 그 중심에 필래요 자신이 있기 때문이었다. 그날 아빠는 장염을 앓고 있는 그녀에게 짬뽕을 배달시켜 먹이다가 엄마한테 걸렸다. 일을 마치고 돌아온 엄마는 딸 앞에 놓인 짬뽕 그릇을 들고 개수대로 가서 가만히 쏟아 붓고는 침실로 들어가 트렁크에 아빠의 옷가지를 담았다.

"무슨 생각을 그렇게 해?"

엄마가 필래요의 눈을 들여다보았다. 엄마는 눈만 봐도 사람의 마음을 훤히 읽는 재주가 있었다. 꼭 창문을 열고 방안을 들여다보는 것처럼. 눈이 마음의 창이란 말은 엄마의 경우엔 맞는 말이었다. 그녀는 눈을 내리깔았다. 그리고 얼른 국을 떠먹었다.

"와, 맛있다!"

필래요가 재훈을 향해 엄지손가락을 치켜들었다. 그가 활짝 웃었다. 그렇게 웃으니 그렇지 않아도 긴 코가 더 길어보였다. 그를 처음 본 날 그녀는 스폰지밥에 나오는 징징이를 떠올렸다. 코가 길고 끝이 살짝 휘어진 게 영락없는 징징이였다. 못생겼다는 건 아니다. 재훈은 잘 웃는 얼굴에 인상도 좋고 목소리도 좋았다. 오빠랍시고 주제넘게 가르치거나 참견하려 들지도 않았다. 그리고 이게 무엇보다 중요한 건데, 요리를 정말 잘했다. 친구들이 본다면 교회 오빠다 하고 말할, 딱 그런 부류의 남자였다.

"잘 먹었습니다. 잘 먹었습니다."

엄마와 재훈에게 차례로 인사하고 필래요는 식당을 나왔다. 엄마가 그녀를 따라 밖으로 나왔다.

"엄마랑 둘이 있는 것도 아닌데, 그게 뭐니?"

엄마가 턱으로 필래요의 가슴을 가리켰다. 브래지어는 하지 않았지만 니플 패치를 붙였는데 뭐가 문제지? 아니, 니플 패치를 붙이지 않으면 또 어때?

"앞으론 속옷 꼭 챙겨 입고 와."

대답을 기다리지도 않고 엄마가 급하게 식당으로 들어갔다. 엄마는 이해하기 어려운 데가 있는 사람이었다. 뭐랄까, 일관성이란 게 없다고 할까. 결혼 대신 동거만 하는 것도 좋은 방법이다, 결혼은 싫은데 아기는 낳고 싶다면 괜찮은 남자를 물색해서 잠자리를 한 뒤에 차버리면 된다, 이런 말을 아무렇지 않게 하다가도 필래요가 살짝이라도 가슴골이 드러나는 옷을 입으면 정색을 했고 여자 둘이 손잡고 걷는 걸 보면 끌끌 혀부터 찼다.

필래요는 정원을 대각선으로 가로질러 별채로 갔다. 현관문을 열자 작은 거실을 꽉 채운 그랜드피아노가 눈에 들어왔다. 별채엔 작은 거실과 주방, 그리고 방이 두 개 있는데 방마다 화장실이 하나씩 딸려 있었다. 본채나 별채나 방이란 방은 전부 화장실을 달고 있는 걸 보면 아무래도 이 집을 지은 김은수란 사람은 화장실에 대해 무슨 강박관념을 갖고 있었던 모양이었다.

샤워를 하고 화장대에 앉았다. 서랍을 열었다. 립스틱이니 아이펜슬이니 하는 것들이 뒹굴고 있는 한쪽에 손바닥만 한 낡은 수첩이 반듯하게 놓여있었다. 재훈의 재작년도 수첩이었다. 필래요가 오기 전까지 재훈이 이 별채를 썼다. 그녀에게 이 곳을 내어주고 그는 지금 언덕 너머에 있는 빈집을 손봐서 지내고 있었다. 그녀는 이 수첩을 소파 등받이 밑에서 찾았다.

수건을 목에 걸치고 그녀는 수첩을 펼쳤다. 수첩은 늘 그렇듯이 8월 두 번째 주에 펼쳐졌다. 재훈은 거기에 시의 한 구절을 적어놓고 수첩 갈피에 면도날을 단단히 박아놓았다.

– 글쎄, 슬픔처럼 상스러운 것이 또 있을까

아마도 황지우의 시일 것이다. 제목은 잊었지만 이 구절은 기억하고 있었다. 처음 보았을 때 그녀는 '슬픔처럼 성스러운'으로 읽었다. 나중에 그것이 '상스러운'이란 걸 알고 마음이 얼마나 쓸쓸해져버렸는지.

그게 점자라도 되는 것처럼 그녀는 손가락으로 그 문장을 더듬었다. 8월 두 번째 주면 더위가 절정을 이룰 때다. 그 삼복더위에 땀을 쏟아가며 슬픔처럼 상스러운 게 또 있겠느냐는 시구를 베껴 쓰고 있는 한 남자가, 시구를 써놓고 면도날을 갈피에 깊이 박아놓는 한 남자가 그려졌다. 그녀는 종이에 손끝을 베일 때와 같은 섬뜩한 아픔을 느꼈다. 그녀는 끝내 이 수첩을 주인에게 돌려주지 못할 거라는 걸 알았다. 아무 것도 보지 않은 것 같은 표정을 연출할 자신이 없었다.

그녀는 수첩을 배낭 앞주머니에 넣었다. 그리고 머리를 말린 뒤에 배낭을 메고 집을 나섰다.

가풀막을 올라갔다. 본 아빠띠를 지나 정자나무 앞을 지났다. 오늘은 정자나무 아래에 겨루가 보이지 않았다. 아침마다 재훈이 준 밥을 먹고 나면 겨루는 정자나무 아래로 달려가 낡은 소파에 앉아 마을입구를 내다보곤 했다.

정자나무를 끼고 오른쪽으로 꺾어지자 교회가 나왔다. 할아버지가 이 교회의 초대목사였다. 할아버지 집은 산 아래 있었다. 교회에서 할아버지 집까지는 걸어서 20분 거리였다. 엄마는 바쁠 때면 어린 필래요를 할아버지에게 달포씩 맡겨놓곤 했다.

예배가 없는 날에도 할아버지는 필래요를 데리고 매일 두 차례씩 교회에 갔다. 새벽에 한 번, 저녁에 한 번. 교회에 피아노가 있긴 했지만 칠 줄 아는 사람이 없어서 노래방기기처럼 생긴 반주기를 틀어놓고 찬송가를 불렀다. 할아버지가 제단에 엎드려 기도하는 동안 그녀는 긴 나무의자에 누워 잠을 자거나 피아노 건반을 누르며 놀았다.

할아버지는 피아노 앞에 앉은 필래요의 모습을 좋아했다. 우리 필래요가 얼른 커서 예배시간에 피아노를 타야 하는데……. 할아버지는 피아노를 친다고 하지 않고 꼭 탄다고 했다. 일곱 살이 되어 피아노를 배우기 시작했을 때도 할아버지는 매일 전화를 걸어 필래요, 할애비 듣게 피아노 좀 타봐라, 했다.

그녀가 할아버지에게 마지막으로 들려준 곡은 하이든 소나타 에프장조였다. 그래서 교회 앞을 지날 때마다 기계적으로 그 곡이 떠올랐다. 밝고 경쾌한 그 곡이 할아버지와의 기억 때문에 그 어떤 곡보다도 무거운 장송곡이 되어버렸다.

도라파라파미…… 그녀는 손을 주먹 쥔 채 교회 앞마당을 지나쳤다. 솔미파 레도솔파미레도…… 핸드폰이 울렸다. 아빠로부터 카카오톡이 왔다. 필래요가 아침 일찍 보낸 생일축하 메시지에 대한 답이었다.

– 아빠 생일 기억해줘서 고마워, 필래요. 아빠 딸로 세상에 와줘서 더 고맙고.

그녀의 얼굴 위로 쓴웃음이 지나갔다. 엄마 같으면 죽었다 깨도 쓸 수 없는 문장이었다.

– 미역국은 먹었어?

그녀는 그렇게 썼다가 끝 부분만 지우고 다시 썼다.

– 미역국은 먹었지?

액정 위로 아빠의 모습이 떠올랐다. 그녀가 콩쿠르에 나갈 때마다 가슴 졸이며 객석에 앉아 있던 사람은 아빠였다. 그녀가 엄마 뱃속에 있을 때 아침마다 클래식으로 모녀의 잠을 깨운 사람도 아빠였다. 그녀가 엄마에게 물려받은 게 외모라면–엄마를 안 닮고 할머니를 닮은 거지만– 아빠에게서 받은 건 음악적인 재능과 필래요라는 생뚱맞은 이름이었다.

필래요는 한숨을 내쉬었다. 라면밖에 끓일 줄 모르는 사람이니 미역국은 당연히 못 먹었겠지. 아빠도 이제 새로운 사람을 만나면 좋을 텐데. 엄마처럼 아빠를 투명인간 취급하는 사람 말고 아빠가 휘청거릴 때마다 등짝을 후려치며 똑바로 걸으라고 고함칠 수 있는 사람이라면 아빠랑 잘 맞지 않을까. 그녀는 그 문장을 지우고 다시 썼다.

– 응. 생축♡

보내기 단추를 누르고 그녀는 다시 걷기 시작했다. 피터팬과 빨간지붕을 지나 산을 향해 걸었다. 20분을 올라가자 과수원이 나왔다. 과수원이 끝나는 곳에서 길이 양 갈래로 나뉘어졌는데, 오던 방향으로 곧바로 위로 올라가면 숲이고 과수원을 끼고 오른쪽으로 꺾어져 들어가 얼마쯤 걷다가 또 한 번 왼쪽으로 꺾어지면 막다른 골목 끝에 할아버지 집이 있었다.

남자를 본 것은 과수원 모퉁이를 끼고 직각으로 몸을 틀었을 때였다. 한 남자가 나무 십자가를 어깨에 짊어지고 걷고 있었다. 남자는 '기골이 장대하다'는 말로밖엔 달리 표현할 말이 없을 만큼 키가 크고 건장해 보였다. 그런 남자가 제 몸집보다도 더 크고 무거워 보이는 십자가를 지고 맨발로 힘겹게 걸음을 옮기고 있었다. 방송국에서 나와 촬영을 하고 있는 건가 싶어 주위를 둘러보았지만 카메라는 보이지 않았다. 뭘 하고 있는 거지, 저 사람? 종교적인 의식일까? 아닐 수도 있지. 불교신자가 아니어도 운동 삼아 108배를 하기도 하잖아. 필래요는 남자의 얼굴이 궁금했다. 아니, 그냥 얼굴이 아니라 그가 짓고 있을 표정이 궁금했다. 뛰어가서 얼굴을 보고 싶었지만 남자의 뒤태가 풍기는 간절함 같은 게 남자를 앞지르지 못하도록 그녀를 붙잡았다. 멀찌감치 뒤에 서서 남자의 뒷모습을 쳐다보다가 그녀는 할아버지 집으로 갔다.

가방을 멘 채 서재로 들어갔다. 가방을 문 앞에 내려놓고 할아버지 의자로 다가갔다. 바퀴가 다섯 개 달리고 등받이가 높은 가죽의자였다. 그녀는 의자에 깊숙이 몸을 묻으며 작은 목소리로 말했다. 나 왔다요, 할아버지. 두 다리를 의자 위로 끌어올리고 그녀는 등받이를 향해 돌아앉았다. 등받이에 뺨을 대고 그녀는 숨을 크게 들이마셨다.

할아버지는 하루 종일 이 의자에 앉아 설교 준비를 했다. 낮잠도 꼭 의자에서 잤다. 필래요가 따분해하면 할아버지는 의자에 태워 기차놀이를 해주었다. 놀이라고 해봐야 방과 거실을 몇 바퀴 돌며 천안역입니다, 호두과자 드세요, 하는 대사를 한두 번 날리는 게 전부였지만. 식사 준비를 할 때도 할아버지는 이 의자를 주방에 옮겨놓았다. 그녀는 의자에 서서 등받이를 끌어안은 채 할아버지의 조리 과정을 지켜보았다.

하루 세 끼를 늘 국수만 먹지는 않았을 텐데도 할아버지의 음식, 하면 떠오르는 건 국수뿐이었다. 찬물에 굵은 멸치를 한 줌 집어넣고 한 시간쯤 끓인 뒤에 불을 약하게 줄여놓고 할아버지는 국수를 삶기 시작했다. 물이 팔팔 끓으면 국수가닥을 집어넣고 긴 나무젓가락으로 휘휘 젓다가 할아버지는 문득 떠올랐다는 듯 이 젓가락은 이제 서른 살이 넘었다, 라거나 이 소쿠리는 벌써 쉰 살이다, 하는 식의 말을 툭툭 내뱉곤 했다. 예닐곱 먹은 필래요에게 30년이나 50년은 영원이란 낱말보다 더 아득하게 들렸다. 그래서였을까, 국수를 삶는 할아버지는 예배를 집전할 때만큼 경건해 보였다.

가방에서 책을 꺼냈다. 친구들을 만나고 내려온 뒤로 그녀는 뭔가 시작해야 한다는 생각에 조급해졌다. 더는 이렇게 죽은 듯이 시간만 때우면서 살아선 안 된다. 근데 뭘 해야 할까. 피아노 말고 할 수 있는 게 뭐가 있을까. 그녀는 우선 책부터 읽기로 했다. 책을 읽다보면 뭔가 잡힐 것 같았다. 그녀는 어제 읽다 만 곳을 펼쳤다. 그리고 두어 쪽 읽었을 때 핸드폰에서 보이스톡 신호음이 울렸다. 희정이었다.

"거긴 아침이지?"

"응. 거긴 새벽?"

"새벽 1시 좀 넘었어."

"아직 안 잤어?"

"너랑 통화하고 자려고. 자는 거 깨운 거 아니지?"

예중을 졸업하자마자 희정은 독일로 갔다. 두렵지 않느냐고 친구들이 물었을 때 희정은 대수롭지 않다는 듯 대답했다. 어차피 서울도 나한텐 낯선 곳인데 뭘. 희정의 바이올린은 천만 원도 안 되는 거였다. 예중 학생치고 그런 악기를 들고 다니는 아이는 없었다. 아무리 못해도 5천만 원은 넘는 악기를 썼다. 필래요의 동기 중엔 9억짜리 바이올린을 켜는 아이도 있었다. 아이들은 악기 때문에 스트레스를 받았다. 싸구려를 들고 다니는 아이들은 그걸 부끄러워했고 비싼 악기를 쓰는 아이들은 '악기빨'이란 말을 듣게 될까봐 악기 가격을 비밀에 부쳐두고 싶어 했다. 피아노 전공자들은 악기 스트레스를 받지 않았다. 피아노를 들고 다닐 수는 없는 노릇이니까. 희정의 바이올린은 예중 아이들 수준으론 싸구려 중에서도 싸구려였지만 희정은 그런 것에 신경 쓰는 사람이 아니었다.

"필래요."

"응?"

"너, 독일 와서 공부 해보지 않을래?"

"무슨 공부?"

"작곡."

"……"

"음악 없이 살 수 있겠어, 너?"

"작곡 같은 거…… 생각해본 적이 없어서."

"그럼 이제부터 생각해봐, 필래요."

"……"

"필래요."

"응?"

"그거랑 상관없이…… 한 번 오지 않을래?"

"독일?"

"응. 프랑스도 가고 이탈리아도 가고. 비행기만 타고 오면 나머진 내가 다 해줄게."

"생각해볼게."

"응, 긍정적으로. 알았지?"

전화를 끊고 필래요는 핸드폰을 손에 쥔 채 허공을 쳐다보았다. 독일? 작곡? 희정이 묵고 있다는 카를스루에의 작은 집이 그려졌다. 옆방에 첼로를 전공하는 한국유학생이 살고 있는데 반년을 함께 살면서도 한 번도 얼굴을 본 적이 없다고 했다. 정확히 아홉 시가 되면 첼로 조율하는 소리가 나고 정확히 열두 시가 되면 첼로 소리가 멎었다가 정확히 두 시간 뒤에 또 첼로 소리가 난다고 했다. 서로 요구사항이 있을 땐 포스트잇에 써서 욕실 문에 붙여둔다고 했다. 그렇게 살아볼까? 낯선 곳에서 새롭게 시작해볼까? 근데 뭘 시작하지? 그녀는 손바닥으로 얼굴을 문질렀다. 2년 전 마스터클래스에서 만났던 슈마허 교수는 그녀의 연주를 매우 마음에 들어 했다. 독일로 유학 올 마음이 있다면 트로싱엔 음대로 오면 좋겠다고 말하고 나서 그는 이런 말을 덧붙였다. 네가 라벨과 드뷔시를 어떻게 치는지 꼭 들어보고 싶어.

필래요는 네이버 검색창에 '트로싱엔 음대'라고 쳤다가 검색결과가 뜨기 전에 핸드폰을 책 위에 엎어놓았다. 가슴 어딘가에서 뭔가가 요란한 소리를 내며 부러졌다. 그릇이 깨지고 책이 찢어지고 칼날이 부딪쳤다. 퍽퍽, 피가 터졌다. 그녀는 가슴에 두 손을 포개 얹고 이 모든 게 지나가길 기다렸다. 한 번씩 이런 순간이 있었다. 그냥 지나가길 바라는 것 말고는 아무 것도 할 수 없는 순간. 지독한 가위에 눌렸을 때처럼.

필래요는 손을 거두고 눈을 떴다. 피아노 말고 내가 할 수 있는 게 있을까. 하고 싶은 걸 만날 수 있을까. 그녀는 신경질적으로 또 얼굴을 문질렀다. 친구들을 만나고 집으로 돌아올 때만 해도 얼마든지 새로운 꿈을 찾을 수 있을 것 같았지만 갑자기 자신이 없어졌다. 포컬 디스토니아. 의사는 필래요의 병에 그런 이름을 붙였다. 그녀는 고개를 갸웃한 채 눈만 끔벅이며 의사의 입을 쳐다보았다. 그 생소한 이국의 병명이 자신과 연결될 수 있다는 사실이 얼른 납득이 가지 않았다. 억울하다는, 미칠 것 같다는 생각은 그 뒤였다. 그녀는 책상에 엎어놓은 책을 내려다보았다. 책을 읽다보면 꿈을 만날 수 있을 거라고 쉽게 생각한 자신이 어이없게 느껴졌다.

필래요는 의자에서 벌떡 몸을 일으켰다. 그리고 팔짱을 끼고 방을 서성이기 시작했다. 생각을 잘라내기 위해 일어났지만 생각은 끊어지지 않고 꼬리에 꼬리를 물고 이어졌다. 절망감이 그녀를 뒤덮어버렸다. 그녀의 인생은 더 이상 피아노를 칠 수 없다는 걸 알게 된 순간에 다 끝나버렸고 그 뒤의 시간은 소설의 에필로그 같은 대목일 뿐이었다. 끝났는데, 진작 다 끝나버렸는데, 모두가 그걸 알고 있는데, 혼자만 끝이 아니라고 버티고 있을 뿐이었다. 그녀는 머리를 마구 흔들었다. 그래서, 그러니까, 나보고 어쩌라고?

그녀는 도로 의자에 앉았다. 생각이란 걸 하지 않고 싶었다. 눈을 감았다. 자자, 그만. 자고 일어나면 다 괜찮아져. 그녀는 감은 눈을 더 꾹 감았다. 아침햇살이 감은 눈 안쪽에 수많은 동그라미를 그렸다. 바이올린을 왼쪽 어깨에 메고 희정이 그 동그라미 사이를 걷고 있었다.

3월 17일

가끔 그런 날이 있다. 개점하자마자 들이닥친 환불손님을 시작으로 오전 내내 환불만 줄줄 이 이어지는. 또 이런 날도 있다. 바통터치를 한 듯 진상들이 둘이고 셋이고 끊이지 않는. 오늘은 그 둘을 다 합친 날이었다.

첫 번째 손님은 며칠 전에 이월상품 매대를 헤집어가며 티셔츠를 여섯 장 사간 남자였다. 남자는 성큼성큼 매장 한복판으로 걸어오더니 티셔츠를 계산대 위에 펼쳐놓고 가방에서 냉큼 롤 클리너를 꺼냈다. 그러고는 그걸 티셔츠 위에 놓고 힘껏 문질렀다.

"봐요, 이 먼지!"

남자가 롤 클리너를 수진의 얼굴에 바짝 들이밀었다. 쇼핑몰에서 15년을 일했지만 도구까지 챙겨 와서 몸소 시연까지 해주는 경우는 이 남자가 처음이었다.

"고객님. 어떻게 해드릴까요?"

수진은 롤 클리너를 쳐다보았다. 옷에 이 정도 먼지는 다 있다고 말하면 문제가 복잡해진다. 본사에 전화를 걸고 고객센터에 찾아가 항의를 해댈 테니까.

"환불."

"여섯 장 다요?"

남자가 말없이 영수증을 계산대 위에 내려놓았다.

"아휴, 구질구질해."

매장을 나서는 남자를 힐끗거리며 승혜가 혀를 찼다. 승혜는 마네킹에 입힐 옷들을 추려놓고 스팀다리미로 구김을 펴고 있었다.

"매니저님. 저 남자 기억 안 나?"

수진은 얼굴을 잘 기억하지 못했다. 같은 손님이 자리를 옮겨 옷을 구경하고 있으면 다른 손님인 줄 알고 어서 오세요 하고 인사하는 경우가 허다했다.

"그 남자잖아. 접때 와서 신발 새 걸로 내놓으라고 한바탕 난리쳤던……"

수진이 여전히 모르겠다는 표정을 짓자 승혜가 답답한 지 머리를 흔들었다.

"왜 있잖아. 반년도 넘게 신은 신발 들고 와서는 앞코 벌어졌다고 새 걸로 바꿔달라고……"

"그게 저 사람이에요?"

그런 부부가 있었다. 실컷 신어서 바닥이 닳아버린 신발을 들고 와서 새 제품으로 교환해달라고 막무가내로 억지를 부렸다. 수선을 해주겠다고 하자 사무실까지 찾아가 관리자들을 괴롭혔다. 시달리다 못해 아동층 담당인 이 계장이 그냥 새 것으로 하나 줘서 보내자고 사정을 했다. 승혜가 새 운동화를 꺼내려는데 남자가 말했다. "이것보다 한 사이즈 큰 걸로 줘요. 애가 그동안 발이 커버려서……"

남자에 이어 두 번째, 세 번째도 환불손님이었다. 흔치 않은 날이었다.

"뭔 놈의 토요일이 평일만도 못하네. 날씨 때문인가."

승혜의 말을 들으며 수진은 속으로 오늘이 토요일이구나, 했다. 쇼핑몰 일을 하다보면 가장 먼저 무뎌지는 부분이 요일에 대한 감각이었다. 매일 오전 10시 반에 개점하고 밤 10시에 폐점했다. 오전 10시에 조회를 서고 10시 반에 고객맞이 인사를 하고 11시쯤 행낭을 받고 물류센터에서 보낸 상품이 도착하는 대로 물건을 진열했다. 주말이라고 다를 게 없었다.

"밥이나 먹고 오련다."

정오가 되자마자 승혜는 도시락을 들고 직원휴게실로 갔다. 승혜가 식사를 마치고 돌아오길 기다렸다가 수진도 9층으로 올라가 만둣국을 주문했다. 그녀의 식성을 잘 아는 사장은 사골국물 대신 멸치육수로 만둣국을 끓여 내왔다. 아침부터 몸이 으슬으슬 떨려 뜨거운 걸 먹고 싶었는데 막상 음식을 대하자 뭔가를 씹고 삼킨다는 게 귀찮았다. 따끈하게 데운 보드카나 마시고 땀을 내며 자고 싶을 뿐이었다. 그녀는 만두를 한 개 건져먹고 국물만 좀 떠먹다가 숟가락을 내려놓았다.

"벌써 먹고 온 거야? 밥을 그거밖에 안 먹으니 매출에 욕심이 없지."

20여 분만에 돌아온 수진을 보고 승혜가 머리를 흔들었다. 승혜는 모든 의욕은 식욕에서 나온다고 믿는 사람이었다.

"매니저님이 매출에 욕심을 좀 부리면 좋겠어. 우리 이번 달, 역신장 중인 거 알고 있지?"

"……"

"여기선 매출이 인격이잖아. 아침에 조회 설 때 이 계장이 역신장 중인 브랜드 일일이 호명했어. 내일 아침까지 원인 파악해오래."

"……"

"원인이 따로 있나, 뭐? 날씨가 이러니 누가 옷을 사러 오겠어?"

노트북으로 매출을 확인하며 승혜가 투덜거렸다. 3월은 매출이 많은 달이었다. 하지만 그것도 날씨가 받쳐줄 때의 말이었다. 며칠 전까지만 해도 이상고온이라고 할 정도로 날씨가 푸근해서 그런대로 봄옷이 팔렸지만 이번 주에 들어서면서 기온이 뚝 떨어지더니 오늘 출근길엔 급기야 찬바람까지 몰아쳤다. 봄옷은커녕 겨울외투를 도로 꺼내 입어야 할 판이었다.

매대에 깔 이월상품을 찾아보겠다고 승혜가 끌차를 끌고 창고로 갔다. 수진은 사다리를 펼치고 선반에 올려두었던 상자를 내렸다.

"토리가 죽었다네……"

사다리를 접고 있는데 등 뒤에서 승혜의 목소리가 들렸다. 매장에서 나간 지 몇 분 지나지도 않아서였다.

"죽었대…… 자살했대…… 창고에서…… 토리가……"

얼빠진 얼굴로 승혜가 중얼거렸다. 그녀의 목소리가 부옇게 풀어져 있었다.

"손님이 와서 매니저를 찾았대. 근데 아무도 없으니까…… 캐셔가 후방창고에 들어갔는데…… 죽어있더래. 목매서."

수진은 사다리를 매대에 비스듬히 기대어 놓았다. 이 계장이 경찰관들과 함께 다급한 걸음으로 토리 매장을 향해 가고 있었다.

"세상에, 이게 다 무슨 일이래요?"

베베와 모다가 어리둥절한 표정으로 매장에 들어왔다. 승혜가 의자에 털썩 주저앉았다. 수진은 뚜껑에 앉은 먼지를 닦아내고 상자를 열었다. 그리고 꽃병과 조화를 꺼냈다. 진달래 두 묶음, 개나리 여섯 묶음 그리고 주둥이 넓은 꽃병 두 개.

"왜 그런 거래요? 언니가 토리 매니저랑 제일 친했으니까……"

베베가 승혜의 어깨를 가볍게 흔들었다. 수진은 눌려있던 꽃송이를 일일이 손으로 폈다. 왜 죽었느냐는 것만큼 불필요한 질문이 또 있을까. 수진은 스팀다리미를 켰다. 조화에 뜨거운 김을 쐬자 접혔던 자국이 말끔히 지워졌다. 수진의 얼굴 위로 희미하게 웃음이 스쳐갔다. 베베와 모다가 얼굴을 찌푸린 채 수진을 힐끗거렸다.

"어제까지만 해도…… 아니, 어제가 뭐야. 오늘 아침에 커피 마실 때만해도 아무렇지 않았어. 알바 월급 밀린 게 좀 있긴 하지만…… 보험약관대출 받으면 된다고……"

말하는 내내 승혜는 두 팔을 늘어뜨린 채 허공을 쳐다보았다. 수진은 꽃병에 조화를 꽂아 진열대로 들고 갔다. 로봇이야 뭐야, 쟨. 사람이 죽었다는데도 어쩜 저래? 등 뒤에서 베베와 모다가 수군대는 소리가 들렸다. 들을 테면 들으라는 듯이 조심성 없는 목소리였다.

수진은 진열대 앞에 쪼그리고 앉아 꽃이 부풀어 보이도록 손바닥으로 꽃봉오리를 가볍게 쓸었다. 어디선가 짧은 비명소리가 났다. 그녀는 고개를 돌렸다. 구급대원들이 흰 천으로 덮은 들것을 들고 화물엘

리베이터 쪽으로 가고 있었다. 직원들과 손님들이 웅성대며 그쪽을 쳐다보았다. 그녀는 고개를 갸웃거렸다. 아무 것도 현실처럼 느껴지지 않았다. 또 한 번 비명소리가 났다. 그녀는 손님이 들고 있는 우산을 쳐다보았다. 비닐집 밑으로 빗물이 고여 있었다. 비가 오고 있구나, 수진은 생각했다. 자신을 둘러싼 세상에서 생생한 현실은 오직 고여 있는 저 빗물뿐이었다.

"매니저님들. 자리 지키셔야죠."

언제 왔는지 이 계장이 매장 앞에 서 있었다. 베베와 모다가 어색하게 웃으며 얼른 자기들 매장으로 돌아갔다. 목이 말랐다. 오한이 나며 다리가 쑤시는 게 아무래도 몸살인 모양이었다. 수진은 일어나 창고로 들어갔다. 폴리백 더미 속에 손을 집어넣어 소주병을 꺼냈다. 바닥에 쭈그리고 앉아 뚜껑을 여는데 갑자기 매장에서 큰 소리가 났다. 그녀는 뚜껑을 닫고 창고에서 나왔다. 계산대를 사이에 두고 승혜를 마주보고 서 있는 여자가 눈에 들어왔다.

"이게 말이 돼요? 응?"

여자의 얼굴이 벌겠다. 수진은 승혜 곁으로 갔다.

"어제 내 전화 받은 사람이 누구에요?"

여자가 수진과 승혜를 번갈아 쳐다보며 물었다. 저예요, 승혜가 대답했다.

"어제 전화했을 때 환불해주겠다고 했어요, 안했어요?"

"안 해드리겠다는 게 아니고요, 환불하려면 영수증이 필요하단 말씀을,"

승혜의 말을 끊으며 여자가 버럭 소리를 질렀다.

"아니. 넉 달이나 영수증을 갖고 있는 사람이 어디 있어요?"

설마 넉 달 전에 사간 옷을 환불하겠다? 수진은 승혜를 쳐다보았다.

승혜가 작게 고개를 끄덕였다.

"그러니까 카드 회사에 전화해서 승인번호를 확인하셔야 한다고요."

"그걸 왜 내가 해요?"

"네?"

그럼 누가 하니, 이 싸가지야. 하, 세상은 넓고 미친년은 많다더니.

"카드회사에 전화연결하기가 얼마나 어려운지 몰라요?"

여자가 인상을 쓰며 언성을 높였다. 수진이 나섰다.

"그것 말고는 방법이 없어요, 고객님. 승인번호 여덟 자리를 알아야 영수증 재출력이 가능합니다."

"이것들이 정말! 야, 그런 법을 누가 만들었어? 환불 포기하게 하려고 너희들이 만든 거잖아, 아니야? 보자보자 하니까 정말 사람을 보자기로 아나, 이것들이."

수진은 스마트 폰을 꺼내 계산대에 올려놓았다.

"지금부터 녹음하겠습니다."

수진은 녹음버튼을 누르고 차분하게 말했다.

"넉 달이 지나 환불할 수 없음에도 저희 직원이 그렇게 안내해드렸기 때문에 최선을 다해 고객님 편의를 봐드리려고 하고 있습니다. 영수증 없인 환불 자체가 불가능해서 승인번호를 받으셔야 한다고 안내해드렸습니다만."

"그러니까 뭘 받아오라고요?"

"승인번호요."

녹음을 시작하자마자 여자가 바로 수그러들었다. 고맙다, 스마트폰아. 여자가 발을 쿵쿵거리며 매장을 나갔다.

"매니저님. 왜 이러지, 오늘? 소금이나 확 뿌려버릴까 보다."

승혜가 수진을 쳐다보며 맥없이 웃었다. 하지만 그 웃음은 2초도 지나지 않아 울음으로 바뀌어버렸다. 갑자기 그녀가 손바닥으로 얼굴을 감싸고 계산대 뒤에 쪼그려 앉았다.

"토리 그거…… 가엾어서 어쩌지……"

손가락 사이로 울음소리가 흘러나왔다. 수진은 의자에 앉아 승혜를 내려다보았다.

"왜 죽고 지랄이야, 지랄이."

수진은 토리와 한 번도 이야기를 해본 적이 없었다. 이 쇼핑몰에서만 8년째 일하고 있지만 승혜 말고는 딱히 이야기를 나누는 상대가 없었다. 그래도 승혜를 통해 쇼핑몰 돌아가는 내용은 다 들어 알고 있었다. 토리는 작년 가을에 이 쇼핑몰에 입점했다. 토리는 거의 매일 12시간씩 풀타임 근무를 했다. 반년 동안 토리는 딱 사흘을 쉬었다. 매출이 너무 없어 직원을 쓸 여유가 없기 때문이었다. 승혜는 토리에 대한 이야기를 할 때마다 너무 안쓰럽다는 말로 마무리를 지었다. 아무 것도 모르는 채로 이 바닥에 뛰어든 토리가 안쓰럽고, 명절에도 풀타임 근무를 하는 토리가 안쓰럽고, 본사와 쇼핑몰로부터 매출 압박을 받는 토리가 안쓰럽다고. 친정붙이들 때문에 늘 돈에 허덕대는 토리가 안쓰럽다고. 수진은 안쓰럽다는 말을 짜증스럽다는 말로 바꿔서 이해했다. 제대로 알아보지도 않고 덜컥 매장을 맡은 토리가 짜증스럽고, 명절에 쉬지도 못한다고 징징대는 토리가 짜증스럽고, 제 앞가림도 못하는 주제에 친정식구들까지 챙기는 토리가 짜증스럽다고. 관리자가 매장 앞을 지나갔다. 수진은 얼른 의자에서 일어났다. 몸이 덜덜 떨리고 어지러웠다.

"언니. 이따 4시에 다빈이 출근하죠?"

승혜가 울음을 그치길 기다렸다가 수진이 조심스럽게 입을 열었다. 승혜가 코를 풀며 고개를 끄덕였다.

"그럼 저 들어갈게요. 몸살기가 있어서요."

"그래, 손님도 없는데. 나도 다빈이 오자마자 퇴근하려고."

가방을 챙겨 수진은 매장을 나섰다. 하행 에스컬레이터에 발을 올리는 순간 방금 전까지만 해도 전혀 와 닿지 않았던 토리의 죽음이 갑자기 실감나며 가슴이 쿵 내려앉았다. 호영의 마지막 모습이 떠올랐다. 목을 맸다면 토리의 모습도 호영과 별반 다르지 않았을 테지. 그녀는 숨을 크게 들이마셨다가 내뱉었다. 노랫소리가 귓속으로 흘러들었다. 안내방송이 나올 때를 제외하곤 하루 종일 흘러나와 평소엔 의식하지도 않게 되는 노랫소리였다. 나는야 주스 될 거야 나는야 케첩 될 거야 나는야 춤을 출 거야 멋쟁이 토마토 토마토! 그녀는 가슴에 손을 얹었다. 그냥 저 토마토처럼 살면 되는 건데. 가뭄에 뿌리가 마른다면 할 수 없고, 장마에 낙과한다면 그것도 어쩔 수 없고, 운 좋게 별 탈 없이 탐스러운 토마토가 된다면 주스나 케첩이 되길 꿈꾸면서, 그렇게 살면 그만인 건데.

그녀는 지하주차장으로 내려갔다. 차에 올라탔다. 어디로 가지? 집에 안 들어간 지 한 달이 다 되어가고 있었다. 호영이 죽은 뒤론 집에선 도저히 잠을 이룰 수가 없었다. 일부러 몸을 지치게 만들어 봐도 집에만 들어가면 눈이 말똥말똥해졌다. 몸이 계속 으슬으슬 떨렸다. 취하도록 술을 마시고 따끈한 방바닥에 등을 대고 자고 싶었다. 불쑥 잠자는 숲이 떠올랐다. 보름 전에 충동적으로 그곳을 찾았을 때 그녀는 거짓말처럼 밥 한 그릇을 뚝딱 비우고 꿈도 없는 깊은 잠을 잤다. 두 번째로 갔을 때도 마찬가지였다. 수진은 내비게이션에 '밥&잠'을 입력하고 차에 시동을 걸었다.

*

가위눌림은 늘 방울소리에서 시작되었다. 막 잠에 빠져드는 순간 먼 곳에서 희미하게 방울이 울렸다. 그 소리가 조금씩 다가오며 커지다가 이윽고 방울이 귓속에 박힌 것처럼 요란하게 딸랑대면 필래요는 전신에서 힘이 빠지며 손가락 하나 까딱할 수 없는 상태가 되어버렸다. 예고를 그만두고 잠자는 숲으로 내려온 첫날부터 하루도 가위에 눌리지 않은 날이 없었다. 그게 두려워서 잠들지 않기 위해 안간힘을 써보기도 했지만 어떻게든 피할 방법이 없다는 걸 깨닫고 곧 체념하게 되었다. 잠자리에 누우면 그녀는 최대한 몸을 이완시키고 방울소리를 기다렸다. 한바탕 가위에 눌려 곤죽이 된 뒤엔 그런대로 평온한 잠이 찾아왔다. 하루에 한 번. 그래, 하루에 한 번만 견디면 된다는 게 그런대로 위안이 되었다. 그런데 어젯밤엔 두 번이나 가위에 눌렸다. 친구들을 보고 반가운 마음에 이름을 불렀는데 그들이 떼로 달려들어 그녀를 덮쳐버렸고 그녀는 그 즉시 두 번째로 가위에 눌렸다.

오후 두 시가 다 되어가도록 필래요는 침대에 누워있었다. 암막커튼을 꼭꼭 닫아놓아 방안은 밤처럼 어두웠다. 아무 것도 하고 싶지 않았다. 의사는 그녀의 병이 몸이 아닌 마음의 문제라고 했다. 피아노를 접을 수밖에 없게 만든 것이 다른 것도 아니고 자신의 마음이라니. 그것도 피아노를 외면하고 있을 땐 멀쩡하다가 간절한 마음으로 다시 피아노를 붙잡게 되었을 때, 기회를 노리며 매복하고 있던 적군처럼, 타이밍 한번 절묘하게도, 그 순간에 자신을 덮쳐버린 게 다름 아닌 자신의 마음이라니. 가위눌림도 다르지 않았다. 있지도 않은 방울소리를 만들어낸 것은 마음이니까. 얼마나 정신이 약해빠졌으면 그런 일이 일어날까. 도대체 내 속에서 무슨 일이 일어나고 있는 거지? 한 순간도 마음을 놓고 살아본 적이 없는 것 같은데 언제 이 마음이란 놈이 이렇게 멋대로 나를 배반해버리게 된 거지?

현관문 열리는 소리가 들렸다. 엄마일 것이다. 필래요는 두 차례나 엄마의 전화를 받지 않았다. 무슨 말을 할지 뻔했다. 밥 먹자, 필래요. 요즘 들어 그녀는 밥 먹으라는 말만 들으면 화가 났다. 아무 것도 하는 일 없이 밥만 축내는 자신이, 누군가의 표현을 빌자면, 걸어 다니는 똥자루처럼 느껴졌다.

"필래요."

뜻밖에도 재훈이었다.

"나와 봐. 누가 찾아왔어."

"누구?"

목소리가 갈라졌다. 며칠 전에 엄마의 심부름으로 온양에 다녀온 뒤로 필래요는 재훈에게 존댓말을 하지 않게 되었다.

"민지가 널 만나고 싶대. 식당에서 기다리고 있으니까 얼른 와."

재훈이 현관문을 닫았다. 필래요는 일어나 암막커튼을 걷었다. 민지가 누구지? 설마 현대무용 하는 그 민지? 그녀는 이를 닦고 대충 머리를 묶었다.

식당으로 갔다. 엄마와 마주앉아 있는 한 여자아이가 보였다. 아이는 필래요를 보자마자 일어나 꾸벅 인사를 했다. 엄마가 뒤를 돌아보며 그녀에게 이리 오라고 손짓했다.

"민지. 엄마 친구 딸."

민지가 자리에 앉아 또 한 번 고개를 숙였다. 처음 보는 얼굴이었다. 필래요는 엄마의 옆자리에 앉았다.

"민지가 너한테 레슨 받고 싶대."

엄마가 필래요를 돌아보며 말했다. 그녀는 무슨 말이냐고 묻는 눈으로 엄마를 멀뚱멀뚱 쳐다보기만 했다.

"피아노."

엄마가 짧게 숨을 들이켜고 필래요를 외면한 채 말했다. 예고를 그만둔 뒤로 엄마 입에서 피아노란 낱말이 나온 건 이번이 처음이었다. 재훈이 서빙카트를 끌고 와서 필래요 앞에 밥상을 차렸다.

"어쩌지, 오빠? 나 밥 생각 없는데."

"밥을 무슨 생각으로 먹니? 그냥 때 되면 먹는 거예요, 밥은."

피식, 필래요는 웃었다. 할머니나 할 법한 말들을 아무렇지 않게 하는 재훈을 보면 어쩔 수 없이 웃음이 났다. 엄마는 그를 따라 조리실로 들어갔다.

"저, 레슨 좀 해주세요. 딱 한 번만 봐주시면 돼요."

민지가 필래요를 보고 방긋 웃었다. 그녀는 무심한 목소리로 대답했다.

"나 이제 피아노 못 쳐요."

필래요는 젓가락을 쥐고 밥을 떴다. 느낌이 이상해서 고개를 드니 민지가 호기심 가득 찬 눈으로 필래요의 손을 쳐다보고 있었다. 눈이 마주치자 민지가 또 방긋 웃었다. 정말이지 방긋, 이라고 밖엔 달리 표현할 말이 없는 웃음이었다.

"딱 한 번만 봐주시면 돼요. 다음 주에 콩쿠르 나가거든요."

"그럼 레슨선생님한테 봐달라고 해야죠."

"레슨 받는 데가 없어요."

"그럼 혼자 연습해요?"

"네. 유튜브 보고요."

민지가 웃었다. 이번엔 억지웃음이었다. 밥을 끼적대기만 하다가 필래요는 젓가락을 내려놓았다.

"레슨 같은 거 해본 적도 없어요. 하지만 여기까지 왔으니까 치는 것만 한 번 볼게요."

"아, 고맙습니다!"

민지가 벌떡 일어나더니 꾸벅 고개를 숙였다. 필래요는 밥을 남겨 미안하다고 재훈에게 말하고 식당을 나왔다. 민지가 그녀의 뒤를 따라왔다. 별채에 들어가자마자 필래요는 창문을 열고 피아노 뚜껑을 열었다. 민지가 피아노 의자에 앉아 바지에 손바닥을 문질렀다. 필래요는 식탁 의자를 가져다가 민지의 오른쪽 뒤편에 앉았다. 민지가 심호흡을 하고 멘델스존의 론도 카프리치오소를 치기 시작했다. 연주를 마치고 민지가 두 손을 허벅지 위에 올리고 필래요의 말을 기다렸다.

"더 잘 칠 수 있어요."

민지가 고개를 돌려 긴장한 얼굴로 필래요를 빤히 쳐다보았다.

"보통은 빠른 부분만 연습하는데 맨 첫 장을 어떻게 치는 지가 굉장히 중요해요. 지금은 느린 부분을 칠 때 머리는 뒤에 나올 빠른 부분을 어떻게 쳐야 하나, 이미 그 생각을 하고 있는 게 다 보여요. 아마 이건 유튜브 보는 걸로는 안 될 거예요."

"……"

"우선 눈에 띄는 점 두 가지만 말해줄게요. 페달이 지금 너무 지저분해요. 페달을 갈 때 음이 섞이지 않도록 가야 해요. 그리고,"

민지가 아, 하고 탄성을 내뱉는 바람에 필래요는 잠깐 말을 끊었다가 다시 이었다.

"오른손만 중요하게 생각하는데 왼손 화성도 확실히 듣고 가는 게 중요해요. 무슨 말인지 알겠어요?"

말을 해놓고 필래요는 속으로 픽, 웃었다. 무슨 말인지 알겠어? 레슨 받을 때 그녀가 가장 듣기 싫어했던 말이었다.

"몇 학년이에요?"

"고 1이요."

"피아노 전공할 생각이에요?"

민지가 고개를 끄덕였다. 그리고 침을 꼴딱 삼키더니 필래요의 입을 뚫어져라 쳐다보았다.

"첫 장을 잘 연습해 봐요."

민지가 필래요의 입에서 눈을 떼지 않았다. 무슨 말이라도 더 해야 할 것 같았다.

"빠른 부분도 테크닉적으로 연습할 게 많은데 그건 음…… 오늘이 토요일이니까…… 다음 주에 얘기해줄게요. 월요일 어때요?"

"아, 진짜요? 헐, 고맙습니다."

"학교 끝나는 대로 이리로 와요."

민지가 나갔다. 필래요는 샤워를 하고 옷을 갈아입었다. 요 며칠 할아버지 집에 가지 않았다. 할아버지 집에 가고 싶었다. 그녀는 가방을 메고 별채를 나섰다. 정원을 가로질러 대문을 향해 걷는데 주차장으로 빨간 자동차 한 대가 들어왔다. 차문이 열리고 여자가 내렸다. 여자는 트렁크를 열고 캐리어를 꺼냈다. 낡고 커다란 검정색 하드캐리어. 필래요는 여자를 기억하고 있었다. 언젠가 이른 아침에 밥&잠을 찾아왔던 여자. 어깨가 벌어진 데 비해 하체에는 살이 없는 역삼각형 체형에다가 머리마저 짧은 단발이라 필래요는 단박에 왕자님을 떠올렸다. 양손에 구두를 들고 다니며 신데렐라를 찾는 왕자님.

필래요는 걸었다. 걸을수록 머릿속이 비워지는 것 같았다. 20여 분 걸어 할아버지 집에 이르렀다. 대문을 밀자 녹슨 경첩이 삐걱하고 힘겨운 소리를 냈다. 그녀는 이 소리를 좋아했다. 이 소리를 들으면 최면에 빠진 것처럼 단박에 어린 시절로 돌아가는 것 같았다. 열아홉의 필래요를 대문 밖에 벗어놓고 예닐곱 살의 필래요가 되어 대문 안쪽으로 들어서는 것 같았다.

거실 소파에 가방을 내려놓고 그녀는 주방으로 갔다. 배가 고팠다. 멸치국수가 먹고 싶었지만 국수도 멸치도 있을 리가 없었다. 컵라면을 먹기로 하고 그녀는 무선주전자의 스위치를 눌렀다. 부글부글 소리를 내며 물이 끓었다. 뜨거운 것. 뜨겁게 마구 끓어오르는 것. 그녀는 주먹을 꽉 쥐었다. 실은 아까 피아노 치는 민지를 볼 때 필래요의 가슴 속에선 울음이 뱅뱅 돌았다. 민지의 실력은 보잘 것 없었지만 그 아이에게서 피아노에 대한 뜨거운 마음이 보였다. 그건 필래요 자신이 다시는 품을 수 없게 된 뜨거움이었다.

컵라면용기에 뜨거운 물을 붓고 그녀는 식탁에 앉았다. 라면을 먹었다. 맛있었다. 나는 아픈데, 내 마음은 망가져서 손가락 근육도 의지대로 움직일 수 없고 매일 밤 가위에 눌려 진땀을 쏟는데, 때가 되면 배가 고프다는 사실이, 심지어 그것이 맛있기까지 하다는 사실이 서글펐다. 게다가 잠까지 왔다. 종일 잤는데도 또 졸리다니. 오늘뿐만이 아니었다. 뭔가 하고 싶은 의욕이 없어지면서 체체파리한테 물리기라도 한 것처럼 자도 자도 또 잠이 왔다. 그녀는 자조하듯 중얼거렸다. 그런 거지 뭐. 때가 되면 배가 고프고 때가 되면 잠이 오고. 식탁을 치우고 그녀는 서재로 갔다. 할아버지 의자에 앉았다. 의자를 뒤로 젖혔다. 그리고 할아버지가 그랬던 것처럼 다리를 책상에 올리고 눈을 감았다.

금세 잠이 왔다. 그녀는 꿈도 없는 깊은 잠속으로 빠져들었다. 한 시간 남짓 지났을까. 누군가 어깨를 흔들어대는 바람에 깜짝 놀라 눈을 떴다. 아무도 없었다. 그녀는 고개를 갸웃거렸다. 아직도 어깨에 누군가의 손이 닿았던 느낌이 남아있었다. 그래, 가끔 이런 꿈을 꿀 때가 있어. 너무도 생생해서 꼭 현실 같은 꿈. 그녀는 도로 눈을 감았다. 그리고 막 잠에 빠져드는 순간 누군가 필래요, 하고 이름을 불렀다. 따뜻한 목소리였다. 따뜻하다는 말로 다 담아낼 수 없을 만큼 따뜻해서 온몸에 전율이 일었다. 그녀는 눈을 감은 채 빙긋 웃었다. 그러자 이번엔 그 목소리가 다급하게 그녀의 이름을 불렀다. 눈을 떴다. 여전히 아무도 없었다. 아니, 아무도 없는 게 아니었다. 분명 누군가가 있었다. 눈으로 볼 수는 없었지만 그녀는 그 누군가를 분명하게 느낄 수 있었다. 눈이 부시도록 새하얀 구름 같은 것이, 한없이 따뜻하고 푸근한 것이 그녀를 감싸 안고 있었다. 그녀는 의자에서 몸을 일으켰다. 그리고 방문을 열고 현관을 향해 걸어갔다. 분명 자신의 발로 걷고 있는데도 발이 바닥에 닿는 느낌이 들지 않았다. 구름 같은 것이 머리꼭대기부터 발끝까지 그녀의 몸을 에워싸고 있었다. 필래요는 현관문을 열었다. 문밖에서 힘센 손이 그녀를 끌어당겼다.

"안에 누구 더 있어?"

필래요를 마당으로 끌고 가며 소방관이 물었다. 그녀는 고개를 흔들었다.

"아무도 없는 거지? 혼자 있던 거 맞지?"

그녀는 고개를 끄덕였다. 대문 밖에 모여 있던 동네사람들이 그녀를 밖으로 데려갔다.

"괜찮니? 괜찮은 거야, 필래요?"

사람들이 그녀를 에워쌌다. 그녀는 팔을 엇물려 양손으로 제 어깨를 안고 바닥에 쪼그려 앉았다. 할아버지 집에서 그녀를 안아주었던 그 따뜻한 품을 다시 느껴보고 싶었다. 어디로 갔을까. 아, 어디로 가버렸을까. 그녀는 쪼그려 앉은 채 뒤를 돌아보았다. 집에서 연기가 솟아나고 있었다. 힘껏 눈을 감았다가 다시 떴다. 꿈이 아니었다. 그녀는 벌떡 몸을 일으켰다가 엉덩방아를 찧으며 도로 주저앉았다. 필래요는 눈을 끔벅이며 골목길 안쪽으로 들어오고 있는 왜건을 바라보았다.

"아가!"

차가 멈춰 서고 엄마가 차문을 열고 내렸다. 차문이 열리고…… 엄마가 내려서고…… 왼발오른발왼발오른발…… 엄마가 슬로모션으로 움직이고 있었다. 꿈은 아닌데…… 어떻게 이게 현실이지?

"아가. 괜찮아? 응?"

필래요는 눈을 끔벅거리며 엄마를 쳐다보았다. 필래요가 아기일 때도 엄마는 아가라고 부른 적이 없었다. 맘마니 지지니 하는 유아어도 쓰지 않는 사람이 엄마였다. 엄마가 필래요를 끌어안았다. 그녀는 안긴 채로 엄마의 어깨 너머로 집을 바라보았다. 소방관들이 집을 향해 호스로 물을 뿌리고 있었다. 물줄기가 닿자 불은 고양이처럼 날렵하게 처마 밑으로 숨어들었다. 감탄이 나올 만큼 민첩하고 우아한 동작이었다. 그녀는 입을 헤벌린 채 그 광경을 넋을 놓고 바라보았다.

"집에 가자, 엄마랑."

엄마가 필래요를 일으켜 세웠다. 소방관이 그들 모녀를 막아섰다. 조사가 필요하다고 했다. 엄마는 일단 아이부터 진정시키고 조사는 나중에 하자고 했다. 필래요는 엄마와 함께 차에 올라탔다.

"필래요……"

재훈이 대문 앞에 나와서 필래요를 기다리고 있었다. 겨루가 뛰어왔다. 필래요는 겨루를 안았다. 개가 혀로 그녀의 얼굴을 핥았다. 따뜻했다. 그녀는 그제야 자신이 떨고 있다는 것을 알았다. 엄마는 나무에 매달아놓은 새집에서 담배부터 꺼내 물었다.

"들어가자, 필래요."

필래요는 겨루를 내려놓고 재훈을 따라 식당으로 들어갔다. 재훈이 따뜻한 물을 갖다 주었다. 물을 마셨다. 물이 목구멍을 넘어가 식도를 타고 위로 내려가는 게 느껴졌다. 이 생생한 감각에도 불구하고 여전히 모든 게 현실 같지 않았다. 그녀는 탁자에 엎드려 눈을 감았다.

"여태 가슴이 벌렁대여. 빈집인 줄로만 알았지 그 안에 애가 있을 중 누가 생각이나 했어?"

"그나저나 불붙은 문을 열고 아무렇지 않게 걸어 나오다니…… 보면서도 당최 내 눈을 믿을 수가 없었대니깐."

"다 하나님 은혜지 뭐여. 우리 목사님이 손녀라면 조선에 다시없이 이뻐라 하시더니만."

"근데 왜 불이 난 거여? 작년 가을처럼…… 누가 또 일부러 불을 낸 거 아니여, 이거?"

할아버지 집 앞에 모여 있던 마을사람들이 어느새 밥&잠으로 옮겨 온 모양이었다. 필래요는 여전히 탁자에 엎드려 있었다. 물속에 머리를 박은 것처럼 사람들의 말소리가 또렷하게 들리지 않았다.

"작년 가을에 불낸 놈은 그예 못 찾고 말았지?"

"마을이 점점 흉흉해져서 못 살겠어요."

"그러게. 당최 무서워서 살 수가 없네, 이거. 시체 볼까봐 무서워서 부악산에도 못 가겠다니깐."

"무서운 것도 무서운 거지만 괜히 시체 보면 신고 안할 수도 없고…… 신고했다간 진술선지 뭔지 쓴다고 경찰서 들락거리는 것도 세상 못할 짓이라."

"아니, 멀쩡히 밭 매고 있는 사람 등에 칼을 꽂는 미친놈이 있질 않나…… 하이고 참."

"자살마을인지 뭔지, 아 우리야 아무 득보는 것도 없이…… 지랄."

마을이 자살마을로 소문나면서 방문객들이 꾸준히 이 곳을 찾았다. 그러다보니 사건사고 하나 없던 조용하고 평범하던 시골마을에 잊을 만하면 한 번씩 좋지 않은 일들이 일어났다. 가장 최근에 일어난 사건은 한 남자가 50대 여인의 등을 칼로 찌른 일이었다. 범인은 이 동네 사람이 아니었고 피해자와 가해자는 일면식도 없는 사이였다. 경찰서에서 범인이 했다는 말이 가관이었다. 수그리고 있는 여자의 등이 죽고 싶어 죽고 싶어 하고 하소연을 하더라나. 방화사건은 심심치 않게 일어났다. 마을회의에서 씨씨티브이를 달자는 말이 나왔지만 설치비용이 만만치 않았다. 계속 민원을 제기하고는 있지만 아직까지는 가타부타 말이 없었다.

필래요는 식당을 나와 별채로 갔다. 그제야 몸에서 연기 냄새가 맡아졌다. 씻고 싶었지만 몸이 떨려서 엄두가 나지 않았다. 그녀는 커튼을 다 내리고 침대에 누웠다. 이불을 턱까지 여미고 누워 할아버지 집에서 있었던 일들을 천천히 되짚어 보았다. 누군가 잠든 그녀를 흔들어 깨웠고 한없이 따뜻하고 푸근한 것이 그녀를 감싼 채 무사히 집밖으로 이끌어내 주었다. 도대체 누구 혹은 무엇이었을까. 누구 혹은 무엇이기에 불타고 있는 집에서 그녀를 털끝 하나 그을리지 않은 상태로 밖으로 이끌어 냈을까. 그녀는 연기조차 마시지 않았고 불붙은 현관문 손잡이를 잡았음에도 손가락에 물집 하나 잡히지 않았다.

그녀는 눈을 감은 채 누워있었다. 핸드폰이 몇 번 울리고 현관문 두드리는 소리도 몇 번인가 들렸지만 꼼짝도 하지 않았다.

어둠이 깊어지길 기다렸다가 그녀는 별채를 빠져나와 할아버지 집으로 갔다. 집은 불에 타긴 했지만 뼈대는 그대로 남아있었다.

그녀는 문설주를 짚고 섰다. 집이 사라졌다는 상실감이 그녀를 휩쌌다. 하숙집에서 살 때 그녀는 집에 가고 싶다는 생각을 자주 했다. 하지만 막상 엄마의 집에 가면 거기서도 저도 모르게 집에 가고 싶어, 집에 가고 싶어, 중얼거리곤 했다. 그녀에게 집은, 왜냐고 물으면 뭐라고 대답해야 할지 모르겠지만, 1년에 고작 한 달 가량 머물렀던 할아버지 집뿐이었다. 할아버지가 설교 준비를 하다가 시간이 되면 일어나 국수를 삶고 필래요, 이건 벌써 쉰 살이 넘었구나, 하고 나직하게 중얼거리던 그 집.

갑자기 울음이 터지려고 했다. 그녀는 손바닥으로 얼굴을 감쌌다. 하지만 눈물은 나오지 않았다. 그녀는 두 손으로 얼굴을 감싼 채 가만히 서있었다. 보름 전에 하숙집에서 울었던 기억이 났다. 그 곳에서 그녀는, 창문 하나 없어 칠흑같이 깜깜한 그 방에서 그녀는, 슬픈 것도 아니고 아픈 것도 아니었는데 방바닥에 주저앉아 엉엉 울고 말았었다. 왜 그랬을까. 미처 물음표가 다 그려지기도 전에 그녀는 깨달았다. 하숙집에서의 그 울음은, 슬픈 것도 아니고 아픈 것도 아닌데 그렇게 사지를 떨며 울어댔던 그 울음은 그러니까, 엄마 뱃속을 빠져나온 아기가 세상을 향해 터뜨리는 첫 울음이었다…… 그러니까 그 시간, 나는 한 세상에서 다른 세상으로 넘어온 거였어, 그런 거였어……

진저리가 등줄기를 훑고 내려갔다. 그녀는 부르르 몸을 떨며 불탄 집을 똑바로 쳐다보았다. 깨지고 그을리고 휘어지고 부서진 자리들이 필래요, 필래요, 울먹이며 그녀를 불렀다. 그녀는 깨지고 그을리고 휘어지고 부서진 자리들을 하나하나 눈으로 어루만졌다. 하숙집에서의 그 까닭 모를 울음이 한 세상에서 다른 세상으로 넘어오는 통과의례였다면 그 다른 세상의 시작이 '지금, 이곳'이라는 막연한 느낌이 들었다. 그렇다면 지금 내가 할 일은 무엇일까.

지금, 이곳.

지금, 이곳.

그렇다면…… 집짓기?

또 한 번 온 몸에 전율이 일었다. 그래, 집을 짓자. 그녀는 고개를 끄덕였다. 이 집을 내 손으로 다시 짓자. 내 인생 2막의 시작은 집짓기다. 집을 짓는 동안 어쩌면 나를 불타고 있는 집에서 이끌어낸 존재를 다시 만날 수 있을 지도 몰라.

그녀는 다시 팔을 엇물려 잡고 그 자리에 쪼그려 앉았다. 눈을 감았다. 그 따뜻한 품이 간절히 그리웠다. 자신의 삶이 그 순간을 기점으로 나뉘었다는 걸 그녀는 알았다. 그 느낌을, 그 따뜻함을 알기 전으로 돌아갈 수는 없을 것이다.

그녀는 집으로 돌아갔다.

"배고프지?"

재훈이 물었다. 그녀는 빙긋 웃으며 고개를 끄덕였다. 나중에 결혼을 하게 된다면 꼭 배고프냐고 물어봐주는 사람과 해야지. 재훈이 얼른 식탁을 차렸다. 주방에 있던 엄마가 홀로 나왔다.

"하고 싶은 게 생겼어, 엄마."

"뭔데?"

앞치마에 손을 문지르며 엄마가 필래요의 맞은편 의자에 앉았다.

"할아버지 집 있잖아. 내가 그 집을 새로 지어볼게."

재훈이 국그릇을 가만히 식탁에 내려놓았다. 엄마는 한동안 말이 없었다. 한참 뒤에 엄마가 입을 열었다.

"좋아. 장마 오기 전에 마치려면 서둘러야 할 거야."

2

5월 24일

어제로 기초 작업이 끝나고 오늘부터 드디어 집의 골조를 세우는 공사가 시작된다.

필래요는 새벽 다섯 시도 되기 전에 눈을 떴다. 잠자리에 든 게 자정이 훨씬 넘어서였으니까 글쎄, 세 시간이나 잤을까. 그래도 피곤하지 않았다. 요즘 같아서는 아예 잠을 자지 않고도 살 수 있을 것 같았다. 그녀의 마음은 온통 집 생각뿐이었다. 집을 짓기로 마음먹은 날부터 그녀는 하루도 쉬어본 적이 없었다. 처음 며칠은 도서관으로, 대형서점으로 다니며 집에 관한 책들을 뒤적거렸고, 그 다음엔 설계사무소를 찾아 뛰어다녔다. 상담 끝에 그녀는 30평짜리 단층 목조주택을 짓기로 했다. 좀 더 넓은 집을 짓고 싶었지만 30평 이하라야 건축신고만으로 착공이 가능하다고 했다.

설계가 완성되기까지 꼬박 한 달이 걸렸다. 설계사무소에서 처음에 제시했던 건 보름이었지만 서로 의견을 조율하는 과정에서 시간이 두

배로 늘어났다. 행정절차를 밟는 것도 시간이 걸렸다. 그에 비해 시공업체 선정은 의외로 수월했다. 시공업체에선 별 일만 없으면 40여 일이면 집을 다 지을 수 있다고 했다. 계획표대로라면 12일째 지붕에 방수시트를 깔게 될 건데, 그 뒤로는 비가 와도 큰 문제는 없다고 했다.

필래요는 새벽부터 저녁까지 하루 종일 공사현장에 있었다. 공정 하나하나를 빠짐없이 디지털카메라에 담았다. 일이 끝나면 읍내에 있는 문방구에 가서 사진을 인화했다. 그리고 집에 와서 사진을 붙여가면서 일기를 쓰는 것으로 하루를 마무리했다. 블로그에 매일 집 짓는 과정을 올려볼까 하고 생각도 해봤지만 마음이 내키지 않았다. 비밀까지는 아니어도 굳이 떠벌리고 싶지는 않았다. 집을 다 짓고 나서 이걸 책으로 출판하는 게 그녀의 계획이었다. 집에 대해 아는 게 없어서 서점으로 도서관으로 돌아다녔지만 문외한을 위한 마땅한 지침서를 찾을 수가 없었다. 까짓 것, 내가 써봐? 처음엔 장난삼아 한 생각인데 생각할수록 괜찮은 생각이다 싶었다. 책은 읽는 것인 줄로만 알았지 쓴다는 건 한 번도 생각해본 적이 없었지만 일단 한 번 그렇게 생각하자 해보고 싶다는 의욕이 솟구쳤다. 자신이 정말 하고 싶은 게 집을 짓는 건지 책을 만드는 건지 모를 정도로 그녀는 책 쓰기에 푹 빠져들었다.

공사를 시작하고 처음 사흘간은 정신 차릴 사이도 없이 하루하루가 갔다. 굴삭기가 오고 레미콘 차들이 오고 철근을 자르고……. 그날 작업한 것만 기록해도 공책 예닐곱 쪽이 금방 채워졌다. 그런데 나흘째 되는 날엔 그 전날 기초틀 안에 쏟아 부은 콘크리트가 굳기를 기다리는 것 말고는 달리 할 게 없었다.

그녀는 아무 할 일도 없는 공사현장에 혼자 남아 서서히, 아주 서서히 굳어가는 콘크리트를 하루 종일 내려다보았다. 지루했지만 이상하게도 그 현장을 떠날 수가 없었다. 쪼그리고 앉은 그녀의 등허리를 밟고 슈만이 베토벤이 리스트가 라흐마니노프가 바흐가 지나갔다. 모차르트가 스카라티가 버르토크가 쇼팽이 멘델스존이 슈베르트가 체르니가 지나갔다. 드뷔시가 프로코피예프가 브람스가 시마노프스키가 라벨이 헨델이 지나갔다. 그들이 황톳길을 지나 언덕 너머로 사라지길 기다렸다가 그녀는 무릎을 꿇고 앉아 굳어가는 콘크리트 위에 양손을 올려 손자국을 남겼다.

그날 집에 돌아와 그녀는 집짓기 일기에 처음으로 자기 자신의 이야기를 덧붙여 썼다. 피아노에 대해, 할아버지의 무릎에 대해, 엄마의 옷장에 대해, 친구들과 누비고 다녔던 정동길에 대해…….

이야기는 끝도 없었다. 자신 안에 있는 줄도 몰랐던 이야기들이 마구 쏟아져 나왔다. 울기도 하고 웃기도 하면서 글을 썼다. 쓰다 보니 새벽 네 시였다. 말 그대로 까만 밤을 하얗게 지새우고 그녀는 공사현장으로 걸어가면서 미래에 대해 생각했다. 지금부터 글공부를 해서 문예창작학과에 들어가 볼까? 사실, 아직 아무에게도 말은 안했지만, 집을 짓기 위해 설계사무소를 찾아다니면서 건축설계학과에 진학할 마음을 품었었다. 집을 다 짓고 나면 그때부터 수능준비를 해서 내년에 수능을 치를 계획이었다. 인문계 학생들처럼 죽어라고 공부를 해본 적은 없지만 하나도 겁나지 않았다. 그녀는 피아노 뚜껑을 닫고 그 뚜껑 위에다가 손가락 연습을 하던 날들을 기억했다. 그 뚜껑 연습법으로 30분쯤 연습하고 나면 터치가 단단해졌다. 어릴 때부터 그렇게 살아온 그녀였다. 아무도 없는, 창문조차 없는 연습실에 혼자 틀어박혀 온종일 피아노만 치면서. 그런 시간도 견뎠는데 그깟 공부쯤이야.

그녀는 샤워를 하고 반팔 티셔츠 위에 얇은 남방을 걸쳤다. 그리고 배낭을 메고 별채를 나왔다.

"필래요!"

재훈이 자전거를 끌고 별채를 향해 오고 있었다. 앞에 달린 바구니 속에 겨루가 앉아있었다. 필래요는 바구니에서 겨루를 꺼내 잔디밭에 내려놓았다. 겨루가 뒷다리에 힘을 싣고 몸을 쭉 펴더니 부르르 진저리를 쳤다.

"벌써 나가려고?"

"응. 여섯 시면 시작하거든."

"내가 얼른 죽 끓여줄게."

"됐어, 오빠. 나 배 안고파."

"다 준비해둬서 끓이기만 하면 돼. 내가 죽 끓이는 동안 겨루 옷 갈아입히고 아침 챙겨 먹이면 되겠다."

재훈이 자전거를 타고 정원을 가로질러갔다. 필래요는 겨루를 안고 본채로 갔다. 옷을 꺼내 입히고 사료를 주었다. 겨루는 밥을 먹자마자 또 밖으로 달려 나갔다. 보나마나 정자나무로 가는 거겠지. 거기서 누구를 그토록 하염없이 기다리는 걸까, 겨루는.

겨루가 잠자는 숲으로 들어온 건 2년 전이었다. 주인남자와 함께였다. 남자는 겨루를 차에 두고 혼자 산에 올라가 목을 맸다. 개와 함께 세상을 떠날 계획이었지만 차마 그럴 수가 없다고, 자신의 전 재산을 두고 가니 이 돈으로 겨루를 잘 키워달라는 유서가 차에서 발견되었다. 남자가 남긴 돈은 전 재산이라는 말이 민망할 만큼 보잘 것 없는 액수였다. 하긴 차도 여기까지 굴러온 게 용하다싶은 상태이긴 했다. 누구도 선뜻 개를 키우겠다고 나서는 사람이 없었다. 재훈이 겨루를 키우고 싶다고 했다. 그가 키운다는 건 곧 밥&잠에서 키운다는 말인데 엄마는 그 자리에서 흔쾌히 허락했다. 이게 겨루의 내력에 대해 재훈에게 들은 설명의 전부였다. 엄마는 개를 싫어했다. 개뿐만 아니라 집에서 동물을 키우는 것 자체를 싫어했다. 새집에 담배를 넣어두게 된 것도 김은수가 정원 곳곳에 달아놓은 새집을 활용하는 차원에서 낸 착상이었다.

"타락죽이야. 부드러워서 먹기 좋을 거야."

필래요가 식당에 들어가자마자 재훈이 죽을 내왔다. 필래요는 양반다리를 개고 앉아 죽을 먹었다. 고소하고 맛있었다.

"정말 맛있다. 이름이 뭐라고?"

"타락죽. 우유를 넣어 만드는 건데, 예전엔 우유가 귀해서 궁궐에서나 먹었대."

필래요는 턱을 괴고 재훈을 쳐다보았다. 엄마가 아빠가 아닌 재훈 같은 사람과 결혼했더라면 어땠을까. 언젠가 그녀는 엄마에게 아빠와 결혼할 마음을 굳힌 게 언제였는지 물은 적이 있다. 엄마는 잠시도 머뭇대지 않고 운동화 때문에, 라고 대답했다. 네 아빤 흰 운동화를 신었는데 그게 늘 깨끗했어……그래서 결혼했다고? 운동화가 깨끗해서?…… 응…… 헐, 미친! 필래요가 세상에 태어나 들은 말 중 가장 어이없는 말이었다. 어쩌면 사람이란 아주 사소한 것, 그러니까 점심에 뭘 먹을까? 휴가는 어디로 가지? 하는 문제는 머리가 터질 것처럼 필사적으로 고민하면서 정작 인생을 좌지우지하는 중요한 문제는 그렇게 어처구니없게 결정해버리는 엉뚱한 동물인 걸까.

"잘 먹었어, 오빠. 근데 내일부터는 하지 마. 이 시간이면 배 하나도 안 고파."

"그냥 보내면 내가 안 편해서 그래."

필래요는 할 말을 찾아 머뭇대다가 의자에서 일어났다. 재훈이 쟁반에 죽 그릇을 담았다. 그는 소매를 두어 번 걷어 입었는데 왼쪽 손목에 사선으로 길게 그어진 자국이 남아있었다. 슬픔처럼 상스러운 게 또 있을까. 그의 수첩이 떠올랐다. 수첩 갈피에 깊게 박아놓은 면도날.

필래요는 할아버지 집으로 갔다. 공사현장에는 이미 네 명의 프레이머들이 도착해 있었다. 첫째 날부터 닷새째 되는 날까지는 나이 많은 인부들이 일을 했는데 어제 오후부터는 프레이머라고 불리는 젊은 사람들이 현장에 왔다. 대학에서 목조주택을 전공한 사람들이라고 했다. 그녀는 엄마에게 문자를 보냈다.

– 네 명 왔어요. 맛있는 걸로 ㄱ

곧 엄마에게 답이 왔다.

– ㅇ

필래요는 웃었다. 엄마다운 답이었다. 예고를 자퇴하고 집에 왔을 때가 떠올랐다. 밤늦게 불도 켜지 않은 채 무릎을 끌어안고 방에 앉아 있는데 불쑥 엄마가 들어왔다. 필래요는 말했다. 엄마, 앞이 캄캄해. 엄마는 잠시도 머뭇대지 않고 스위치를 눌러 불을 켰다. 이러고 있으니까 캄캄하지! 엄마가 나간 뒤 그녀는 혼자 킬킬 웃었다. 그게 엄마였다. 필래요는 엄마의 그런 면이 싫지 않았다.

그녀는 휴대용 가스레인지로 물을 끓였다. 커피를 마시면서 팀장에게 오늘 진행될 작업에 대해 설명을 들었다. 골조를 세우기 위해서는 기초판 위에 외벽이든 내벽이든 모든 벽체가 세워질 자리에 먹줄을 놓아야 한다고 했다. 그러고 나서 먹줄이 놓인 자리에 실씰러를 깔아야 한다고 했다. 여기까지가 오늘 작업할 내용이란다.

"실씰러가 뭔데요?"

가장 키가 큰 남자가 한쪽에 놓인 하얀 노끈뭉치 같은 걸 가리켰다.

"콘크리트 위에 바로 나무가 닿으면 그냥 썩어버려. 그래서 실씰러를 깔고 그 위에 벽체가 되는 나무를 대는 거야."

꺽다리가 대뜸 반말을 했다. 필래요는 녹음하던 걸 중단했다.

"근데 왜 저한테 반말하세요?"

"응?"

"전 일을 의뢰한 사람이고 아저씨는 일을 해주러 오신 분이에요. 아니, 그런 걸 떠나서 우린 오래 알고 지낸 사이도 아니고요."

"그래도 어리니까……"

"어리다고 제가 유치원생도 아니고 아저씨 조카도 아니고…… 그렇게 반말하시는 거 아니죠."

필래요는 턱을 뾰족하게 치켜들었다. 꺽다리의 눈에 웃음이 고였다.

"제 생각이 짧았습니다. 그쪽이 갑이고 제가 을인 걸 깜박했네요."

남자들이 다 웃었다.

"그런 얘기가 아니잖아요. 오빠동생으로 만난 자리가 아니니까 서로 예의를 갖추자는 얘기에요, 제 말은."

"그건 학생 말이 일리가 있네."

쌍꺼풀이 말했다. 안경이 고개를 끄덕거렸다.

"저 학생 아니에요. 작년에 자퇴했어요."

"아……"

모두가 똑같은 표정으로, 그러니까 똑같이 할 말을 잃은 표정으로 필래요를 쳐다보았다. 자퇴라는 낱말이 얼마나 강력한 힘을 갖고 있는지 익히 알고 있는 그녀였다.

"그럼 뭐라고 부를까요? 아가씨라고 하면 불똥이 떨어질 것 같은데."

"그냥 필래요 씨라고 불러주세요."

"피…… 뭐라고요?"

필래요는 자신의 이름을 단박에 알아듣는 사람을 한 명도 본 적이 없었다.

"필! 래! 요! 제 이름이 필래요에요. 아빠가 지어주셨어요. 꽃 필래요, 그런 뜻이래요."

"바람 필래요, 담배 필래요, 이런 것도 있는데."

이것도 많이 들은 말이었다. 그녀의 입에선 그 말을 들을 때마다 기계적으로 하던 대꾸가 튀어나갔다.

"우리 아빠 앞에서 그런 소리 하면 아저씨들 혼나요."

"좋아요, 필래요 씨. 그럼 시작해봅시다."

꺽다리가 종이컵을 구기며 자리에서 일어났다.

*

나이도 묻지 않은 채 면접약속을 잡은 건 분명 실수였다. 수진은 무릎에 놓인 이력서를 다시 내려다보았다. 세상에, 스무 살이라니. 수진은 스무 살짜리를 직원으로 쓸 마음이 없었다. 알바천국 같은 웹 사이트를 놔두고 굳이 생활정보지에 구인광고를 낸 것은 그런 까닭이었다. 그녀가 겪은 이십 대 초반의 아이들은 하나 같이 근무태도가 좋지 않았다. 지각이 잦고 며칠씩 연락도 없이 출근하지 않는 경우도 있었다. 게다가, 이게 가장 싫은 점인데, 눈치까지 없었다. 눈치 없는 게 젊음의 특권이라도 되는 듯이.

"유빈 씨."

호명을 당한 게 기쁜 듯 아이가 입술을 벌리고 웃었다. 살짝 벌어진 앞니에 빨간 틴트가 묻어 있었다.

"유빈 씬 고등학교 졸업하고 몇 달 동안 뭘 했어요?"

굳이 필요하지 않은 질문이었다. 이력서에 다 쓰여 있으니까. 참 간략한 이력서였다. 경력도 한 줄, 학력도 한 줄.

"알바요. 친구 소개로 백화점에서 스카프랑 양산 같은 거 팔았어요."

"해보니까 어땠어요?"

"너무너무 재밌는 것 같았어요. 제 적성에 딱 맞는 것 같더라고요."

"잠깐 하고 마는 일이라고 생각해서 재밌게 느껴졌을 거예요. 장사란 건 힘든 일이에요."

"알아요. 쉬운 일이면…… 누가 돈을 주겠어요."

유빈이 또 웃었다. 어딘지 모르게 서글펴 보이는 미소였다. 수진은 앞에 놓인 종이컵을 만지작거리며 유빈을 물끄러미 쳐다보았다. 난 스무 살이야, 라고 과시하듯 분홍색으로 물들인 머리며 푸른빛이 도는 서클렌즈.

"난 잠깐 일하다가 그만 둘 사람은 필요 없어요. 유빈 씬 대학 갈 마음은 아예 없는 거예요?"

"네, 공부에 취미도 없고요."

"친구들 대학 다니는 거 보면 부럽지 않아요?"

"별로요. 어차피 대학 나와도 취업도 어렵고…… 전 걔네들 대학 다니는 동안 돈 벌어서 가게 차리고 싶어요. 그게 제 꿈인 것 같아요."

말을 마치고 유빈이 혀로 입술을 핥으며 매장을 둘러보았다. 나도 저랬겠지. 그러고 보니 수진이 처음으로 백화점에서 일자리를 구했을 때가 딱 스무 살이었다. 인문계 고등학교를 졸업한 탓에 취업할 곳이 마땅치 않았다. 수진은 백화점 사무실로 찾아가 일거리를 달라고 했다. 그게 벌써 15년 전의 일이었다. 그렇게 몇 년 판매사원으로 일하다가 스물일곱에 매니저가 되어 매장을 운영하게 되었다.

그녀는 난감한 마음으로 유빈을 쳐다보았다. 유빈이 땀에 젖은 앞머리를 옆으로 쓸어 넘겼다. 손가락 마디마디에도 통통하게 살이 올라 있었다. 유빈의 몸은 판매사원으로 적당한 범주를 한참 벗어나 있었다. 170센티미터쯤 되어 보이는 키에 심한 과체중이 분명한 체구였다. 그건 판매사원에겐 큰 결격사유였다. 하지만 수진은 자신이 유빈을 내

칠 수 없을 거라는 사실을 알았다. 쉬운 일이면 누가 돈을 주겠어요, 라고 말할 때 이미, 틴트 묻은 이를 드러내며 빙긋 웃을 때 이미, 아니 초라한 이력서를 내밀고 나서 긴장한 듯 입술을 빨아댈 때 이미, 그녀는 포기한 듯 유빈을 받아들였는지 몰랐다.

"언제부터 출근할 수 있어요?"

"지금부터요!"

"그럼 내일부터 일하기로 해요. 우선 내일은 1시까지 와요. 자세한 건 내일 저 분이 일러줄 거예요."

수진은 유빈을 승혜에게 소개했다. 두 사람이 인사 나누는 걸 보고 그녀는 창고로 들어갔다. 폴리백 더미에서 소주병을 꺼내 서너 모금 마셨다. 술이 들어가니 눈이 떠졌다. 그녀는 선반 위에 올려놓은 김밥을 들고 의자에 앉았다. 김밥을 입에 넣었다. 퍽퍽하기만 할 뿐 아무 맛도 느껴지지 않았다. 그녀는 밥을 씹다 말고 호일에 말린 김밥을 내려다보았다. 이걸 다 먹어야 하나. 한숨이 나왔다. 밥을 앞에 두고 울었던 날들도 있었다. 죽지 않으려면 이걸 씹어서 삼켜야 한다는 건 아는데 죽어도 그 짓이 하기 싫어서 밥만 보면 눈물이 줄줄 흘러내렸다. 그때마다 그녀는 생각했다. 난 심청이야. 눈먼 아버지를 위해 인당수에 뛰어들어야 하는 심청이처럼 나에겐 죽어서라도 먹여 살려야 하는 눈먼 목숨이 있어.

그녀는 입안에 든 걸 삼키고 남은 김밥을 도로 호일에 말아놓았다. 그리고 창고 바닥에 빈 상자를 깔고서 그 위에 웅크려 누웠다. 눈이 아팠다. 눈꺼풀 안쪽이 모래가 잔뜩 박힌 것처럼 까슬했다. 눈을 감았다. 자고 싶었다. 남편이 죽은 뒤로 잠을 잘 수가 없었다. 특히 집에서는 자는 건 고사하고 눈을 감고 누워있을 수조차 없었다. 그나마 잠깐씩이라도 눈을 붙일 수 있는 곳은 병원 대기실이나 기차역 대합실 같은

데였다. 불빛이 환하고 끊임없이 인기척이 이어지는 장소에선 그런대로 쪽잠이라도 잘 수 있었다. 그렇게 꼬박 열 달을 살았다. 이제 그녀에겐 잠자는 숲이 있었다. 거기서 그녀는 거짓말처럼 잘 먹고 잘 잤다.

승혜가 바쁜 걸음으로 창고로 들어왔다.

"나와 봐, 매니저님. 손님들 많다."

선반에서 옷을 찾아들고 승혜가 매장으로 뛰어나갔다. 수진도 창고를 나섰다. 손님이 다섯 팀 있었다. 한 시간이 금방 지났다. 그 잠깐 동안 매출이 100만 원이었다. 승혜가 무선주전자에 물을 끓여 머그잔 두 개에 가득 따르고는 페퍼민트 티백을 하나씩 넣었다.

"매니저님아. 작작 좀 마셔라. 그러다가 관리자한테 걸리기라도 하면……"

수진은 말없이 씁쓸하게 웃기만 했다. 10년 넘게 하루도 거르지 않다시피 마신 술이었다. 어쩌다 술을 거르는 날엔 꿈과 현실을 분간할 수 없는 상황이 몇 번씩 벌어졌다. 그걸 감수하면서까지 술을 끊어야 할 이유가 그녀에겐 없었다. 건강하게 오래오래 살고 싶은 것도 아니고 자신의 보호를 필요로 하는 누군가가 있는 것도 아니었다.

"참. 서명하라더라. 이거."

승혜가 서랍에서 종이를 꺼내 수진에게 건넸다. '우리는 이 죽음을 덮을 수 없습니다'라고 굵은 고딕체로 인쇄된 글씨가 보였다. 수진은 계산대에 기대고 선 채로 서명지를 눈으로 훑었다. 박미혜의 죽음은 단 하루도 휴점 없는 365일 영업이라는 쇼핑몰의 방침에 의한 예정된 과로사며…… 박미혜는 중간관리 계약을 맺은 토리 본사의 직원임은 물론 관리와 통제를 받은 쇼핑몰의 직원이며…… 그 밑으로도 예닐곱 문장이 더 있었지만 수진은 거기까지만 읽고 서명했다. 토리 매니저 이름이 박미혜구나, 그녀는 혼잣말로 중얼거렸다.

"서명하면 뭐해. 작년 연말에도 이거 했었잖아. 최저임금 큰 폭으로 오르니 한 달에 이틀만 의무휴업일로 해달라고. 그때 토리가 제일…… 좋아했는데. 한 달에 이틀 쉬면 그까짓 풀타임 근무 얼마든지 할 수 있다고……"

어렴풋이 기억이 났다. 쇼핑몰 측에서 요구를 묵살하면 단체행동에 나서기로 결의하기도 했던 것 같았다.

"맨날 매니저님 매니저님 해놓고선 사람 죽으니까 점주라고 호칭부터 싹 바꾸고…… 아니, 매니저가 여기 직원이 아니면 왜 명절에조차 마음대로 문도 못 닫겠어? 입으라는 근무복 다 챙겨 입고, 지키라는 규칙 다 지키고, 일하라는 시간 다 채워서 일하는데, 어, 근데도 여기 직원이 아니라고? 천하에 나쁜 놈들!"

승혜가 손바닥으로 계산대를 내리쳤다. 연극을 보는 것 같았다. 승혜가 승혜를 제대로 연기해내고 있는 것 같았다. 수진은 잔에 뜨거운 물을 부었다. 여기요! 매대 쪽에서 손님이 불렀다. 승혜가 종종걸음으로 손님에게로 갔다. 수진은 차를 홀짝이며 핸드폰으로 뉴스를 보았다. 승혜는 결제를 마치고 창고로 들어가 옷을 갈아입고 나왔다.

"매니저님, 나 퇴근한다."

"아, 벌써 일곱 시가 넘었네요."

"내일 오픈도 매니저님인 거 알지? 서명한 거, 로빈한테 갖다 줘."

승혜가 나가고 손님이 들어왔다. 사이즈를 교환하기 위해 온 손님이었다. 손님이 간 뒤에 수진은 눈으로 매장을 한 바퀴 둘러보다가 마네킹의 옷들을 싹 갈아입히기로 했다. 계절은 여름으로 치닫고 있는데 마네킹은 여전히 봄옷 차림이었다. 매장 일 중에서 그녀가 가장 싫어하는 게 마네킹 옷 갈아입히기였다. 쇼핑몰에서 일한 지 15년째였다. 당연히 마네킹 다루는 일에도 미립이 트인 그녀지만 20킬로그램이 넘게 나가는 마네킹은 요령만으로 쉽게 다룰 수 있는 게 아니었다.

수진은 선반으로 다가갔다. 그리고 마네킹의 가랑이 사이에 한 손을 집어넣고 다른 손으로 발목을 틀어쥔 채 마네킹을 내렸다. 머리통부터 떼어내고서 두 팔을 돌려 몸통에서 분리시킨 뒤 옷을 입은 상태 그대로 팔을 위로 쑥 들어올렸다. 거기까지 하자 몸에 열이 올랐다. 이제 바지와 운동화를 벗길 차례였다. 그녀는 고정판을 발로 힘껏 밟고 마네킹을 끌어안고 위로 들어올렸다. 종아리에 박힌 핀이 쉽게 빠지지 않아 한참을 씨름한 뒤에야 마네킹을 빼낼 수가 있었다.

"이거 얼마에요?"

매장 끝에서 누군가 물었다. 마네킹을 조심스럽게 바닥에 눕혀놓고 수진은 그쪽을 쳐다보았다. 젊은 여자가 마네킹에 씌워놓은 모자를 벗기고 있었다.

"너무 예뻐요."

여자가 모자를 쓰며 활짝 웃었다. 수진은 갑자기 이상한 기분에 휩싸였다. 온몸에 소름이 끼쳤다. 웃는 얼굴을 보고 왜 소름이 끼치는지. 여자가 모자를 쓴 채 계산대로 걸어왔다. 수진도 계산대로 갔다. 여자가 모자를 벗어 수진에게 건넸다. 수진은 테그에 붙은 스티커를 뗐다.

"19900원 결제하겠습니다. 고객번호 어떻게 되세요, 고객님?"

"없어요. 그냥 해주세요."

여자가 카드를 내밀었다. 수진은 결제하고 카드와 함께 모자를 여자에게 주었다.

"저 곧 아기 낳아요. 저랑 우리 아기 축복해주세요."

여자가 또 활짝 웃었다. 수진은 여자를 쳐다보았다. 배가 홀쭉했다. 다시금 소름이 끼쳤다. 만삭의 임신부처럼 여자가 한 손으로 허리를 받치고 뒤뚱거리며 매장을 나섰다. 아, 지겨워…… 저도 모르게 수진은 그런 말을 중얼거렸다. 여자를 처음 보는 순간 이상한 기분에 휩싸였던 까닭을 비로소 알았다. 여자의 얼굴에 번져있던, 자신도 주체할 수 없을 정도의 활기에서 그녀는 조증인 상태의 호영을 보았던 거였다. 울증이 왔을 때의 호영을 보는 것도 힘들었지만 조증상태의 그를 보는 건 그보다 몇 배 더 힘들었다. 주인이 극구 만류하는 데도 남의 집 화장실에 들어가 청소를 해주겠다고 난리를 치질 않나, 어마어마하게 많은 장미를 사다가 꽃잎을 다 따서 생일 맞은 이웃집 복도와 계단에 다 뿌려놓질 않나. 호영이 죽은 지 열 달이 지났지만 지금도 그 생각을 하면 비명이 터져 나오려고 했다.

그녀는 계산대에 엎드렸다. 피곤했다. 잠자는 숲으로 가고 싶었다. 도다리쑥국 한 그릇을 맛있게 비우고 꿈도 없는 깊은 잠 속으로 빠져들고 싶었다. 여기요! 누군가 또 그녀를 불렀다. 그녀는 소리 나는 쪽으로 고개를 돌렸다.

*

세 명이 죽었다. 정오가 되도록 나오지 않아서 올라가보니 노란 방에서 세 사람이 죽어 있었다. 잠자는 숲에서 자살자가 나온 건 보름만이지만 밥&잠으로 국한하면 거의 두 달 만이었다.

어제는 방 네 개에 손님이 들었다. 명자가 자살할 수도 있다고 지목한 사람은 여섯 시도 되기 전에 일찌감치 2번 방에 든 사십 대 여자였다. 이 곳에 오는 사람은 어쩔 수 없이 두 부류로 나뉜다. 죽을 것 같은 사람과 죽지 않을 것 같은 사람. 재훈도 식당에 들어서는 순간부터 그 여자가 염려스러웠는지 연신 초조한 눈으로 그 여자를 흘끗거렸다. 그런데 오늘 아침, 그 여자는 머리카락도 다 말리지 않은 채 일찍 식당에 내려와서 밥 한 그릇을 게 눈 감추듯 먹어 치웠다.

죽은 사람들은 자살과는 거리가 멀어도 너무 멀게 생긴 사람들이었다. 삼십 대 후반으로 보이는 남녀는 사람들의 시선을 잡아 끌만큼 외모가 출중했다. 두 사람은 식사하는 내내 웃었고 노란 방에 짐을 부려놓고 산책을 하러 나갈 때도 여전히 쾌활한 모습이었다.

노란 방에서 그 남녀와 함께 변사체로 발견된 또 한 사람은 족히 환갑은 되어 보이는 남자였다. 남자 역시 자살의 조짐 같은 건 전혀 보이지 않던 사람이었다. 혼자 왔지만 밥을 먹고 술을 마시는 내내 누군가와 한 시간도 넘게 유쾌하게 통화하는 통에 재훈은 저건 혼술이라고 볼 수도 없겠는데요, 하며 웃었다. 남자는 얼큰하게 술이 오른 채로 8번 방에 들어갔다. 그렇게 전혀 일행일 거라고 생각도 못했던 세 사람이 노란 방에서 함께 동반 자살한 거였다.

셋이나 죽었다는 말에 재훈은 당장 사색이 되어버렸다. 하지만 명자로 말할 것 같으면 안달이 나서 죽을 지경이었다. 김은수의 7주기가 두 달 앞으로 다가와 있었다. 그때까지 뭔가 확실한 전환점을 마련하지 못하면 더는 방법이 없다는 게 명자의 생각이었다. 분위기를 확 전환하려면 톱스타가 와서 죽어줘야 한다. 서른 명 마흔 명 떼거지로 몰려와 죽는다면 또 모를까, 이런 잔챙이들이 와서 죽는다고 될 일이 아니었다. 시체 치우랴 경찰관들 상대하랴, 이래저래 성가시기만 할 뿐이었다.

명자는 경찰서에 전화를 걸었다. 경찰들이 먼저 오고 한 시간쯤 뒤에 검사가 왔다. 곧 들것에 실려 시체가 나갔다. 그녀는 청소업체를 불러 방역청소를 했다.

한바탕 일을 치르고 명자는 식당으로 갔다. 재훈이 혼자 저녁 준비를 하고 있었다. 뽕잎나물과 오이소박이가 맛깔스럽게 완성되어 있었다. 그녀는 앞치마를 손에 든 채 조리대 앞에 놓인 스툴에 앉았다. 된장찌개에 넣을 꽃게를 손질하다말고 재훈이 그녀를 돌아보았다.

"괜찮으세요?"

괜찮아요, 명자가 대답했다. 그럼, 괜찮고말고. 삶이 그저 삶인 것처럼 죽음은 그저 죽음인 것이다. 어머니의 죽음 이후로 명자는 어떤 죽음에도 동요되지 않았다. 태어나고 살았으니 죽기도 하는 것이다. 그나마 자신의 죽음의 때와 방식을 선택할 수 있는 자라면 내가 누구인지 어떤 식으로든 말할 수 있는 사람이 아닐까.

"전 모르겠어요. 제가 해준 밥을 먹고 들어가서 그래버렸다는 게……"

재훈이 얼굴을 일그러뜨렸다. 그 와중에도 그의 이마가 환하게 빛났다. 재훈이 손을 씻더니 녹차를 끓여왔다. 그리고 찻잔을 명자에게 건네주고 스툴을 끌어다가 그녀 앞에 바짝 다가앉았다. 무릎이 서로 살짝 닿았지만 그는 의식하지 못하는 것 같았다. 그가 걱정스러운 얼굴로 그녀의 안색을 살피며 정말 괜찮으신 거예요? 하고 재차 물었다. 그녀는 아무 말도 하지 않았다. 할 수가 없었다. 온 신경이 무릎에 모아졌다. 이 순간엔 뇌도 심장도 콩팥도 모두 무릎에 있는 것 같았다. 그녀는 찻잔을 든 채 벌떡 일어났다. 그 바람에 찻잔이 흔들리며 뜨거운 찻물이 조금 쏟아졌다. 그녀는 앞치마를 팔에 걸친 채로 조리대로 갔다. 스테인리스 상판이 거울처럼 그녀의 모습을 비추고 있었다. 나이 쉰에, 하늘의 뜻을 안다는 지천명의 나이에 맙소사, 이제 갓 서른 된 어린 것을 마음에 품게 된, 사랑이라고 이름 붙일 수도 없는 그 감정 앞에서 어쩔 줄 모르고 쩔쩔매고 있는 여자가 거기 있었다. 그녀는 물 적신 손으로 스테인리스 상판에 비친 자신의 얼굴을 문질렀다.

재훈이 선반에서 뚝배기를 내렸다. 명자는 핀을 고쳐 꽂고 블라우스 소매를 걷어 올렸다. 곧 손님들이 들어올 것이다. 명자가 냄비를 불에 얹고 취나물을 다듬는 동안 그는 손질한 꽃게를 토막 내어 뚝배기에 담았다. 조리실에선 물소리, 칼질하는 소리, 그릇 부딪치는 소리만 계속 이어졌다.

어서 오세요! 재훈이 행주에 손을 문지르고 홀로 뛰어나갔다. 손님은 네 명이었다. 명자는 뚝배기 네 개를 불에 올렸다. 이 식당의 메뉴는 한 가지뿐이라 선택의 여지가 없었다. 손님이 또 들어왔다. 명자는 뚝배기 세 개를 더 얹었다. 그는 조리실로 들어가 접시에 반찬을 담아 서빙카트에 올렸다.

"바쁘다 바빠! 오면서 보니까 딴 집은 죄다 놀구 있더만……"

오 씨였다. 명자는 그릇을 헹궈 식기세척기에 넣다말고 벽시계를 올려다보았다. 여섯 시가 다 되어가고 있었다. 오 씨는 매일 여섯 시부터 열두 시까지 여섯 시간 동안 식당일에 손을 보태주는 사람이었다.

앞치마를 벗어놓고 명자는 정원으로 나갔다. 계단 난간에 걸터앉았다. 작은 두 개의 봉분 사이로 해가 지고 있었다. 석양이 아름다워 이곳에 집을 지었다는 김은수의 말은 과장이 아니었다. 많은 곳을 다녀봤지만 이 마을처럼 석양이 아름다운 곳을 그녀는 보지 못했다.

명자가 나고 자란 집은 부엌창이 서쪽을 향해 나있었다. 아버지는 부엌일만큼은 명자가 하게끔 놔두지 않았다. 새벽예배를 마치고 돌아오면 아버지는 밥을 지어 딸의 도시락을 싸고 식탁을 차렸다. 저녁이면 이른 저녁을 먹고 아버지가 직접 설거지를 했다. 수그린 아버지의 머리 위로 쏟아져 들어오던 그 핏빛 석양. 명자는 식탁을 훔치다말고 이따금 그 석양을 보며 넋을 놓곤 했다. 가슴이 철렁 내려앉는 아름다움도 있다는 걸 그녀는 그 어린 나이에 알아버렸다.

"배고파, 엄마."

필래요가 대문으로 뛰어 들어왔다. 그렇지 않아도 이제 막 필래요 생각을 하던 참이었다. 늦어도 여섯 시면 현장작업이 종료될 텐데 왜 여태 안 올까, 생각하던 참이었다.

"그래. 어여 들어가자."

어여라는 말은 명자가 쓰는 말이 아니었다. 어여, 암만, 그건 어머니의 말이었다. 요즘 들어 필래요와 있을 때면 이따금 어머니의 말이 튀어나왔다. 필래요가 명자를 앞질러 식당으로 들어갔다. 재훈이 식탁을 차리고 있었다.

"와! 나 오이지 진짜 좋아하는데."

자리에 앉자마자 오이소박이를 통째로 들고 필래요는 입가에 양념이 묻는 것도 아랑곳하지 않고 밑동을 덥석 베어 물었다.

"오이지 존나…… 진짜 맛있다, 진짜. 너무 맛있어서 욕할 뻔했다."

필래요가 입안에 든 걸 내보이며 깔깔거렸다. 재훈이 옆자리에 앉아 오이소박이를 손으로 찢어주며 말했다.

"오이지가 아니고 오이소박이."

"뭐든. 난 오이로 된 건 다 좋아해."

어머니도 오이로 만든 반찬은 뭐든 다 좋아했다. 외모뿐만 아니라 식성까지도 할머니를 쏙 빼닮은 필래요였다.

"근데 왜 이렇게 늦었어? 현장일이 늦게 끝난 거야?"

명자가 물었다. 필래요가 머리를 흔들었다.

"어떤 아저씨랑 얘기 좀 하느라고."

"아저씨?"

"응. 뭐라고 설명하기 어려운 아저씨야. 생김새부터 말하자면 음……"

필래요는 어릴 때부터 사람의 특징을 잘 표현했다. 어린이집에 간 첫날 선생을 보고는 개미핥기 같다고 해서 명자를 한참 웃게 만들던 아이였다. 얼마 전에 명자는 딸에게 물었다. 엄마는 어떻게 생겼는데?…… 인도여자. 눈썹 사이에 빈디를 찍으면 엄청 잘 어울릴 거야…… 피터팬 아저씨는?…… 코카콜라 광고에 나오는 북극곰!

"남자?"

명자가 물었다. 그럼 여자인 아저씨도 있느냐며 필래요는 큰 소리로 웃었다.

"뭐하는 사람인데?"

"목수."

"목수?"

"응. 좀 특별한 사람 같아. 아저씨는 마음이 아플 땐 어머니 하나님, 이렇게 기도한대."

숟가락을 내려놓자마자 필래요는 민지가 올 시간이 다 되었다며 서둘러 별채로 갔다. 명자는 식탁을 치우고 정원으로 나갔다. 재훈이 담배를 피우고 있다가 명자를 보고는 얼른 껐다.

"그러지 말아요. 피워도 괜찮아요."

"사장님이 저한테 말씀 놓으시면…… 저도 생각해볼게요."

재훈이 식당으로 들어갔다. 명자는 새집에서 담배를 꺼냈다. 그리고 불을 붙이려는데 주차장으로 자전거가 들어왔다. 민지였다. 민지는 자전거를 몰고 정원을 가로질러 별채로 갔다. 곧 피아노 소리가 들렸다. 명자는 별채로 가서 가만히 안을 들여다보았다. 필래요가 "어깨 힘 빼고!" 하고 소리치며 피아노 치는 민지의 어깨를 양손으로 누르고 있었다. 명자는 저도 모르게 기도하듯 두 손을 모았다. 민지를 소개한 것도, 집 짓는 것을 허락한 것도 그것이 계기가 되어 필래요가 회복되기를 바라서였다.

필래요가 손가락에 이상을 느낀 것은 예고에 입학하고 반년도 지나지 않아서였다. 피아노만 치려고 하면 손가락이 이상하게 움직인다는 딸의 전화를 받았을 때만 해도 명자는 크게 염려하지 않았다. 과도한 연습량 때문에 손가락 근육에 무리가 온 거려니 생각했다. 이상하게도 식탁 같은 데선 손가락이 제대로 움직이는데 유독 피아노 건반에서만 손가락이 오그라들어요. 의사 앞에서 필래요는 엄마에게 하지 않았던 이야기를 했다. 그리고 더 이상한 건요, 장갑을 끼면 건반에서도 제대로 손이 돌아간다는 거예요. 의사는 그것이 포컬 디스토니아의 전형적인 증상이라고 했다. 병원을 네 군데나 더 다니며 정밀검사를 받았지만 결과는 같았다. 몸이 아닌 마음의 병인데 완치를 위한 치료법마저 없다고 했다. 보툴리눔 독소라는 걸 근육에 주사하기도 했고 무슨 치료법이니 무슨 훈련법이니 하는 것들을 다 시도해봤지만 호전될 기미는 보이지 않았다.

1년 동안 그 상태를 끌어오다가 필래요는 자퇴를 결심했다. 명자는 반대했다. 마음의 병이라면 필래요는 이겨낼 수 있을 거라는 믿음을 버릴 수가 없었다. 예중 다닐 때 필래요는 피아노를 그만두려고 했던 적이 있었다. 뭐든 딸의 결정대로 해주는 명자였지만 그것만큼은 허락할 수가 없었다. 여름방학이 끝나고 학교로 돌아가기 사흘 전, 필래요는 1주일 정도 학교를 결석할 방법이 없는지 물었다. 명자는 별 생각 없이 맹장염에 걸리면 되겠지, 하고 대답했다. 필래요는 인터넷으로 맹장염에 대해 검색하더니 다음 날 아침 급성맹장염으로 수술을 받았다. 필래요는 그런 아이였다. 마음만 먹으면 멀쩡하던 맹장을 하룻밤만에 고름투성이로 만들어버릴 수도 있는 아이. 피아노를 가르치거나 집을 짓거나 하면서 연주 말고 다른 데 정신을 쏟다보면 그 괴상한 병을 털어버릴 수 있게 될 거라고 명자는 믿었다. 믿음이 아니라 미련이겠지, 남편의 반응은 시큰둥했다. 미련이라도 할 수 없었다. 피아노를 치지 않는 필래요를 명자는 받아들일 수 없었다.

명자는 천천히 걸어 본채 앞으로 왔다. 재훈이 담배를 피우고 있다가 이번에도 얼른 담배를 껐다.

"오늘 하루가 굉장히 길게 느껴져요."

재훈이 입을 열었다. 혼잣말에 가까운 말투였다. 명자는 말없이 그에게 담배를 건넸다. 잠깐 망설이다가 그는 담배를 입에 물었다. 담배 한 대를 다 피우는 동안 두 사람 다 말이 없었다.

"사장님. 올리비아 핫세, 아시죠?"

명자는 고개를 끄덕였다.

"엄마가 되게 좋아하는 배우에요. 엄마 말이 그 사람이 눈을 감았다가 뜰 때면 꼭 하늘이 활짝 열리는 것 같대요. 근데…… 사장님도 그러세요."

무슨 뜻인지 몰라 명자는 재훈을 돌아보았다.

"사장님이 눈을 깜박일 때 꼭 올리비아 핫세처럼…… 그렇다고요."

재훈이 미소 지었다. 잔잔하게 웃는 그를 보며 명자는 문득 자신은 지금 어떤 얼굴을 하고 있을까 궁금했다.

"올리비아 핫세는 아주 평범한 남자랑 결혼했대요. 그 남자를 선택한 이유가 뭔지 아세요?"

"……"

"올리비아 핫세의 눈동자가 초록색이란 걸 처음으로 알아본 사람이었대요, 그 남자가요."

"……"

"근데 얼마 못 가 이혼했대요. 그런 걸 알아봐주는 것만으로는 부족한…… 그런 건가 봐요, 사랑이."

명자는 어지럼증을 느끼고 나무 둥치를 손으로 짚었다. 재훈의 입에서 사랑이란 낱말이 튀어나온 순간이었다.

"피곤하겠어요. 집에 가서 쉬어요."

재훈이 자전거 바구니에 방석을 깔고 겨루를 태웠다. 명자는 새 담배를 꺼냈다. 전화벨이 울렸다. 발신자는 피터팬이었다. 명자는 담배를 입에 문 채 전화를 받았다. 피터팬이 아닌 피터팬의 아내인 지은의 목소리가 다급하게 튀어나왔다.

"언니. 영은이 아빠가 약을 먹었어요."

6월 2일

수진의 최초의 기억은 관 뚜껑에 못 박는 소리였다. 누구의 장례식장인지는 알지 못했다. 그때 자신의 나이가 몇 살인지도 기억나지 않았다. 옆에선 엄마가 하염없이 울었지만 상복을 입고 있지 않은 걸로 봐서 가까운 혈육의 장례식은 아닌 것 같았다. 쨍쨍 내리쬐는 햇볕을 가릴 천막 하나 없었다. 나무 그늘로 달려가고 싶었지만 엄마가 수진의 손을 꽉 쥐고 놔주질 않았다. 땀띠 돋아난 목덜미를 긁으며 그녀는 관 뚜껑에 못 박는 소리를 들었다.

안개 짙은 아침이었다. 새벽보단 많이 옅어졌지만 그래도 짙은 안개였다. 수진은 묘비도 없는 두 개의 작은 봉분 앞에 서 있었다. 노란 방창 앞에 서면 바로 내려다보이는 무덤이었다. 묘비도 없고 풀이 우거진 걸로 봐서 아무도 돌보는 사람 없는 버려진 무덤 같았다. 그녀는 허리를 숙이고 웃자란 풀을 손으로 쓸었다. 관 뚜껑에 못 박는 소리가 떠오른 건 그때였다. 세상에, 인생 최초의 기억이 관 뚜껑에 못 박는 소리라니. 그래, 수진은 고개를 끄덕였다, 난 태어나길 불행하게 살도록 프로그래밍 되어 세상에 나온 거야.

수진은 생수병을 열어 소주를 한 모금 마시고 얼마쯤을 무덤 위에 흩뿌렸다. 그리고 축축해진 손을 바지에 문지르며 천천히 뒤돌아섰다.

"아, 겨루!"

개가 서너 발짝 떨어진 곳에 서 있다가 이름을 부르자 꼬리를 힘차게 흔들었다. 그녀는 무릎을 굽히고 앉아 개에게 손을 내밀었다. 겨루가 다가와 손을 할짝거렸다. 잠깐이나마 몸이 이완되는 게 느껴졌다. 한의원에 갈 때마다 한의사는 힘을 빼라고, 그렇게 힘을 주고 있으면 침을 놓을 수가 없다고 했다. 하지만 어떻게 해야 힘을 뺄 수 있는 건지 그녀로선 도무지 알 수가 없었다. 아무 일 없이 있다가도 문득 자신을 돌아보면 턱이 아프도록 이를 앙다물고 있거나 손바닥에 손톱자국이 나도록 주먹을 단단히 움켜쥐고 있거나 했다. 그래서일까, 별 일 없는 하루를 보낸 뒤에도 밤만 되면 전쟁터에서 싸우고 돌아온 것처럼 온몸이 만신창이가 된 기분이 들곤 했다.

그녀는 쪼그려 앉은 채 술을 마셨다. 산책할 때는 소주가 최고다. 맥주처럼 배부르지 않으면서도 적당한 속도로 취기가 오르는 술. 그녀는 몸을 일으켰다. 그리고 풀숲을 헤치고 걸었다. 풀에 쓸려 바짓단이 축축하게 젖었다. 겨루가 큰 보폭으로 한 걸음 뒤에서 따라왔다. 갑자기 어린 시절로 돌아간 것 같았다. 열두 살 먹은 아이가 되어 개와 산책하고 있는 것 같았다. 어릴 때 키우던 개의 이름은 비호였다.

……그래, 비호. 그 날은 겨울치고는 꽤 푸근한 날이었어. 나는 비호를 안고 언니들과 함께 배에 올랐어. 배에서는 지린내가 났고 겨울은 겨울이라 바람이 찼어. 배가 저수지를 한 바퀴 도는 시간이 엄청 길게 느껴졌지. 큰언니가 목도리를 풀어 내 목도리 위에 한 겹을 더 감아주었어. 뱃사공 아저씨가 나를 보더니 누나가 둘이나 있어서 좋겠다고 했어. 그 말에 언니들이 쿡쿡 웃었어. 엄마는 딸만 셋을 내리 낳은 게

창피하다고 막내인 나를 꼭 사내아이처럼 키웠어. 옷도 남자 옷만 입히고 머리도 짧게 자르고. 집에 돌아오는 길에 큰언니가 말했어. 오늘 우리가 다녀온 유원지 이름이 파라다이스야. 우린 오늘 천국을 다녀온 거야. 버스 안에서 비호를 안고 난 울었어. 예감했던 거야. 그 날이, 지린내와 찬바람이 뒤섞인 그 날이, 지옥의 날들을 미리 보상하기 위해 주어진 내 생에 최고의 천국의 시간이었다는 걸.

그게 언니들과의, 비호와의 마지막 기억이었다. 그 날 밤 수진은 친구네 집에서 잠옷파티를 했다. 자정쯤 되었을 때 수진은 친구 방 창문 앞에 섰다. 같은 아파트 단지인데다가 나란히 두 동이 서 있었기 때문에 수진네 집이 바로 건너다 보였다. 그런데 수진네 집에서 검은 연기가 솟구치고 있었다. 밑에서부터 층수를 세어봤던 기억을 끝으로 더는 아무 것도 기억나지 않았다. 엄마도 아빠도 언니들도 비호도 다 죽었다. 화재 감식 결과 발화지점은 작은언니 방으로 밝혀졌다. 수진이 작은언니 생일 선물로 사주었던 향초에서 비롯된 화재였다.

"물 한 모금 얻어 마실 수 있을까요?"

수진은 눈을 떴다. 눈을 뜨는 순간에서야 자신이 그동안 나무에 기대선 채 눈을 감고 있었다는 걸 알았다. 낯선 남자였다. 부스스한 머리를 어깨까지 기르고 입성마저 더없이 후줄근했지만 반듯한 이목구비에서 귀티가 느껴지는 사람이었다.

"물 좀 마실 수 있을까요, 자매님?"

자매님? 닥치고 꺼져주시죠, 귀공자나리. 귀티를 느낀 순간부터 앞에 선 남자에게 적개심이 솟구쳤다. 매장에 오는 손님 중에서도 그녀를 부대끼게 하는 건 막돼먹은 진상손님이 아니라 제대로 된 밥상을 받고 자랐을 것 같은 사람이었다. 그런 사람들이 예의바르기까지 할 때면 수진은 정말 환장할 것 같았다. 그런 순간마다 그녀는 자신이 불가촉천민 같이 느껴졌다. 아니, 불가촉천민도 못 되는 불가시천민, 그러니까 몸에 닿는 건 고사하고 눈에 띄지도 말아야 하는, 그래서 알아서 피해가라는 의미로 목에 방울을 달고 딸랑딸랑 소리를 내며 다녀야 하는 존재.

수진은 뚜껑을 연 생수병을 남자에게 건넸다. 남자가 입술에 닿지 않도록 병을 띄워 술을 입에 흘려 넣는 걸 보고 그녀는 입술을 비틀며 웃었다. 손등으로 입술을 훔치고 나서 남자가 그녀를 물끄러미 바라보았다.

"영혼이 목말라서 이걸 마시는 군요, 아침부터."

얼씨구.

"하지만 세상의 것은 아무리 마셔도 다시 목마를 수밖에 없답니다."

염병.

"한번 마시면 다시는 목마르지 않는 물이 있어요, 자매님."

아주 지랄을 하세요. 수진은 남자에게서 생수병을 낚아챈 뒤 성큼성큼 걸음을 옮겼다.

"자매여, 당신 잘못이 아닙니다."

등 뒤로 남자의 목소리가 날아왔다. 순간 무방비의 상태에서 명치를 맞은 것처럼 수진의 몸이 앞으로 꺾였다. 사랑해, 여보. 호영이 마지막으로 남긴 말이었다. 출근하기 위해 신을 신는 그녀의 허리를 뒤에서 안으며 호영은 그렇게 말했다. 아무 감정도 느낄 수 없는 말투였다. 정신과에서 처방 받은 약들은 널뛰는 감정을 조절해주는 대신 그를 점차 다른 감정들도 느낄 수 없는 사람으로 만들어버렸다. 그가 죽은 뒤 그녀는 두고두고 그때를 되작거렸다. 그게 마지막이란 걸 알면서도 손을 내밀지 않았던 게 아닐까, 나는. 언제부턴가 그녀는 호영이 점점 사라지고 있다는 것을 느끼고 있었다. 그가 아무 감정 없이 사랑한다고 말하는 순간 그녀는 머지않아 그가 0이 될 걸 직감하고 있었다. 그런데도, 그랬는데도, 정말 내 잘못이 아닐까.

수진은 휙 몸을 돌렸다. 하지만 남자는 이미 무덤 뒤편의 언덕 너머로 내려가고 있었다. 하긴 저 남자가 뭘 알까. 호영을 알지도 못하는 저 남자가 무슨 말을 해줄 수 있을까.

수진은 한숨을 내쉬고 걷기 시작했다. 밥&잠을 지나 본 아빠띠를 지나 정자나무에서 오른쪽으로 몸을 틀어 숲을 향해 걸었다. 넓은 채마밭을 지나자 과수원이 펼쳐졌다. 그녀는 과수원을 지나 숲으로 들어갔다. 내내 뒤를 따르던 겨루가 숲 입구에서 딱 멈춰 섰다.

"이리 와, 겨루."

수진은 개에게 손을 내밀었다. 하지만 겨루는 꼼짝도 하지 않았다. 주인이 이 숲에서 자살한 걸 아는지 숲속으로는 절대 발을 들이지 않는다는 말을 들은 기억이 났다. 그녀는 생수병에 남은 술을 탈탈 털어 마시고 혼자 숲으로 들어갔다. 개가 그 자리에 선 채 눈으로 그녀를 배웅했다.

잠자는 숲. 숲은 고요했다. 옅은 안개에 휩싸여 그야말로 조용히 잠들어 있는 것 같았다. 숲 속으로 첫발을 내딛을 때 그녀는 누군가의 꿈속으로 들어가는 것 같은 느낌을 받았다. 그녀는 그 누군가의 꿈자리가 뒤숭숭하지 않도록 조심스럽게 발을 옮겼다. 그렇게 예닐곱 걸음 걷다가 그녀는 멈춰 섰다. 도대체 왜 남의 꿈자리까지 생각을 해, 내가?

수진은 빈 생수병을 내팽개치고 바지 뒷주머니에 꽂아둔 포켓용 술병을 꺼내 보드카를 마셨다. 목이 타는 듯했다. 그녀는 발을 쾅쾅 굴렀다. 이게 누군가의 꿈이라면, 그게 누구의 것이든 마구 짓밟고 싶었다. 그래서 비명이라도 지르면서 깨어나게 할 수 있다면. 죄책감? 개나 물어가라지. 불가시천민에게 좋은 점이 있다면 죄책감 따위 느낄 필요가 없다는 거였다. 불가시천민은 세상으로부터 빚진 게 손톱만큼도 없었다. 죄책감이란 받은 만큼 돌려주지 못할 때 품을 법한 감정이었다.

수진은 계속 산을 올라갔다. 점점 몸이 나른해졌다. 잠이 왔다. 그녀는 그루터기에 앉아 바람막이에 달린 모자를 덮어썼다. 몸이 한없이 깊은 곳으로 꺼져들었다. 그 상태로 그녀는 잠 속으로 떨어졌다. 꿈에서 그녀는 웃음소리를 들었다. 왁자지껄하게 떠드는 소리도 들었다. 그러다가 일순 그 소리들이 멈췄다.

"안녕하세요?"

수진은 잠에서 깨어났다. 고개를 들었다. 예닐곱 명 되는 사람들이 그녀를 에워싸고 있었는데 모두들 가슴에 띠를 두르고 있었다. 죽을 각오로 뭔들 못 하리, 이왕 태어난 거 신나게 살아보자……. 그녀는 띠에 적힌 문장을 눈으로 훑고 다시 사람들을 보았다. 앳된 얼굴들이었다. 고등학생 아니면 올된 중학생? 아이들은 약속이라도 한 듯 측은한 얼굴로 그녀를 내려다보고 있었다. 불쑥 네덜란드의 한스란 소년이 떠올랐다. 한스가 그 작은 몸으로 둑에 난 구멍을 막아 구사일생으로 마을을 구했다는, 그 얼토당토않은 이야기. 그러니까 얘들아, 그 알량한 구호 몇 개로 이 세상을 구원해보겠다고?

"저…… 이거 드세요."

여자아이가 손바닥만 한 무언가를 그녀에게 주었다. 하트가 프린트된 포장지로 싸였는데 앞면에 'I ♡ U'라고 인쇄된 종이가 붙어있었다. 수진은 더 이상 참지 못하고 웃음을 터뜨렸다. 그녀는 손뼉을 쳐가며 큰소리로 웃어댔다. 그렇게 웃는 자신이 참으로 낯설었다.

"아, 비네. 빡친다."

남자아이가 외친 순간 수진의 콧잔등으로 빗방울이 떨어졌다. 그러더니 곧 빗줄기가 쏟아지기 시작했다. 아이들이 요란스럽게 산을 뛰어

내려갔다. 수진도 산을 내려왔다. 자꾸 한스 생각에 웃음이 났다. 게다가 아이 러브 유라니. 히죽히죽 웃으며 걷다보니 밥&잠이었다. 대문에 '오늘 하루 개인사정으로 식당 영업을 하지 않습니다'라고 쓰인 종이가 붙어있었다.

노란 방으로 들어가 수진은 젖은 옷을 벗고 샤워를 했다. 수건으로 머리를 감싸고 욕실 거울 앞에 섰다. 거울 속에서 수진은 웃음이 터지기 일보 직전의 표정을 짓고 있었다.

그녀는 저도 모르게 뒤를 돌아보았다. 가족들이 어딘가에 앉아있을 것 같았다. 20여 년 전의 어느 오후처럼 수진이 웃음을 터뜨리면 영문도 모른 채 언니들이 따라 웃고, 소파에 앉아 빨래를 개키던 엄마도 너희들 웃는 것만 봐도 웃긴다고 말하며 따라 웃을 것 같았다.

그녀의 얼굴에서 웃음기가 가셨다. 가슴 속에서 무언가가 썰물처럼 빠져나갔다가 밀물처럼 밀려들기를 수없이 반복했다. 그녀는 욕실을 나왔다. 한쪽 벽에 세워놓은 캐리어가 눈에 들어왔다. 크고 낡은 검정색 하드 캐리어.

그녀는 캐리어를 열었다. 그리고 그 안에 든 것들을 꺼냈다. 식칼, 밧줄, 비닐봉투, 번개탄, 청산가리가 든 봉투, 제초제, 그리고 10리터들이 휘발유통. 그녀는 포켓용 술병에 남아있는 보드카를 털어 마시고 빈 캐리어 안에 몸을 욱여넣었다. 엄마…… 엄마…… 몸을 잔뜩 웅크린 채 엄마를 부르다가 그녀는 팔을 뻗어 캐리어 뚜껑을 닫았다.

*

필래요가 태어나던 날 잠자는 숲은 짙은 안개에 휩싸였다. 얼마나 안개가 짙은지 손을 내밀면 자신의 손끝이 보이지 않을 정도였다. 엄마는 산달에 들어서자 친정에 내려와 몸 풀 준비를 했다. 진통이 시작된 건 새벽이었다. 할아버지는 아침 일찍 12인승 봉고차 뒷좌석에 엄마를 태웠다. 전조등을 밝혔지만 보이는 건 안개뿐이었다. 차라리 걷는 게 빠르겠다 싶은 속도로 할아버지는 차를 몰았다. 그렇게 언덕 두 개를 넘어 천안으로 갔다.

오랜 진통 끝에 엄마는 결국 제왕절개 수술로 필래요를 낳았다. 수술동의서에 보호자 서명을 해야 하는데 산모의 친정아버지는 서명할 자격이 없다고 했다. 그 시각 법적으로 엄마의 보호자인 아빠는 액셀러레이터를 팍팍 밟아가며 경부고속도로를 타고 천안으로 내려오고 있었다. 아빠는 딸이 세상에 나와 가장 먼저 보는 사람이 자신이 되길 바랐지만 필래요를 맞은 사람은 할아버지였다. 태어나는 순간 처음 본 대상을 어미로 각인해버리는 오리새끼처럼 그녀는 유독 할아버지를 따랐다.

필래요는 턱을 괴고 앉아 창밖을 내다보았다. 안개 짙은 아침이었다. 내가 태어나던 날엔 이보다 안개가 훨씬 더 짙었겠지. 문득 소설이 떠올랐다. 누구더라, 외국 작가인데. 안개가 사람을 잡아먹는다는 내용의 소설. 그 책 읽으면서 생각했었다. 이 작가도 그런 지독한 안개를 아는구나. 이빨이 있고 손톱 발톱이 다 있을 것 같은 안개. 그녀는 자신을 안개의 딸이라고 상상하길 좋아했다. 그런 순간이면 자신이 그리스 로마 신화에 등장할 법한 신처럼 느껴졌다.

"뭘 그렇게 봐?"

탁자 위에 반찬을 늘어놓으며 재훈이 물었다. 필래요는 여전히 창밖으로 눈길을 던진 채 안개, 하고 대답했다. 쟁반 모서리로 탁자를 짚고 서서 재훈도 창밖을 내다보았다. 그녀는 재훈을 돌아보았다. 그의 눈빛이 가라앉아 있었다. 지금 같은 재훈을 볼 때면 그녀는 어쩔 수 없이 수첩을 떠올리게 되었다. 슬픔처럼 상스러운 게 또 있을까 하는 시구와 면도날, 그리고 그것의 부록쯤으로 읽혔던 팔목에 길게 남은 상처들. 그가 필래요, 하고 그녀를 불렀다.

"넌 전생에 내가 저 사람이었을 것 같은, 그런 사람을 본 적이 있니?"

무슨 뜻인지 얼른 와 닿지 않았다. 다만 전생이란 낱말을 내뱉은 그가 왠지 아슬아슬하게 느껴질 뿐이었다.

"앉아요. 밥 먹게."

서빙 카트를 밀고 엄마가 식탁으로 왔다. 밥도 국도 반찬들도 다 어제 남은 것들이었다. 오늘은 식당 문을 닫고 셋이 함께 천안으로 나들이를 가기로 했다. 비가 온다고 예보되어 있어 공사를 하루 쉬기로 하면서 급작스레 잡은 약속이었다. 다행히 지붕을 합판으로 덮고 방수시트까지 깔았기 때문에 비가 와도 걱정은 없다고 했다. 식당을 쉬어도 2층에 든 객실손님들이 있으니 아예 다 비울 수는 없어서 오 씨 아주머니에게 미리 부탁을 해두었다.

"점심으론 뭘 먹지? 천안에 유명한 집, 뭐가 있지?"

질문은 필래요에게 하면서 엄마의 눈은 재훈을 향하고 있었다. 엄마는 들떠 보였다. 하긴 밥&잠을 연 뒤로 7년 동안 하루도 쉬지 않고 일을 해온 엄마였다. 필래요의 입학식과 졸업식 날에도 엄마는 사진만 찍고는 부리나케 잠자는 숲으로 돌아갔다.

숟가락을 내려놓자마자 필래요는 의자에서 일어났다. 재훈이 주방으로 가서 쇼핑백을 갖고 왔다. 그걸 받아들고 그녀는 별채로 갔다. 옷을 갈아입었다. 갈아입는다고 해봐야 헐렁한 트레이닝 바지에 목이 늘어난 반팔 티셔츠가 다였지만.

쇼핑백을 접어서 배낭에 넣고 필래요는 집을 나섰다. 목수아저씨에게 가는 길이었다. 어제 헤어지면서 아침으로 샌드위치를 갖고 오겠다고 아저씨와 약속했다. 그녀는 목수아저씨가 좋았다. 아저씨는 잘 웃었다. 별 말 아닌 것에도 배꼽을 잡고 웃어댔다. 아저씨는 말도 잘했다. 필래요가 다녔던 예중 · 고는 기독교학교라 매주 한 번씩 예배를 봤다. 설교시간이 얼마나 지루했는지 나중엔 하나님이나 예수님이란 말만 들어도 팔다리가 꼬였다. 아저씨도 입만 열면 하나님 얘기였다. 그런데 같은 이야기도 아저씨가 하면 확실히 달랐다.

어제는 대패로 나무를 밀다가 손을 멈추더니 뜬금없이 하나님은 외로우셨어, 하고 말문을 열었다. 그리고 잠깐 뜸을 들였다가 말을 이었다. 그래서 어둠을 가만히 바라보다가 혼잣말을 했어. 안 되겠어, 친구를 만들어야겠어. 그래서 하나님은 세상을 창조하고 사람들을 만들었지. 우린 하나님의 친구로 창조된 거야. 하나님의 창조는 말이다 필래요, 이미 끝나버린 사건이 아니야. 지금도 계속되고 있고 앞으로도 계속될 거야. 하나님은 당신의 창조를 계속 이어나갈 동역자로 사람을 만드신 거야. 다른 건 다 잊어도 이 사실은 절대로 잊어선 안 돼. 이걸 잊는 순간 우리 인생은 방향을 잃어버리게 돼. 알겠니, 필래요?

"언니!"

과수원 모퉁이를 돌고 있는데 누군가 큰 소리로 필래요를 불렀다. 그녀는 소리 나는 쪽을 돌아보았다. 민지가 이리로 뛰어오고 있었다. 민지의 뒤편으로 예닐곱 명의 아이들이 보였다. 사진을 찍어달라며 민지가 필래요의 손을 잡고 아이들 쪽으로 이끌었다.

"동아리 친구들이에요. 토요일이라 동아리 활동하러 나왔어요."

아이들이 산 입구에 모여섰다. 아이들의 머리 위로 높게 걸린 현수막이 보였다. '자살은 한 순간, 아픔은 오래오래'라고 둥근 글씨로 인쇄된 문장 아래 작은 고딕체로 '무구고등학교 자살방지동아리 수싸드'라고 적혀 있었다. 동아리에 대한 건 민지에게 들어 알고 있었다. 학교

측에서 만든 게 아니라 뜻 맞는 친구들끼리 모여 직접 결성했다고 했다. 이름이 수어사이드 스쿼드에요. 줄여서 수싸드. 경찰서 가서 알아보니까 지난 7년간 잠자는 숲에 와서 자살한 사람이, 놀라지 마세요, 무려 120 명이래요. 처음엔 솔직히 학종으로 대학 가보려고 시작한 건데 그 얘기 듣고는 사명감 같은 게 생겼어요. 필래요는 핸드폰 렌즈를 눈에 대고 현수막까지 들어오도록 뒷걸음질 쳤다. 아이들은 저마다 하나씩 가슴 띠를 두르고 웃고 있었다. 사진을 찍은 뒤 그녀는 사진을 민지의 핸드폰으로 전송했다.

"다음 주에 이비에스에서 저희 동아리 인터뷰하러 온대요."

민지가 자랑하듯 말하며 필래요의 팔짱을 꼈다.

"있잖아요, 언니. 마을입구에 있는 정자나무요. 그걸 크리스마스트리처럼 만들어보려고요. 나무 꼭대기에 걸 플랜카드도 맞춰놨어요. '인생의 멋진 순간은 대부분 후반에 일어난다' 이렇게 플랜카드 걸고 꿈이나 소망 같은 걸 적어서 가지에 묶도록 하려고요. 이름도 정해놨어요. '꿈꾸는 나무'. 어때요, 괜찮지 않아요? 잠자는 숲의 꿈꾸는 나무."

과수원 모퉁이 앞에서 민지는 걸음을 멈추었다.

"내일 레슨 갈게요, 언니."

민지가 아이들에게로 뛰어갔다. 필래요는 과수원 옆길로 들어갔다. 할아버지 집이 있는 골목을 지나쳐 계속 안으로 들어갔다. 목수아저씨의 작업장은 할아버지 집 부근에 있는 공터였다. 작업장 여기저기에 백 개도 넘는 십자가가 세워져 있었다. 아저씨는 매일 나무를 깎아 십자가를 만들었다. 십자가는 아주 작은 것부터 거인을 매달아도 충분할 것 같이 큰 것까지 다양했다. 값을 물었더니 돈 받고 파는 게 아니라고 했다. 필요한 사람이면 누구라도 그냥 가져가면 된다고 했다.

필래요가 도착했을 때, 아저씨는 대패질을 하고 있었다. 필래요는 평상에 앉아 샌드위치를 꺼냈다. 아저씨도 손바닥을 바지에 문지르며 평상으로 왔다. 그녀는 샌드위치를 감싼 호일을 윗부분만 벗겨 아저씨에게 건넸다. 그리고 보온병을 열어 커피를 종이컵에 따랐다. 먹방이라도 찍듯 아저씨는 샌드위치를 맛있게 먹었다. 그녀는 아저씨의 얼굴을 물끄러미 들여다보았다. 광대뼈가 튀어나오고 이목구비가 매우 뚜렷한 얼굴. 저 얼굴을 어디서 봤더라. 분명 어디선가 봤는데.

"왜 그렇게 쳐다봐?"

"아저씨랑 꼭 닮은 사람을 알거든요. 근데 그게 누군지 떠오르지 않아서."

"장동건? 원빈?"

"헐! 제 친구들 앞에서 그런 농담하면 털려요. 아, 생각났다!"

"누군데?"

"야동에 나온 남자 주인공."

"야동? 그게 뭔데?"

"그것도 몰라요? 야한 동영상이요."

"아하. 근데 그런 것도 알아, 벌써?"

"벌써라뇨. 이제 질려서 졸업했는데요. 중학교 때 제가 친구들 야동 공급책이었어요."

아저씨가 윗몸을 뒤로 젖히고 큰 소리로 웃어댔다. 교복 이야기 했을 때를 제외하면 가장 큰 웃음이었다. 필래요가 교복 늘여 입은 이야기를 했을 때 아저씨는 너무 웃어서 숨을 못 쉬겠다고 했다. 예중 다닐 때 필래요는 치마 길이가 짧은 것 때문에 매일 반성문을 썼다. 입학하고부터 한 달 내내 반성문을 쓰고 나니 오기가 생겼다. 그래서 그녀는 보란 듯이 교복과 같은 천을 덧대어 교복 치마를 발목까지 늘여 입고 학교에 갔다. 그 교복을 입고 등교한 첫날, 친구들과 선배들은 그녀의 모습을 찍어서 SNS에 올리기 바빴다. 그 일로 그녀는 1학년 때 예중의 명물이 되었다.

"아저씨처럼 리액션이 좋은 사람은 처음이에요."

"……"

"그래서 얘기할 맛이 난다구요."

아저씨가 웃음을 그치고는 가만히 필래요의 얼굴을 들여다보았다. 그녀는 종이컵에 담긴 커피를 홀짝거리며 아저씨의 눈길을 피했다.

"근데 필래요, 얼굴이 어둡다. 무슨 일 있니?"

필래요는 잠자코 자신의 손을 내려다보았다. 오늘이 콩쿠르가 있는 날이다. 피아노를 전공하는 사람이라면 누구나 상을 받고 싶어 하는 콩쿠르였다. 1조에 해당하는 친구들은 이미 대기실에 있을 거고 다른 조를 뽑은 친구들은 지금쯤 연습실에서 손을 풀고 있겠지. 예중에 입학하기로 결심한 열두 살부터 그녀는 거의 학교 수업도 받지 못했다. 아침에 학교를 조퇴하고 매일 도시락을 두 개씩 싸들고 학원으로 가서 밤 열 시까지 연습했다. 학원 곳곳에 씨씨티브이가 있어 식사시간 외에는 잡담도 허용되지 않았다. 그렇게 살아왔다. 피아노에 자신을 갈아 넣으며. 예중에 입학하고 그녀는 늘어져버렸다. 피아노라면 꼴도 보기 싫었다. 그녀는 2년 동안 피아노에 거의 손도 대지 않았다. 하지만 그렇다고 피아노에서 벗어날 수도 없었다. 아니, 그 2년은 자신이 피아노 없인 살 수 없는 사람이란 것을 절절히 깨닫는 시간에 다름 아니었다. 공백기 뒤에 그녀는 미친 듯이 피아노를 쳤다. 조금이라도 마음에 들지 않는 부분이 있으면 밤을 새가며 부분 연습을 했다. 그 결과가 포컬 디스토니아였다. 지나치게 완벽한 연주를 의식하는 연주자들이 이 병에 걸린다는 말을 들었을 때 필래요는 멍하니 있다가 의사에게 이렇게 물었다. 근데요 아저씨, 그게 말이 돼요?

"누구나 절벽 앞에 서게 될 때가 있어. 그럴 때면 사람들은 다 허둥대지. 왜 그럴까. 자신을 향해 깊게 묻지 않기 때문이야. 필래요, 우리 안엔 이미 답이 있어. 우리가 하나님의 형상으로 창조되었단 말은 이미 우리 안에 신의 속성이 있다는 뜻이거든."

필래요는 눈을 감은 채 두 팔로 무릎을 감싸 안았다. 내 안에 이미 신의 속성이 있다고? 그게 뭐지? 아저씨가 바짝 다가앉더니 그녀의 두 손을 맞잡았다.

"필래요가 이 시련 속에 아버지의 뜻이 있음을 깨닫게 하소서. 하나님 나라를 위해 더 크게 쓰시려는 아버지의 뜻을 깨달음으로써 위로와 평안을 얻게 하소서."

아저씨가 아멘, 했지만 필래요는 입을 다문 채 따라하지 않았다. 이건 그녀가 원하는 기도가 아니었다. 하나님의 뜻 같은 건 하나도 궁금하지 않았다. 아저씨는 왜 내 손을 고쳐달라는 기도를 해주지 않는 거지? 아저씨의 기도에는 힘이 있었다. 필래요가 가위에 눌린다는 말을 하자마자 아저씨는 그녀의 등을 손바닥으로 내리치며 "내 아버지의 이름으로 명하노니 이 더러운 귀신아, 당장 거기서 나와라!" 하고 소리쳤다. 아저씨의 말투가 너무 웃겨서 필래요는 발을 구르며 웃어댔다. 그런데 신기하게도 그날 밤부터 그녀는 가위에 눌리지 않게 되었다. 며칠 뒤에 필래요는 두 손을 내밀며 아저씨에게 기도를 부탁했다. 아저씨는 안타까운 눈으로 그녀를 쳐다보다가 그때도 하나님의 뜻이 어쩌고 하는, 개 풀 뜯어먹는 소리만 했다.

기도를 마치고도 아저씨는 필래요의 손을 놓지 않았다. 아멘. 아까보다 더 강한 어조로 아저씨가 말했다. 그녀는 할 수 없이 그 말을 따라 복창했다. 그 순간 평상 위에 드리운 천막에 투둑, 빗방울이 떨어졌다. 비가 온다는 예보는 있었지만 이렇게 일찍부터 오리라곤 생각하지 못했다.

"아저씬 집이 어디에요?"

아저씨가 작업장 구석에 있는 텐트를 손가락으로 가리키며 저기,라고 대답했다.

"그럼 비 오면 어떻게 해요?"

"바닥엔 이미 방수포 다 깔아놨으니까 위에 방수포 하나 걸치면 웬만한 비엔 끄떡없어."

그녀는 커피가 남은 보온병은 남겨두고 빈 배낭을 어깨에 멨다. 그리고 평상에서 일어나는데 작업장 입구로 겨루가 뛰어 들어왔다. 겨루가 필래요에게 다가와 힘차게 꼬리를 흔들었다.

"저 자식이 나를 개 보듯 하네."

그 표현이 재미있어서 그녀는 소리 내어 웃으며 아저씨를 돌아보았다. 뜻밖에도 아저씨는 눈을 부릅뜨고 겨루를 노려보고 있었다.

"저 자식이 그래도!"

숨을 몰아쉬며 아저씨가 평상에 기대어 세워놓은 삽자루를 쥐었다. 그녀는 깜짝 놀라 겨루를 안았다.

"저 개새끼까지! 아, 인젠 저 개새끼까지!"

아저씨의 눈에서 탁탁, 불꽃이 튀었다. 필래요는 뒷걸음질 쳤다. 아저씨가 삽자루를 치켜들었다. 그녀는 겨루를 안은 채 그곳을 빠져나왔다. 빗줄기가 점점 굵어졌다.

집에 도착해서 필래요는 젖은 옷을 벗고 샤워를 했다. 몸이 으슬으슬 떨렸다. 그녀는 이불을 뒤집어썼다. 홑이불이라 여전히 추웠다. 엄마에게 전화를 걸어 두꺼운 담요와 전기요를 갖다달라고 했다.

"그러게 왜 비를 맞고 다녀?"

"내 말이."

필래요는 엄마의 말투를 흉내 내어 말했다. 엄마가 픽 웃으며 뜨거운 쌍화차를 컵에 따랐다.

"좀 누웠다가 나와. 한 시간 있다가 출발할 거니까."

웅크리고 누워 담요를 뒤집어썼지만 몸은 점점 더 떨려왔다. 얼굴이 뜨거워지고 재채기까지 나오기 시작했다. 필래요는 엄마에게 전화로 자신은 못 갈 것 같다고 말했다. 엄마가 곧 겨루를 데리고 왔다. 엄마는 방 한쪽 구석에 배변판과 겨루의 물통을 놓고 필래요에게 약을 먹였다. 겨루가 이불 속으로 파고들었다. 목욕을 한 겨루에게서 과일향이 났다. 필래요는 잠들었다. 땀을 쏟으며 푹 자고 나니 어느덧 오한이 가셔있었지만 그녀는 일어나지 않았다. 아무 것도 하고 싶지 않았다. 겨루를 노려보던 아저씨의 사나운 눈빛. 가슴이 떨렸다. 그 눈빛을 걷어내려는 듯 그녀는 손으로 얼굴을 세게 문지르고 이불을 걷어찼다. 겨루가 깜짝 놀라 일어났다.

"미안. 누나가 겨루 있는 걸 깜박했네."

필래요는 겨루에게 사료를 주고 별채에서 라면을 끓여 먹었다. 설거지까지 마치고 시계를 보니 벌써 저녁 먹을 시간이 지나가고 있었다. 그녀는 재훈에게 문자를 보냈다.

– 영화 봤어? 저녁은?

곧 답 문자가 왔다.

– 응. 저녁은 자장면에 탕수육. 지금 집으로 가는 중.

필래요는 다시 문자를 보냈다.

– 우리엄마 탕수육 절대 안 먹음. 고기랑 단맛이 안 어울린다고.

재훈에게선 답이 오지 않았다. 그녀는 핸드폰을 내려놓았다. 심심했다. 심심하다는 생각을 한 게 참 오랜만이었다. 집짓기가 시작되면서 시간이 어떻게 갔는지 알 수 없을 정도로 하루하루가 정신없이 바빴다.

그녀는 책장 앞을 서성이다가 스케치북을 꺼냈다. 책상에 앉아 스케치북을 펼쳤다. 또 아저씨가 떠올랐다. 처음 이름을 말했을 때 아저씨는 눈을 둥그렇게 뜨고서 필래요면 사랑이란 뜻인데? 하고 말했다. 아저씨가 사랑이라고 발음하는 순간 필래요는 감동했다. 아, 사랑이 이거지 싶게 가장 온전한 형태로 빚어져서 세상에 나온 사랑을 드디어 본 것 같았다. 그 느낌이 얼마나 좋았으면 그녀는 늘 못마땅해 했던 자기 이름마저도 갑자기 좋아졌다. 아저씨가 필래요를 필레오로 잘못 알아들은 거라는 걸 안 뒤에도 변하지 않았다. 그런 아저씨였다. 물론 아저씨가 평범한 사람이 아닌 건 알고 있었다. 평범한 사람이 비가 오는 날에도 십자가를 짊어지고 마을을 한 바퀴씩 돌진 않을 테니까. 그녀는 그게 할아버지의 기도와 같은 거라고 생각했다. 매일 몇 시간씩 엎드려 기도하느라 낙타의 것처럼 변해버린 할아버지의 무릎. 하늘을 바라보고 사는 사람들이 보통사람들과 같은 방법으로 살 수는 없다는 걸 그녀는 할아버지를 통해 이해했다. 그래, 하늘을 바라보고 사는 사람. 그런 아저씨가 어떻게 그렇게 사납게 눈을 부릅뜰 수가 있지? 게다가 삽자루를 치켜들 때 부들부들 떨리던 그 손은 도대체 어떻게 이해해야 하지?

아저씨에 대한 생각을 끊어내고 싶었다. 필래요는 마구 머리를 흔들고 흰 종이 위에 세로로 이등분선을 내리그었다. 그리고 왼쪽 위에 '할 수 있는 것'이라고 적고 오른쪽 위엔 '할 수 없는 것'이라고 썼다. 먼저 오른쪽에 '피아노'라고 적고 얼른 왼쪽으로 손을 옮겼다. 할 수 있는 것, 내가 할 수 있는 것…… 그렇게 중얼거리면서도 그녀는 마음으로 그것을 '하고 싶은 것'으로 읽었다. 쓸 게 없었다. 맥이 풀렸다. 그녀는 연필을 내려놓았다. 문득 아빠가 보고 싶었다. 어릴 때 생각이 났다. 초등학교 2학년 때였던 것 같다. 아이의 자존감을 높이는 법에 대한 부모특강이 있던 날이었다. 필래요는 엄마를 기다리느라 어른들 틈에 끼어 그 강의를 들었다. 강사는 말했다. 거실 벽에 큰 종이를 두 장 붙여놓고 한 장엔 아이에게 직접 자신의 장점을 적게 하고 또 한 장엔 가족들이 그 아이의 장점을 적어주라고. 그 날 집에 가자마자 그녀는 스케치북 두 장을 뜯어 벽에 붙여놓고 아빠를 기다렸다. 아빠가 오자마자 그녀는 아빠의 손에 색연필을 쥐어주었다. 나는 이쪽에 아빠 장점을 쓸 테니까 아빤 거기다가 아빠 장점을 써봐. 자꾸 생각해보면 쓸 게 생각날 거야. 그녀는 벽에 붙어 서서 아빠의 장점을 썼다. 그러다가 느낌이 싸해서 옆을 돌아보니 아빠가 소리 없이 울고 있었다.

필래요는 핸드폰을 꺼내 아빠에게 카카오톡을 보냈다.

– 아빠, 밥 먹었어?

– 거기도 비 와?

그녀는 한참 핸드폰을 내려다보았다. 대화창에 뜬 숫자 1이 지워지지 않았다. 핸드폰을 그냥 닫으려는데 퍼뜩 재훈이 아침에 했던 말이 떠올랐다. 넌 전생에 네가 저 사람이었을 것 같은 사람을 본 적 있니? 그녀는 허공을 바라보며 눈을 끔벅이다가 재훈에게 문자를 보냈다.

– 그럼 오빠는 전생에 저 사람이었을 것 같은 사람이 있어?

*

피터팬은 다행히 금방 회복되었다. 죽을 각오로 살면 뭔들 못하겠어? 문병을 간 명자에게 피터팬이 한 말이었다. 그는 나흘 만에 퇴원하고 집에 오자마자 대리운전을 시작했다. 낮엔 파스타 집을 운영하고 밤엔 단란주점 손님들을 상대로 대리운전을 했다. 죽음의 문턱에서 돌아온 뒤 그는 전과 다르게 잘 웃었다. 명자는 그게 위태롭게 느껴졌다.

독기 오른 눈으로 웃고 있는 그를 보면 섬뜩하기까지 했다.

피터팬에서 돌아와 명자는 욕조에 입욕제까지 풀어 목욕을 한 뒤에 침대에 누웠다. 점심에 천안으로 출발하기로 했으니 얼마간 짬이 있었다. 간밤에 악몽으로 잠을 설친 탓에 자리에 들자마자 잠이 들었다. 그녀는 밤에 꾼 악몽을 똑같이 되풀이해서 꾸었다.

"누나. 이리로 와야겠는데. 회관으로 와."

전화벨 소리에 그녀는 꿈에서 벗어났다. 피터팬은 다른 설명 없이 그렇게만 말하고 전화를 끊었다. 피터팬에서 내려온 게 고작 두 시간 전인데 무슨 일이지? 그녀는 서둘러 마을회관으로 올라갔다. 본 아빠띠를 지나 정자나무 앞에 이르렀을 때 어디선가 고함소리가 들려왔다.

"아니, 굴러들어온 돌이 백힌 돌을 빼내도 분수가 있지."

회관 옆 공터에 마을사람들이 모여 있었다. 중간에 도랑이라도 흐르고 있는 것처럼 사람들은 두 패로 갈라져 있었다. 피터팬과 빨간지붕과 여왕벌, 그리고 본 아빠띠 부부가 한 쪽에 서 있었고 네댓 걸음 떨어진 곳에 마을 원주민들이 무리지어 있었다. 그 구도만 봐도 무슨 일인지 감이 왔다. 아침에 피터팬으로부터 빨간지붕과 박 씨가 양계장 문제로 싸웠다는 이야기를 들었을 때 자칫하면 마을싸움으로 번지겠구나 생각은 했었다.

"다시 말하지만 내가 양계장을 지었을 땐 거기가 외딴 데였어. 당신들이 들어와서 막 집을 지어대면서 그 자리가 한복판이 된 거다 이 말이여. 근데 뭐? 냄새 나고 보기 안 좋으니까 나더러 옮기라고? 이게 시쳇말로 말이여 방구여? 안 그려, 최 사장?"

박 씨가 명자를 쳐다보았다. 명자는 급한 용무가 있는 것처럼 핸드폰을 만지작거리며 몇 걸음 뒤로 물러났다.

"자살마을인지 지랄인지, 허구한 날 사람들이 몰려오니 좌우지간,

정신 사나워서 살 수가 있어야지."

"아침에 일어나서 젤루 먼저 듣는 소리가 간밤에 몇 명 나자빠졌네 하는 얘기여. 이런 말도 안 되는 곳이 여기 말고 또 있겠는가."

배 씨가 박 씨의 말에 한 마디를 보탰다. 팔짱을 낀 채 씩씩대던 빨간지붕이 배 씨를 건너뛰고 박 씨를 향해 대뜸 언성을 높였다.

"그래서? 그래서 씨발 우리더러 나가라고? 우리가 불법체류자야? 나, 정당하게 집 짓고 세금 내며 장사하는 대한민국 국민이야. 왜 뻑하면 나가라고 지랄들인데, 지랄이!"

"대갈빡에 피도 안 마른 놈이…… 너 지금 나한테 욕한 거냐? 어럽쇼. 그래, 쳐봐라, 이 호로잡놈의 새끼야!"

박 씨가 팔을 걷어붙이더니 빨간지붕에게 다가와 머리를 디밀었다. 피터팬이 두 사람 사이를 가로막으며 명자를 쳐다보았다.

"왜 이래요, 참. 오빠답지 않게."

명자의 입에서 생전 해본 적도 없는 오빠란 호칭이 튀어나왔다. 박 씨와 한 마을에서 나고 자랐지만 한 번도 그를 오빠라고 불러본 적은 없었다.

"이제 와서 우리가 어디로 가겠어요? 우리도 새끼들 데리고 어떻게든 살아보겠다고 여기까지 온 건데. 아시잖아요?"

손바닥만 비비고 서 있던 본 아빼띠 아내가 나섰다. 배 씨가 그녀의 말을 받았다.

"제수씨 말마따나 우리도 새끼들 때문에 이러는 거유. 아닌 말로 애들이 이런 데서 뭘 배우겠슈? 상철형님이랑 민구형님만 해도 멀쩡하던 사람이 갑자기 그런 거 아니유? 귀신에 씐 게 아니면 어떻게 그런 일이 똑같이 두 번이나 일어나겠냐 이 말이유. 이 동네에 자살한 사람들 원혼이 떠돈다고, 애들끼리도 그런 말을 했답디다."

배 씨가 말을 마치고 피터팬을 흘끗 쳐다보았다. 피터팬은 허공을 향해 담배연기만 내뿜고 있었다.

"참 거시기한 게 상철이랑 민구도 그렇고 작년에 칼 맞은 연천댁도 그렇고, 아니, 자살마을인가 뭔가 해서 덕 보는 건 자네들인데 왜 피해는 죄 우리가 봐야 혀? 어, 자네가 이 짝 저 짝 사정을 다 아니 자네가 한 번 말해보소."

형주할아버지가 맞은편에 선 명자를 향해 턱짓을 했다. 명자는 슬그머니 고개를 숙였다. 김상철이 약을 먹고 죽은 건 지난겨울이었다. 문병 간 사람들을 붙잡고 그가 했다는 말이 묘했다. 죽을려구 먹은 게 아녀. 자꾸 어떤 놈이 나타나서 나더러 약을 먹으라고 지분대는 거여. 못 먹지? 너 같이 시시한 놈이 이걸 어떻게 먹어? 이러고 깐죽대면서. 하도 부아가 치밀어서 내가 왜 못 먹어? 잉, 그러면 내가 못 먹을 중 아냐? 이러고 나도 모르게 약을 털어 넣은 겨. 그리고 한 달 뒤에 박민구가 죽었다. 그도 김상철과 토씨 하나 다르지 않게 똑같은 말을 했다.

"여기서 이럴 게 아니라 오늘밤에 모여서 술이나 한잔씩 하시자구요. 그렇지 않아도 제가 한번 어르신들 모시려고 만든 막걸리가 있거든요."

명자가 형주할아버지를 쳐다보며 배시시 웃었다. 싸움은 거기에서 멈췄다. 싸움을 그치게 한 건 명자도 누구도 아닌 비였다. 갑자기 쏟아지는 빗줄기에 사람들은 남은 말을 입에 가둔 채 부리나케 집으로 발길을 돌렸다.

명자도 바로 집으로 내려와 샤워부터 했다. 필래요는 몸이 아파 아무래도 못 가겠다고 했다. 명자는 비에 쫄딱 젖은 겨루를 목욕시켜 필래요 옆에 두었다. 심란했다. 마을싸움에 아픈 필래요에 게다가 비까지. 마음 같아선 나들이고 뭐고 집어치우고 숯가마에 가서 땀이나 내면서 쉬고 싶었다. 그녀는 재훈에게 전화를 걸었다.

"필래요가 아파서 못 간대요."

"방금 필래요한테 들었어요. 사장님은 준비 다 하셨어요?"

"재훈 씨는요?"

"다 했어요. 이제 가려고요."

어쩔 수 없었다. 약속은 약속이니까. 명자가 말했다.

"비도 오는데 그냥 있어요. 내가 데리러 갈게요."

그녀는 투피스를 입었다가 벗었다. 너무 격식을 차려 입은 것 같았다. 편해 보이는 보라색 원피스로 갈아입었다. 비가 와서 그런지 보라색이 축축하게 느껴졌다. 그녀는 노란색 원피스를 입고 필래요에게 화상통화로 옷차림을 보여주었다. 필래요가 콜록대며 힘없이 웃었다.

"뭐야, 그 허리띠는. 원더우먼인 줄."

필래요는 넓은 허리띠가 촌스러우니 다른 걸 입으라고 했지만 명자는 그냥 노란 원피스를 입기로 했다. 샌들을 신고 현관 전신거울 앞에 섰다. 어머니는 얼굴이 예쁜 편도 아니고 몸매도 그저 그랬지만 할머니는 서울에서도 소문 난 멋쟁이였다고 했다. 할머니가 시아버지 상을 당해 소복을 입자 서울시내에 흰 옷이 물결칠 정도였다고. 명자는 어머니를 건너 뛰어 할머니를 닮았다. 눈도 눈꺼풀이 두툼한 어머니의 눈이 아니라 아이홀이 움푹 파인 할머니의 눈을 빼닮았다. 그에 반해 필래요는 엄마인 명자를 닮지 않고 제 할머니를 닮아 얼굴도 몸도 둥글둥글한 편이었다. 명자는 양손을 허리에 얹었다. 며칠 전에 재훈이 올리비아 핫세 운운했던 말이 떠올랐다. 그녀는 거울을 쳐다보며 천천히 눈을 깜박여 보았다.

명자는 차를 몰고 재훈의 집으로 갔다. 조수석에 앉자마자 어떤 음악을 좋아하느냐고 재훈이 물었다. 명자에게서 바로 대답이 나오지 않자 재훈은 클래식이요? 하고 다시 물었다. 별로요, 명자는 대답했다.

"필래요가 피아노를 해서 사장님이 클래식을 좋아하실 거라고 생각했어요."

"그건 아빠 피인 것 같아요."

사실이었다. 명자는 클래식을 좋아하지 않았다. 듣는 귀도 없었다. 피아노 전공하는 딸을 두고도 베토벤과 모차르트 곡조차 구별하지 못했다.

"대충 다 좋아해요. 재훈 씨 좋아하는 거 들어요."

재훈이 블루투스로 스마트폰과 승용차를 연결하여 폰에 저장된 음악을 틀었다. 최성수의 '해후'가 흘러나왔다.

"이런 노래 좋아해요?"

"엄마가 좋아하는 곡이에요. 비슷한 연배시니까 좋아하는 곡도 비슷할 것 같아서요."

최성수의 '해후'에 이어 조용필의 '그 겨울의 찻집', 이선희의 '제이에게'가 흘러나왔다. 모두 그녀가 싫어하지 않는 곡들이었다. 일부러 찾아들을 정도는 아니지만 라디오에서 흘러나오면 귀를 기울이게 되는 곡들이었다. 그런데 지금은 마음이 편치 않았다. 노래를 들으면서 마음이 이렇게 불편해보긴 처음이었다. 최성수나 조용필의 목소리는 너무 애절해서 민망했고 김학래의 창법은 촌스럽게 느껴졌다. 그 가수들의 장점이라고 여겼던 것들이 재훈이 곁에 있는 지금은 모두 단점으로 뒤집어졌다. 명자는 그런 자신이 실망스러웠다. 나이 쉰이었다. 지천명. 하늘의 뜻을 아는 나이. 하늘의 뜻까지는 모르더라도 최소한 본능이 아닌 본질을 생각할 나이였다.

명자는 차창을 조금 내렸다. 빗물이 튀어들었지만 개의치 않았다. 마음이 영 찌뿌둣했다. 곧 김은수의 7주기였다. 그때까지 분위기를 반전시키지 못한다면 더는 가망이 없다는 게 명자의 솔직한 생각이었다. 더 두려운 건 가망 없다는 결론이 나더라도 쉽게 이 곳을 뜰 수 있는 상황도 아니란 점이었다. 이 덩치가 큰 집을, 게다가 식당과 모텔로 개조까지 한 집을 사겠다고 나설 사람이 있을까. 게다가 마을 원주민들의 불만도 더는 말로든 읍소로든 다독일 수 있는 수준이 아니었다. 이런 마당에 본질이니 본능이니 하고 있는 자신이 한심스러웠다.

목적지에 다다를 때까지 두 사람은 아무 말도 하지 않았다. 주방에서 음식을 만들 때처럼. 천안에 도착한 건 이문세의 '광화문연가'가 거의 끝나갈 무렵이었다. 명자는 영화관이 있는 백화점 주차장에 차를 세웠다.

영화관으로 올라가 재훈이 미리 예매해둔 느와르를 보고 지하에 있는 서점으로 내려왔다. 재훈은 서가를 돌아다니며 책을 찾았다. 명자는 뒷짐을 진 채 서점 안을 돌아다니다가 재훈에게 갔다. 그는 아예 바닥에 양반다리까지 개고 앉아 책을 읽고 있었다. 그녀는 그가 옆에 쌓아놓은 책들의 제목을 눈으로 훑었다. 자살의 사회학, 자살의 역사, 자살론. 서점에 들어서자마자 모니터로 책을 찾더니 키워드가 '자살'이었던 모양이었다.

그녀는 가만히 그를 내려다보았다. 그 모습 위로 남편이 겹쳐졌다. 그나마 사랑이란 것에 가장 근접하게 가본 남자였다. 남편은 책을 끼고 사는 사람이었다. 명자는 그가 읽는 책이 곧 그라고 생각했다. 그가 들고 다니는 책의 제목을 연결하면 그라는 사람의 실루엣 정도는 그려진다고 믿었다. 결혼하고 한 달도 지나기 전에 명자는 그것이 얼마나 얼토당토않은 생각인지 깨달았다. 남편은 그저 땅에 발을 딛지 못한 인간일 뿐이었다. 몇 번의 기회를 줬지만 남편은 땅에 발을 디뎌볼 의지조차 없었다. 그런 사람은 아버지 하나로도 충분했다. 남편과 다른 방식이긴 했지만 아버지 역시 땅을 밟고 있지 않다는 점에선 하나 다를 게 없었다. 평생 가난을 면류관처럼 두르고 살던 사람.

명자가 가까이 서 있는 것조차 모를 정도로 재훈은 책에 푹 빠져 있었다. 일어나려면 시간이 꽤 걸릴 것 같았다. 그녀는 스릴러소설코너로 갔다. 시간을 때울 때는 스릴러만한 게 없었다. 그녀는 신간 스릴러물이 쌓여있는 매대를 둘러보았다. 릴케의 '말테의 수기'가 눈에 들어왔다. 누군가 귀찮아서 그냥 아무 데나 던져두고 간 모양이었다. 대학다닐 때 두 번을 읽은 책인데, 두 번을 읽었다는 사실만 떠오를 뿐 기억나는 내용은 없었다. 책을 좋아하지 않은 그녀가 두 번을 읽은 책은 아마도 이 책이 유일할 것이다. 반가운 마음에 그녀는 '말테의 수기'를 집어 들었다. 그리고 바닥에 엉덩이를 대고 앉아 책장을 넘겼다.

– 사람들은 살기 위해서 여기로 몰려드는데, 나는 오히려 사람들이 여기서 죽을 것 같다는 생각이 든다.

'말테의 수기'는 그런 문장으로 시작되었다. 명자는 첫 문장에서 한동안 눈을 떼지 못했다. 이십 대의 명자가 지금의 자신에게 건네는 경고 같았다. 머리가 서늘해졌다. 빨리 도망쳐! 시간이 없어! 그녀는 눈을 감고 심호흡을 했다. 책에 나온 문장 하나를 이런 식으로 해석하는 건 자신답지 않다고 생각하면서도 명자는 순간 가슴이 푹 꺼져버리는 걸 어쩌지 못했다. 그녀는 책장을 덮었다.

"'말테의 수기'? 제목부터 좀…… 으스스한데요? 흉악한 연쇄살인범의 고백…… 그런 내용 맞죠?"

언제 왔는지 재훈이 옆에 서서 허리를 굽히고 책을 내려다보고 있었다. 명자는 피식 웃으며 책을 있던 자리에 내려놓았다.

"좀 이르긴 하지만…… 점심 안 먹었더니 벌써 배고파요."

"나도 그래요. 뭐 먹을까요?"

재훈은 중국집에 가고 싶다고 했다. 비는 어느새 그쳐 있었다. 자장면에 탕수육을 먹고 온양에 들러 장을 봤다. 동네잔치를 열 요량으로 삼겹살도 넉넉하게 샀다. 돌아오는 길도 명자가 운전대를 잡았다. 재훈은 명자가 준 담배를 사양하지 않았다.

"언제부터 피웠어요?"

"고등학생 때요. 끊으려고 아무리 해봐도 안 되더라구요."

"그게 쉽나요? 오죽하면 버나드 쇼가 그랬다잖아요. 담배 끊기가 뭐가 어려워? 난 백 번도 넘게 끊었는데."

그 말에 재훈이 크게 웃음을 터뜨렸다.

"어느 날, 새해 첫날이었는데, 또 결심을 어기고 담배를 피웠어요. 얼마나 자존심이 상하던지. 그때 결심했어요. 죽는 날까지 다시는 담배 끊겠다는 결심 따윈 하지 않겠다고요."

이번엔 명자가 웃었다. 재훈이 주머니에서 핸드폰을 꺼냈다.

"필래요가 저녁 뭐 먹었냐고 묻네요."

재훈이 빠르게 핸드폰 자판을 치며 말을 이었다.

"필래요는 엄마를 참 좋아하는 것 같아요. 필래요 친구들이 사장님을 '메갈의 대모'라고 부른다는 거, 알고 계셨어요?"

"메갈……이요?

"과격한…… 아니다, 이 말 들으면 필래요가 또 화낼 테니까…… 페미니스트 웹사이트에요."

"근데 내가 왜 대모래요?"

"결혼하지 말고 동거하라고 사장님이 그러셨다면서요. 그거 진담이셨어요?"

"……"

"사실 저도 그 말 듣고 놀랐어요. 보통 엄마라면……"

딸을 생각하자 마음이 또 착잡했다. 그 아이에게 길을 열어주려면 돈이 필요했다. 간밤의 악몽이 떠올랐다. 꿈에서 그녀는 대학시절 내내 묵었던 자취방에 있었다. 그녀는 먹고 살만큼 돈을 번 뒤에도 이따금 그 방에서 잠을 깨는 꿈을 꾸었다. 단지 그 방에서 눈을 뜨는 것뿐인데, 꿈에서 깨고 나면 식칼을 쥔 누군가에게 밤새 쫓긴 것처럼 온몸이 온통 땀으로 뒤발해 있었다. 더군다나 간밤의 꿈에선 그 방에서 눈 뜬 사람이 이십 대의 명자가 아니라 쉰 살의 명자였다. 그 방…… 담장을 따라 빈 공간에 방을 안치느라 사다리꼴 모양이었던 작고 어두운 방……. 일대에서 가장 싼 집이라고 복덕방에서 소개한 방이었다. 집은 한눈에도 위태로워 보이는 경사진 산비탈 아래 붙어있었다. 산사태는 안 나나요? 집을 보러 갔던 날 명자가 집주인에게 건넨 첫 마디였다. 집주인은 심드렁한 말투로 대꾸했다. 왜 안 나. 큰물 질 때마다 한 번씩 난리가 나지. 그래서 싼 거야, 이 집이. 돈은 그런 거였다. 매년 산사태가 나는 집인 줄 알면서도 거기 몸을 뉘여야 하는 것. 세상에서 명예를 잃는 게 가장 무서운 거라는 건 가난이 뭔지 모르는 사람들의 투정이었다. 그녀는 악착같이 돈을 벌었다. 교인들이 바친 얼마 안 되는 성미로 온 동네 혼자 사는 노인들을 거둬 먹이는 아버지를 둔 죄로, 필요한 소리는 다 거르고 오직 클래식만 듣기 위해 달린 귀와 허황된 뜬구름만 바라보기 위해 달린 눈을 가진 남자를 남편으로 선택한 죄로 그녀는 늘 정신없이 달려야 했다. 그러다가 덜컥 필래요를 낳았다. 손톱만큼도 반갑지 않은 임신이었지만 필래요를 처음 본 순간 그녀는 환희를 느꼈다. 세상을 다 가진 것 같았다. 아무나 붙잡고 나 딸 낳았어요, 자랑하고 싶었다. 하지만 그 기쁨은 곧 두려움에 먹혀 버렸다. 필래요를 품에 안고 병원 문을 나서던 순간 그녀는 세상이 얼마나 위험천만한 곳인지, 어린 딸에게 얼마나 악의적일 수 있는 곳인지를 깨달았다. 빠르게 걷는 사람들이며 깨진 보도블록이며 비에 젖은 낙엽이며 자동차, 매연, 강도, 불량식품, …… 손으로 꼽을 수도 없을 정도로 도처에 필래요를 다치게 할 수 있는 것들이 깔려 있었다. 그녀는 더 열심히 돈을 벌었다. 모든 위험으로부터 딸을 지킬 수는 없더라도 최소한 산사태가 예견된 방에 딸을 밀어 넣는 일만큼은 절대로 하지 말아야 했다. 필래요에게 절대음감이 있다는 것을 알게 된 뒤론 돈을 벌어야 하는 이유가 하나 더 추가되었다. 손톱이 닳아 없어지는 한이 있어도 어떻게든 필래요에게 날개를 달아주어야 한다. 필래요만큼은 명예를 잃으면 모든 걸 잃는 것이라고 고고하게 말하는 사람들의 세상에서 살아야 한다.

"게다가 사장님 생일이 69년 6월 9일이라고, 떡잎부터 메갈이라고 그런대요."

"그건 또 왜요?"

"69가 메갈을 상징하는 숫자래요."

명자가 물음표를 담은 눈으로 쳐다보자 재훈은 씩 웃으며 대답했다.

"그건 필래요한테 물어보세요. 제가 말하기 좀 그래요."

"……"

"떡잎부터 메갈이란 말이 얼마나 웃기던지……"

다시 생각해도 웃긴다는 듯 재훈이 소리 내어 웃었다. 쳐다보지 않아도 그가 얼마나 밝게 웃고 있는지 다 느낄 수가 있었다. 명자는 남자를 좋아해본 적이 없었다. 명자에게 남자는 섹스파트너에 지나지 않았다. 남자랑 섹스 말고 도대체 뭘 할 게 있지? 어떤 남자도 명자의 흥미를 끌지 못했다. 그런데 왜 이제 와서, 이십 대 삼십 대 사십 대를 다 넘기고 나이 쉰이 된 이 마당에……. 방심한 탓이었다. 설마 그를 향한 감정이, 이제 서른밖에 안 된 이 어린 것에 대한 마음이 이런 색깔일 거라고는 생각하지 못했다. 한 번도 유행가 가사에 감정이입이 되어본 적이 없는 그녀였다. 하지만 이제는 모든 가사에 그의 표정이, 목소리가, 몸짓이 얹혀졌다. 정신 차리자, 최명자. 자칫하면 네가 쌓아 놓은 모든 게 무너질 수도 있어. 그녀는 라디오를 켜고 운전대를 잡은 손에 힘을 주었다. 명자도 재훈도 입을 다문 채 라디오 소리에 귀를 기울였다. 그렇게 언덕 두 개를 넘었다.

"아, 필래요네요. 필래요가 또 문자를 보냈어요."

"뭐라고요?"

"전생에 저 사람이었을 것 같은 사람이 누구냐고요."

"응?"

"아침에 제가 필래요에게 그런 말을 했거든요. 전생에 꼭 네가 저 사람이었을 것 같은, 그런 사람을 본 적이 있느냐고요."

"재훈 씨는 있어요, 그런 사람이?"

"조커요."

"응?"

재훈이 창밖으로 고개를 돌렸다. 그는 잠자코 창밖을 쳐다보다가 말을 이었다.

"배트맨에 나오는 악당이요."

6월 13일

잠자는 숲에는 부악산이라는 큰 산이 있었다. 산에 '악'자가 들어간 산치고 험하지 않은 산이 없다고 하지만 부악산은 최고봉인 영봉의 높이가 100미터에도 미치지 못하는 그리 높지 않은 산이었다. 그나마 영봉이 깎아지른 기암절벽이라 바듯이 악산 체면치레는 했구나 할 정도로 산세마저 둥글둥글 순한 산이었다. 하지만 다섯 봉우리 중 세 번째로 높은 금사봉도, 정면에서 보이지 않아서 그렇지, 뒷면이 직각에 가까운 암벽이었다.

명자는 금사봉이 암벽이란 사실을 오 씨를 통해 알게 되었다. 어제였다. 손님이 잠자는 숲이라는 이름처럼 산이 참 푸근해 보인다고 하자 막 주방에 들어가던 오 씨가 그렇지만두 않아유, 하고 특유의 무심한 말투로 입을 뗐다. 금사봉을 넘어서면 깔딱고개가 나오는데 거기서부터 영봉까지는 웬만한 산악인들도 혀를 내두를 정도로 산이 가파르다고 했다. 깔딱고개까지 갈 것두 없네유. 금사봉만해두 여짝에서 보기나 저렇지 뒤짝은 보기만 해두 어질머리 나는 절벽이니까유. 가 봐유, 악소리가 절로 날 테니.

아침 식사 준비를 어느 정도 마쳐놓고 명자는 피터팬과 함께 부악산에 올랐다. 새벽 늦게까지 대리운전을 하고 다섯 시가 넘어서 잠자리에 들었다는 그는 금사봉에 오를 때까지 계속 하품을 하면서 투덜댔다. 그러거나 말거나 명자는 시간을 재고 주위를 살피면서 산에 올랐다. 산 입구부터 금사봉까지는 딱 한 시간 거리였다. 도시의 산처럼 등산로가 갖춰진 것은 아니지만 경사가 가파른 몇몇 곳에 나무기둥을 박고 밧줄을 쳐놓으면 예닐곱 먹은 아이들도 너끈히 오를 만한 길이 되겠다 싶었다.

드디어 금사봉에 올랐다. 오 씨의 말처럼 금사봉 뒤쪽은 내려다보기도 힘들 정도로 직각으로 뚝 떨어진 낭떠러지였다. 가슴이 떨렸다. 등산로며 금사봉이며, 모든 게 기대하고 상상했던 것 이상이었다. 명자는 지금까지 올라온 길을 돌아보고 절벽을 또 한 번 내려다보았다.

"일본 오시마 섬에 미하라산이라는 활화산이 있대. 거의 알려지지 않았던 산인데 오래 전에 여학생 하나가 분화구로 뛰어들면서 갑자기 그 섬이 유명해지게 된 거야."

김은수가 죽던 날 명자는 주카이 숲을 떠올렸다. 나무들이 험하게 우거져 있어서 한번 들어가면 빠져나올 수 없다는 나무의 바다. 하루에 한두 명 꼴로 자살한다는 일본의 자살명소. 명자는 이 곳을 한국의 주카이 숲으로 만들겠다는 결심으로 고향으로 내려왔다. 그리고 7년이 흘렀다. 그동안의 고군분투 끝에 얻은 결론은 김은수만으로는 한계가 있다는 것이었다. 다른 게 더 필요했다.

"이게 그 섬에 호황을 가져왔어. 별 볼 일 없던 그 섬이 관광지가 된 거야. 그래서 인구도 엄청 늘어나고 호텔이며 식당이며 하는 것들도 많이 들어서게 되고. 잠깐만."

명자는 핸드폰을 꺼내 인터넷으로 어젯밤에 보았던 기사를 찾았다. 그녀는 노안이 시작된 눈을 가느스름하게 뜨고 기사를 읽기 시작했다.

"관광객을 산의 꼭대기까지 나르기 위해 말이 동원되었다. 다섯 개의 택시회사가 영업을 시작했으며 두 명에 지나지 않던 사진사는 1935년 47명으로 늘어났다. 분화구 바로 옆엔 우체국이 생겼고 산의 급격한 경사면에 길이 365미터의 롤러코스터가 설치되면서 미하라 산은 명실공히 놀이 공원의 면모까지 띠게 되었다.

여긴 뭐 별 거 아니니까 건너뛰고. 아, 여기.

낙타를 들여와 관광객을 태우는 프로그램까지 내놓았는데 이 낙타들이 기대 이상으로 큰돈을 안겨주었다."

그녀는 핸드폰을 주머니에 집어넣었다.

"다 아는 얘기잖아. 이 동네도 제대로 성공을 못해서 그렇지 누나나 나나 다 그런 기대로 여기로 기어들어온 거고."

명자는 대꾸하지 않고 담배에 불을 붙였다. 그녀는 어젯밤 한숨도 자지 못하고 인터넷으로 자살자들에 관련된 기사를 찾아 읽었다. 몇 시간 동안 읽고 생각한 끝에 얻은 결론은 이거였다. 자살자들은 죽는 순간까지 우아함이나 아름다움을 추구한다는 것.

"자살에도 형식이란 게 필요하다면 말이지, 이 산 정도면 되겠다 싶어. 용암이 끓고 있는 분화구에 뛰어드는 것만큼 극적이진 않지만. 특히 이 금사봉 말이야. 올라오면서 시간을 재보니 딱 한 시간 걸려. 오르기에 너무 힘들거나 시간이 많이 걸리면 자살자든 일반 관광객이든 좋아하지 않을 것 같아."

이 곳이 고향이긴 하지만 그녀가 부악산에 오른 건 오늘이 처음이었다. 밤새 뒤척이며 상상했던 것보다 모든 상황이 훌륭했다. 동선 하나하나를 철저하게 계산해서 만들어놓은 드라마 세트장처럼 모든 것이 정확하게 딱 맞아떨어지는 느낌이었다. 뒤도 돌아보지 않는 단호한 죽음이 필요해? 금사봉에서 몸을 던지면 돼. 롤러코스터가 필요해? 저 무시무시한 영봉이 있잖아. 분화구 옆의 우체국? 그것보단 중국 화산에 갔을 때 봤던 소원 자물쇠가 더 좋을 거야. 소원을 적으면 잠가주는, 돌계단 양쪽에 매달린 붉은 자물쇠. 감성을 자극하는 이야기가 필요하다면 내가 얼마든지 만들어낼 수 있어. 잠자는 숲이라는 이름을 즉흥적으로 만들어낸 사람도 나니까.

"다 좋은데…… 누가 여기까지 와서 죽어줘야 말이지."

"자살자들 인터넷 카페 같은 걸 이용해보면 어떨까."

"흠."

"손님들 중에 자살하려고 온 것 같은 사람들을 여기로 유인해보는 것도 괜찮을 것 같고. 연구해보면 방법이야 얼마든지 있을 거야."

피터팬이 곰곰 생각에 잠긴 얼굴로 턱을 문질렀다. 긍정의 표현이었다.

"누나 말대로…… 자살자 카페에서 같이 동반자살 할 사람을 구하는 식으로…… 그렇게 해보면 될 것도 같고."

"괜찮네."

"근데 아무나 죽어도 효과가 있을까. 김은수 정도는 죽어줘야 하는 거 아니야?"

"그러면 더 바랄 게 없지만 누구라도 한 사람만 죽어주면……"

"누나, 담배 좀."

명자는 피터팬에게 담배를 건넸다.

"아무튼 이 산에서 한 사람만 죽어주면 돼. 여태까진 김은수라는 인물 하나에 초점을 맞췄지만 이제부턴 방향을 좀 틀어야 해. 죽음 미학? 뭐 그런 걸 갖춘 장소로서의 잠자는 숲을, 그 중에서도 특히 이 금사봉이란 장소를 부각시켜야지. 문화부랑 사회부 기자들을 싹 동원해서 기자만 써제끼면……"

거기까지만 간다면 나머지는 굳이 자신이 나서지 않아도 굴러가게끔 되어 있었다. 잠자는 숲의 최고 전성기엔 대기업에서 이 곳에 호텔을 지으려고 해서 주민들이 대책회의까지 열었던 적이 있었다. 그러다가 이 곳의 경기가 갑자기 꺾이면서 호텔 건립 얘기도 흐지부지되고 말았다. 돈이 될 것 같으면 자본은 언제든지 다시 돌아오게 되어 있고 그러면 오시마 섬처럼 잠자는 숲도 모든 구색을 다 갖춘 관광지 겸 국민적인 성지가 될 수 있다. 대한민국이 어떤 나라인가 말이다. 40분에 한 명꼴로 자살하는, OECD 최고의 자살공화국이 아닌가 말이다.

"김은수의 7주기가 한 달 반밖에 안 남았어. 그때까지 확실한 전환점을 만들지 못하면,"

"끝이지. 누나나 나나 쫄딱 망해서 손 털고 나가는 수밖에. 근데 도와주는 사람은 없고 주위에 똥파리만 득실대니."

피터팬이 몇 걸음 앞에 있는 나무푯말을 쳐다보며 눈살을 찌푸렸다. 읍내 고등학교 자살방지동아리에서 박아놓은 푯말이었다. 산 입구에 걸린 현수막을 시작으로 자살을 만류하는 글귀를 새긴 푯말들이 산 여기저기에 세워져 있었다. 수어사이드 스쿼드가 민지가 주도해서 만든 동아리란 말을 며칠 전에 필래요에게서 들은 기억이 났다. 학교에서 만든 게 아니고 자기네가 직접 만든 동아리래. 처음엔 학교에서 별 관심도 보이지 않았는데 지금은 교장선생님이 직접 챙길 정도로 관심이 많대. 동아리 활동이 엄청 재미있나봐, 민지는. 잠자는 숲 자살률을 0%로 만드는 게 목표래. 그 말을 들을 때만 해도 민지의 활동이 못마땅했는데 산에 오르면서 그 생각이 싹 바뀌었다. 아군도 이런 아군이 없었다. 민지 덕분에 뭐랄까, 잠자는 숲이 점점 자살마을로서의 면모를 제대로 갖춰가고 있었다. 자살을 만류하는 글귀들이 역으로 자살마을의 분위기를 띄워주고 있었다.

"누나, 물이나 뭐 그런 거 안 갖고 왔지?"

"왜, 목말라?"

피터팬이 고개를 끄덕였다. 명자는 엉덩이를 털며 일어났다. 잠자는 숲이 한눈에 들어왔다. 이 마을은 보통의 마을과 다르게 집들이 거의 북쪽을 바라보고 있었다. 동향집과 서향집 서너 채를 제외하면 몽땅 북향이었다. 남향집은 단 한 채도 없었다. 부악산이 남쪽에 있어 남쪽이 높고 북쪽이 낮은 지형 탓이었다. 그래서 지형에 감각이 있는 사람이면 누구나 이 마을을 보자마자 북망산천이 떠오른다고 했다. 생각할수록 자살명소가 되기 위해 태어난 마을 같았다.

"그나저나 마을사람들…… 확실히 달랠 방법이 뭐가…… 없겠지, 아무래도?"

"누나 시간 많은 가보네, 그런 것까지 신경 쓰게. 절이 싫으면 중이 떠나는 수밖에."

"……"

"계속 지랄들 하면 싹 떠날 수밖에 없게 만들어버리게."

피터팬이 성큼성큼 산을 내려갔다. 명자도 말없이 산을 내려갔다. 산을 거의 다 내려오자 집 짓는 공사현장이 들여다보였다. 필래요가 수건으로 목과 얼굴을 감싼 채로 허리를 구부린 채 뭔가를 하고 있었다.

"어, 저 남자……"

피터팬이 과수원 쪽을 손가락으로 가리켰다. 손가락 끝을 눈으로 따라가니 과수원 울타리를 따라 걷고 있는 한 남자가 보였다. 체격이 좋고 머리를 어깨까지 기른 남자였다. 남자는 큰 십자가를 짊어지고 걷고 있었다. 저 남자가 필래요가 말한 목수인 모양이었다.

"저러고 매일 동네를 한 바퀴씩 돈다네, 저 사람이."

"저 이가 십자가 만드는 목수 맞지?"

"응, 사람들이 요즘 저 남자 얘길 많이 해. 동네사람들도 그렇고 손님들도 그렇고."

"뭐라고?"

"글쎄, 그걸 뭐라고 해야 할지 모르겠는데…… 아무튼 평범한 사람은 아니야. 저러고 다니는 것만 봐도 대충 견적이 나오잖아."

"나쁜 쪽으로?"

"나쁘다 좋다 그런 게 아니라, 좀 묘하다?"

명자는 다시 필래요를 내려다보았다. 필래요는 요즘엔 아예 목수의 말을 인용하는 것으로 말문을 열곤 했다. 엄마, 아저씨가 그러는데…… 있잖아, 아저씨 말이……

"동네사람들 중 몇몇이 쉬쉬하면서 저 사람한테 기도 받으러 다니기도 하나봐."

그 이야기라면 명자도 오 씨를 통해 듣긴 했다. 목수에게 안수기도를 받고 병이 나은 사람도 있다고 했다. 명자는 그 말을 귀담아 듣지 않았다. 기도를 받고 병이 낫는다? 믿는 것도 아니고 믿지 않는 것도 아니었다. 다만 그런 영적인 영역에 대해 관심이 없을 뿐이었다. 천국이나 지옥도 마찬가지였다. 그건 소관 밖의 것이었다. 명자는 자신이 해야 하는 것, 할 수 있는 것만 생각했다.

"아무튼 손님들도 저 사람 얘길 많이 해. 저 사람이 벌써 잠자는 숲의 명물이 된 것 같아."

대수롭지 않다는 투로 피터팬이 말했다. 명자는 고개를 끄덕였다. 목수를 잘만 활용하면 기가 막힌 성지의 분위기를 연출해낼 수 있을 것이다. 그녀의 머릿속으로 예수가 십자가 처형을 당한 골고다 언덕이 그려졌다. 가슴이 뛰었다. 뭔가 다가오고 있는 게 분명했다. 자신이 가진 전부를 배팅해도 좋을 순간이.

명자는 산 입구에 세워놓은 차에 올라탔다. 피터팬을 파스타집 피터팬에 내려주고 집으로 왔다. 주차장에 차를 세우고 방으로 들어가는데 그에게 전화가 왔다.

"뭔가 시작될 것 같아."

그의 목소리에 긴장이 어려 있었다. 조금 전과는 완전히 다른 분위기였다.

"우리 식당에 지금 누가 와 있냐면…… 잠깐만. 내가 사진 보낼게 봐봐."

금방 문자로 사진이 도착했다. 이태완이었다. 재작년에 광고계의 별로 떠오른 뒤 그가 등장하는 드라마마다 한국뿐만 아니라 중국대륙까지 흔들어놓는, 톱스타 중에서도 단연 최고의 스타였다.

"얘가 지금 거기 있다고?"

"응. 근데 분위기가 심상치 않아. 들어오자마자 와인을 찾더라구. 아직 열 시도 안 됐잖아."

전화를 끊고 명자는 잘 아는 연예부 기자에게 전화를 걸어 이태완의 근황에 대해 물었다. 10분 넘게 통화한 끝에야 이태완이 요즘 우울증 치료를 받고 있다는 정보를 얻을 수 있었다. 명자는 옷을 갈아입고 식당으로 갔다. 일하는 중에도 계속 이태완에 대한 생각이 머릿속을 맴돌았다. 어느 정도의 우울증일까, 도대체. 김은수의 7주기를 목전에 앞둔 지금 이태완이 잠자는 숲에서 죽어 준다면, 죽어만 준다면.

하루 종일 시간이 어떻게 흘러갔는지도 모를 정도로 명자의 머릿속은 온통 이태완으로 가득했다. 저녁 손님들을 치르다가 명자는 정원으로 나갔다. 비가 쏟아지고 있었다. 명자는 파라솔 밑으로 가서 담배를 입에 물었다. 그리고 막 담배에 불을 붙이려는데 피터팬의 왜건이 주차장으로 들어왔다. 그는 우산도 쓰지 않은 채 명자에게 오더니 보여 줄 게 있으니 안으로 들어가자고 했다. 명자는 그를 데리고 자신의 침실로 갔다. 그는 일회용 비닐장갑을 양손에 끼고는 주머니에서 편지봉투를 꺼내더니 두 번 접은 종이를 조심스럽게 빼냈다. 명자가 종이를 향해 손을 뻗자 그는 깜짝 놀라며 눈으로만 보라고 주의를 주었다.

– 사랑합니다. 행복했습니다. 미안합니다.

흰 A4 용지에 반듯한 글씨로 그렇게 씌어있었다. 그리고 맨 밑에 이태완의 자필서명이 있었다.

"이게 뭐야?"

그는 대답하지 않고 종이를 다시 조심스럽게 접어 편지봉투에 넣고는 주머니에 집어넣었다.

"이태완이 쓴 거야, 직접."

이어지는 그의 말은 이러했다. 이태완은 피터팬에 들어오자마자 와인을 주문했다. 이른 시간이라 홀에는 이태완뿐이었다. 피터팬 벽에는 손님들이 죽음을 가정하고 쓴 유서들이 빼곡하게 붙어 있었는데, 이태완은 와인을 홀짝거리며 벽에 붙은 그것들을 유심히 훑어보았다. 이태완이 와인 두 병을 다 비우길 기다렸다가 피터팬은 종이와 유성펜을 들고 이태완에게 다가갔다. 그리고 벽에 붙이려고 한다면서, 삶의 마지막 순간이라고 가정하고 가족들에게 하고 싶은 말을 써달라고 부탁했다. 이태완은 팬에게 사인이라도 해주듯 순순히 썼다. 사랑합니다라고 쓴 뒤에 잠깐 허공을 쳐다보다가 행복했습니다라고 썼고 눈을 감고 한참을 앉아 있다가 미안합니다라고 썼다.

"자살할 것 같은 분위기였어?"

"몰라, 그것까진. 어디 분위기대로 가나, 그게? 그냥 김은수 무덤에 온 것 같기도 하고."

"혼자 왔어?"

"응."

"안 죽으면 아무 것도 아닌데."

"그럼 죽일까?"

"미쳤어?"

"누나. 자살인지 타살인지 가장 헷갈리는 경우가 뭘 것 같아?"

"……"

"추락사야. 그 절벽 이름이 뭐라고 했지?"

"금사봉."

"거기서 확 밀어버리면 드디어 최명자 프로젝트 가동 시작."

피터팬의 얼굴 위로 야비한 웃음이 스치듯 지나갔다. 지금 자신은 어떤 얼굴을 하고 있을까, 명자의 머릿속으로 그런 생각이 지나갔다.

"얼굴 펴. 웃자고 한 소리야. 나 밥 한 그릇만 줘. 오랜만에 누나 밥이 먹고 싶어서 왔어."

"식당으로 가자."

명자는 방문을 향해 돌아섰다. 그가 누나, 하고 부르며 등 뒤에서 그녀의 어깨에 손을 얹었다.

"전생에 철천지원수였던 사이가 부모 자식으로 만난다잖아. 유독 힘든 부모 자식 간은 전생에 서로 죽고 죽이고 그랬던 사이라던데…… 누나랑 나도 전생에 웬만한 악연은 아니었을 것 같단 생각이 드네."

피터팬이 열없이 픽 웃었다. 갑자기 무서운 예감이 엄습해왔다. 그가 말을 이었다.

"우리 왕십리에서 장사할 때 있잖아. 요즘 그때 생각이 많이 나네. 지은이랑 누나랑 나랑 셋이…… 그땐 참 사람 사는 것 같이 살았는데."

명자는 정원으로 나가는 현관문 대신 거실로 통하는 문을 열었다. 거실을 가로질러 식당 앞에 이를 때까지 그녀도 그도 말이 없었다.

"엄마……"

필래요였다. 식당 문 앞에 필래요가 남자와 함께 서 있었다. 두 사람 모두 비에 홀딱 젖은 모습이었다. 명자는 한눈에 그 남자가 목수라는 걸 알아보았다.

"비가 이렇게 쏟아지는데 아저씨 잘 곳이 없어서. 괜찮지, 엄마?"

명자는 고개를 끄덕이고 목수에게 인사했다.

"우선 방으로 올라 가셔서 샤워부터 하실래요? 필래요, 너도 씻고 오고."

명자는 피터팬에게 목수가 갈아입을 옷을 챙겨오라고 했다. 다행히 목수와 피터팬의 체구가 비슷했다. 명자는 목수를 5호실로 안내했다. 목수가 먼저 올라가고 명자가 천천히 그 뒤를 따랐다. 목수가 발을 디디는 곳마다 물이 고였다. 오늘 밤 이 사람을 어떻게든 내 편으로 만들어야 한다. 목수의 등을 보며 명자는 다짐했다. 관광지만으로는 부족하다. 목수가 제 역할만 다해준다면 잠자는 숲은 국민적인 성지가 될 수 있다. 목수가 5호실 문을 열었다.

"금방 옷을 가져올 거예요. 젖은 옷은 그냥 바구니에 담아두세요."

목수가 온화한 얼굴로 고개를 끄덕였다.

*

오늘 점심은 본 아뻬띠에다 카레라이스를 주문했다. 공사장 아저씨들 먹을 거라니까 아주머니가 7인분 같은 5인분을 만들어주었다. 필래요는 자기 몫은 뺐다. 그녀는 카레라이스는 안 먹는다. 너무 질리게 먹어서 중학생이 된 이후로는 입에 대본 적도 없었다. 엄마는 카레는 끓이면 끓일수록 맛있는 거라며 한 번 할 때마다 큰 냄비를 가득 채웠다. 자신을 키운 8할이 바람이었다는 어느 시인의 표현을 흉내 내보자면 필래요를 키운 8할은 단연 카레였다. 모르긴 몰라도 자신의 뼈와 살과 피를 분석해보면 강황 성분이 줄줄이 나올 거라는 게 그녀의 생각이었다. 오죽하면 그녀에겐 이 세상 모든 음식이 노란 색과 아닌 것으로, 그렇게 딱 두 가지로 나뉘어져 있던 시절이 있었다.

"필래요 씨는 왜 안 먹어요?"

안경이 물었다. 골조를 세우는 일까지 마치고 한동안 현장에서 빠졌던 프레이머들이 어제 다시 돌아왔다. 보름 만이었다. 그들은 단열제를 넣기 위해 입고 있던 특수복과 마스크를 벗어 한쪽에 가만히 내려놓고 밥상으로 모였다.

"속이 안 좋아서요."

"아가씨가 속이 안 좋을 일이 뭐가 있을까. 밤새 술을 드셨을 리도 없고.”

꺽다리가 일회용 접시에 밥과 카레를 담으면서 필래요의 배를 흘끗거렸다. 남의 배는 왜 쳐다보세요? 아저씨 의사에요? 진료 봐주시게요? 그녀의 입안에서 이런 말이 맴돌았지만 꾹 참았다. 어젠 오랜만에 만나서 반가웠는데 밉상은 역시 밉상이다. 여자들이 이런 남자를 얼마나 싫어하는지 남자들이 안다면 참 좋을 텐데.

“오후엔 무슨 작업을 해요?”

“지붕마감 할 거예요.”

“늦지 않게 올게요.”

필래요는 남은 밥과 카레를 접시에 조금 담았다.

“누굴 갖다 주려고? 아무래도 우리 필래요 씨가 숨겨둔 샛서방이 있는 모양이네.”

꺽다리가 킥킥댔다. 필래요는 정색을 하고 꺽다리를 쏘아보았다. 꺽다리의 얼굴에서 웃음이 지워졌다. 다른 사람들도 다들 숟갈질을 멈추고 그녀를 쳐다보았다. 그녀는 쟁반을 들고 일어섰다. 아이고, 무서워라. 꺽다리가 깐죽댔다. 그녀는 뒤돌아서서 꺽다리를 쳐다보았다.

“뭐라고요? 너무 작아서 안 들려요.”

필래요는 ‘작아서’에 방점을 찍어 말했다.

“아아, 물론 소리가.”

이번엔 ‘소리’에 콩콩, 방점을 찍었다. 안경과 쌍꺼풀이 동시에 웃음을 터뜨렸다. 꺽다리는 무슨 말인지 몰라 눈만 끔벅댔다. 말도 못 알아듣는, 뇌는 없고 자지만 있는 새끼. 필래요는 다시 몸을 돌렸다. 그 정도로는 분이 풀리지 않았다. 아는 욕이란 욕은 다 퍼붓고 싶었다. 양손으로 쟁반을 받쳐 들고 그녀는 성큼성큼 걸었다. 빨리 목수아저씨를 보고 싶었다. 아저씨를 붙들고 꺽다리 이야기를 하고 싶었다. 아저씨라면 그녀의 말을 진지하게 들어주고 같이 화를 내줄 테니까. 그나저나 오늘은 아저씨가 있을까. 1주일 동안이나 아저씨를 보지 못했다. 인사 한마디 없이 떠났을 리는 없는데 도대체 무슨 일일까. 아저씨의 작업장은 공사현장과 10분 거리였다. 작업장 입구로 들어서며 필래요는 저도 모르게 숨을 참았다. 하지만 오늘도 아저씨는 없는 모양이었다.

쟁반을 평상에 내려놓고 필래요는 텐트로 가보았다. 그곳에도 아저씨는 없었다. 돌아서려는데 어디선가 나지막하게 목소리가 들렸다. 그녀는 가만히 벽 쪽으로 걸어갔다. 거기 아저씨가 있었다. 텐트 뒤편으로 벽체에 나무십자가를 기대어 세워놓은 곳이 있는데, 벽과 십자가 사이의 직각삼각형 모양의 작은 공간 안에 아저씨가 무릎을 꿇고 앉아 있었다.

"왜 이 곳으로 저를 보내셨습니까. 절 이 죄악의 땅으로 보내신 아버지의 뜻이 무엇입니까."

아저씨는 작은 목소리로 기도했다. 얼마나 땀을 쏟았는지 아저씨가 앉아있는 흙바닥이 검게 젖어 있었다. 아저씨의 머리카락도 등허리도 온통 땀으로 뒤발을 한 상태였다.

"꼭 그 잔을 마셔야 합니까, 어머니?"

아저씨가 땅에 납작 엎드려서 울기 시작했다. 아저씨의 등과 어깨가 심하게 들썩였다. 필래요는 다가가지도 못하고 그렇다고 돌아서지도 못한 채 그 자리에 붙박인 듯 서 있었다. 할아버지가 들려준 야곱 이야기가 떠올랐다. 형에게 큰 죄를 짓고 도망친 야곱이 20년 만에 귀향할 때의 이야기였다. 야곱은 강 앞에서 혼자 하룻밤을 묵는다. 그 강만 건너면 고향인데 야곱은 형이 자신을 죽일까봐 너무 두려웠다. 강가에 혼자 남은 야곱은 낯선 사람과 밤새 씨름을 한다. 나를 축복하지 않으면 가게 할 수 없다고 말하며 야곱은 그 사람을 붙들고 놔주질 않는다.

끝내 야곱은 그 사람으로부터 하나님과 겨루어 이겼다는 뜻의 이스라엘이란 새 이름을 받아낸다. 잠깐 뜸을 들였다가 할아버지는 말을 이었다. 어른이 되면 한 번은 하나님과 둘이 맞대면해서 담판을 지어야 하는 순간이 올 거야. 그때 야곱을 기억해야 해. 날 축복하지 않으면 죽어도 보내지 않겠습니다, 하고 끝까지 붙잡고 놔주지 말아야 해. 알겠지, 필래요? 언제부턴가 아저씨는 숫제 아이처럼 엉엉 소리까지 내가며 울고 있었다. 아저씨는 지금 하나님과 담판을 짓고 있는 걸까. 하지만 인간이 신과 맞짱을 뜬다는 게 가당키나 한 일일까. 아저씨의 울음소리가 점점 잦아들었다. 필래요는 얼른 돌아서야 한다고 생각했다. 이런 순간에 눈이 마주친다면 그건 서로에게 참으로 민망한 일이 될 것 같았다.

"어, 필래요."

뒤돌아서다 말고 그녀는 그 자리에 멈춰 섰다. 아저씨가 여전히 무릎을 꿇고 앉은 채 고개만 돌려 그녀를 보고 있었다.

"언제 왔니?"

아저씨가 일어나려고 무릎을 펴다가 두 손으로 바닥을 짚으며 그 자리에 고꾸라졌다. 겸연쩍은 듯 웃으며 아저씨는 십자가를 붙들고 천천히 몸을 일으켰다.

"아저씬 말도 없이…… 어딜 다녀오신 거예요?"

민망한 마음에 필래요는 짐짓 화가 난 사람처럼 퉁명스럽게 물었다.

"아무 데도 안 갔는데…… 아, 기도하느라 산에 가 있는 시간이 많아서, 그래서 엇갈렸나보다."

두 사람은 함께 평상으로 걸어왔다. 필래요는 신을 벗고 평상에 올라가 쟁반을 덮은 신문지를 걷었다.

"난 필래요 먹는 거 구경해야겠다."

그녀가 건넨 수저를 아저씨가 도로 그녀 앞에 내려놓았다.

"아저씬 안 먹게요?"

"응. 금식기도 중이라서."

"금식? 며칠이나 됐는데요?"

"열흘."

"그동안 아무 것도 안 먹고 굶은 거예요?"

"40일 금식기도 한 적도 있는데 뭘. 괜찮아, 물은 마시니까."

하긴 할아버지도 금식기도를 자주 했다. 금식 중엔 할아버지 몸에서 이상한 냄새가 났다. 아저씨에게서도 비슷한 냄새가 났다.

"근데 밥 먹으면서 기도하면 안 되는 거예요? 꼭 굶어야 해요?"

"왜 안 되겠어. 절실함의 문제지. 생명이라도 내놓고 답이 나올 때까지 매달려 보겠다는."

"우리 할아버지가 그러셨어요. 40일 금식기도 한 사람과 30분만 얘기하면 금식기도 했다는 얘기가 반드시 나온대요. 서울대 나온 사람이랑 얘기하면 그 얘기 꼭 하는 것처럼요."

"하, 좋은 말씀이네. 기도했다는 것조차 자만으로 흐를 수가 있지."

"근데 아저씨. 정말 궁금한 게 있는데요."

"뭔데?"

"하나님 안 믿고 다른 종교 믿으면 지옥 가요?"

"아니!"

어려운 질문일 거라고 생각했는데 의외로 아저씨는 바로 답을 내놓았다.

"여기 굉장히 큰 산이 있다고 치자. 그 산을 둘러싼 마을이 많이 있겠지. 산은 하나인데 그 산을 부르는 이름은 마을마다 다 다르지 않겠니? 신도 마찬가지야. 누구는 하나님이라고 부르고 누구는 부처님이라고 부르고 누구는 알라라고 다르게 부를 뿐이야."

"아저씨 같은 사람을 이단이나 사이비라고 하는 거지요?"

아저씨가 푸하하, 웃음을 터뜨렸다. 필래요는 따라 웃지 않았다. 정색한 채로 아저씨를 가만히 쳐다보았다. 할아버지가 듣는다면 기겁을 할 말이었다.

"내 말 똑똑히 들어, 필래요. 어쩌면 말이다, 이런 세상에선 교회에 안 나가는 게 올바른 신앙생활일 수 있어."

아저씨가 웃음을 거둔 얼굴로 그녀를 바라보았다.

"교회가 너무 혼탁해. 대형교회를 만든 것만으로도 하나님 앞에 큰 죄를 지은 건데 그걸 세습까지 하고 있잖아. 원로목사들이 부끄러움도 모르고 그걸 감싸주고."

"……"

"이 시대엔 말이다, 필래요. 예수가 나타나면 저들이, 자신들이 기독교인이라고 말하고 다니는 저들이 앞장서서 예수를 처형할 거야. 그런 자들은 절대로 기독교인이 아니다. 우린 단호하게 이렇게 말할 수 있어야 해."

"그럼 어떤 사람이 기독교인인데요?"

"예수처럼 살려고 노력하는 사람."

"예수처럼 산다는 게 어떤 건데요?"

"좌익으로 사는 거지."

"네?"

"없는 사람, 못 배운 사람 편에 섰던 분이 예수다. 정의롭지 못한 것엔 목을 내놓고 지적하던 분. 예수는 분명 좌익이야."

"……"

"사도신경에도 나오잖니. 하늘에 오르시어 전능하신 하나님 우편에 앉아 계시다가……. 하나님 우편이란 건 인간 세상에서 보면 왼쪽 아니겠니. 그러니 좌익이지."

필래요는 곰곰 생각에 잠긴 얼굴로 눈을 깜박거렸다. 아저씨가 픽 웃으며 그녀의 어깨를 쳤다.

"농담이야, 필래요."

필래요는 웃지 않았다. 아저씨가 잠깐 무르춤한 표정을 짓더니 다시 입을 열었다.

"예수는 언젠가 다시 이 세상에 오시겠다고 약속했어. 더러운 자본주의…… 사람을 사람으로 보지 않는 세상…… 필래요. 이미 예수는 어딘가에 사람의 몸을 하고 와 있을 지도 몰라."

아저씨가 어지러운지 평상을 두 손으로 짚었다.

"누워서 쉬세요. 저 갈게요, 아저씨."

"일 끝나고 올래?"

"오늘은 민지 오는 날이라 바로 집으로 가야해요."

"민지는 레슨 잘 받고 있어? 연습 많이 해오고?"

"네. 근데 동아리 활동에 푹 빠져서 레슨 와서도 수싸드 얘기만 해요. 잠자는 숲을 자살률 0%로 만드는 게 목표래요."

"아……"

"걘 선동가적인 기질이 다분해요. 피아노도 그렇게 쳐요. 피아노 소리 듣고 있으면 누굴 막, 억지로라도 설득하려고 하는 게 다 보여요. 슬퍼해, 여긴 슬픈 거야, 막 이렇게 피아노를 친다니까요."

아저씨가 소리 내어 웃었다.

"정자나무 있잖아요. 사람들이 자기 소망 같은 거 리본에 써서 거기 묶게 할 거래요. 이름도 꿈꾸는 나무라고 정했대요."

"잠자는 숲의 꿈꾸는 나무라. 좋은데?"

"똑같은 말, 민지도 했어요."

필래요는 쟁반을 들고 집 공사현장으로 돌아왔다. 프레이머들은 커피를 마시거나 담배를 피우며 그녀를 기다리고 있었다. 집은 이미 나흘 전, 지붕이 마무리 되면서 외부는 거의 완성된 상태였다.

"오후엔 이제 두 조로 나눠서 한 조는 내벽에 석고보드를 붙일 거고 한 조는 지붕마감을 할 거예요."

필래요는 그들의 말을 공책에 받아 적으면서 틈틈이 작업하는 모습을 사진 찍었다. 그러는 와중에도 머릿속에선 계속 목수아저씨의 기도하는 모습이 떠올랐다. 날 이 곳으로 보낸 아버지의 뜻이 무엇이냐고, 아저씨는 분명 그렇게 물었다. 그게 무슨 뜻이지? 그게 무슨 뜻이기에 그렇게 처절하게 울기까지 한 거지? 우리 안에 이미 답이 있어. 언젠가 아저씨는 그렇게 말했다. 우리 안에 이미 답이 있다던 말과 그 기도가 이율배반으로 느껴졌다. 그녀는 골똘히 볼펜 끝을 바라보았다. 우리 안에 신의 속성이 있다는 아저씨의 말 속에 그 답이 있는 걸까. 내 안에 이미 있는 답을 찾는다는 건 내 안의 신에게 그 답을 묻는다는 걸까. 그래서 아저씨는 하나님이 갖고 있는 답이 뭐냐고 그렇게 간절히 물은 걸까.

"우리 필래요 씨가 집중을 안 하고 계속 딴 생각만 하네. 석고보드를 왜 붙인다고요?"

안경이 물었다.

"네?"

"이걸로 책 쓴다면서요. 정신 바짝 차리고 들어도 쓸까 말깐데."

"......"

"내부마감 할 땐 꼭 석고보드를 붙여야 해요. 그래야 불났을 때 사람들이 대피할 시간을 벌 수 있어요. 알았어요?"

"아, 네."

오늘 작업은 다른 날보다 한 시간쯤 일찍 끝났다. 서둘러 집으로 갔는데도 민지는 이미 와서 손을 풀고 있었다. 필래요는 손만 씻고 민지에게로 갔다. 피아노 위에 레슨비 봉투가 놓여 있었다. 레슨비를 정한 건 민지였다. 대학생 레슨비가 5만원이니까 언니한텐 4만원은 드려야 맞는데 아시다시피 저희 집이 좀 어려우니까 딱 그 절반으로 하면 어때요? 아무렇지 않은 듯 말했지만 말하는 내내 민지는 초조한 듯 손톱 끝을 뜯어댔다.

"언니, 저 새 곡 준비해왔어요."

민지가 보면대에 복사해온 악보를 올려놓았다.

"모차르트 아직 안 끝났잖아."

"너무 재미없어서 못 치겠어요, 그건."

민지가 모차르트를 재미없어한다는 걸 필래요는 진작 알고 있었다. 선생이 필래요가 좋아하는 곡과 싫어하는 곡을 대번에 알아맞힐 때마다 그게 퍽 신기했는데 가르쳐보니 신기할 것도 없었다. 그냥 치는 모습만 봐도 훤히 보였다. 필래요는 장조로 된 곡을 좋아하지 않았다. 그녀가 좋아하는 노래는 단조롭지 않으면서도 어두운 분위기를 풍기는 단조였다. 베토벤이나 모차르트보다 라흐마니노프와 라벨을 좋아했다. 필래요, 네가 좋아하는 곡만 칠 수는 없어. 베토벤 소나타 '고별'을 배울 때 선생은 그 말을 열 번도 넘게 했다. 네가 피아노를 치는 한 필래요, 베토벤은 아무리 싫어도 피해갈 수가 없어, 절대로.

"피아노를 치는 한 민지야, 모차르트를 피해갈 수는 없어."

"......"

"시작한 곡은 끝까지 해야 해. 중간에 그만둬 버릇하면 안 돼."

"여름방학까지밖에 못 봐주신다면서요? 언니한테 이거 배워보고 싶어서 그래요."

필래요는 악보를 들여다보았다. 쇼팽 발라드 1번이었다.

"안 돼. 피아니스트들도 굉장히 어려워하는 곡이야, 이건."

"싫어요. 저 이 곡 할래요. 언니한테 꼭 배우고 싶어요. 악보도 다 봤어요."

"그럼 일단 쳐봐."

민지가 쇼팽을 치기 시작했다. 예상했던 대로 엉망이었다. 도 미라 시도라미시도라미시도솔시라솔. 거기에서 필래요는 손뼉을 쳤다.

"거길 그렇게 한 페달로 가면 안 돼. 앞부분 다시 쳐봐."

심호흡을 하고 나서 민지가 다시 피아노를 치기 시작했다. 2분 정도 듣고 나서 필래요는 다시 손뼉을 쳤다.

"피아노시모라고 건반을 그렇게 스치기만 하면 안 돼. 끝까지 건반을 누르면서도 작은 소리를 낼 수 있어. 포르테에서도 건반 막 때리지 말고."

"아, 피아노시모……"

"지금 단계에서 이건 무리야. 정 쇼팽이 하고 싶으면 에튀드부터 치자."

"너무 어려워요, 에튀드는요."

"이게 에튀드보다 훨씬 더 어려운 곡이야."

"어떻게 되든 해볼게요. 꼭 해보고 싶어요."

필래요는 유튜브에서 자신의 연주를 담은 동영상을 찾았다. 그녀가 메이저 콩쿠르에서 대상을 받았던 곡이 쇼팽 발라드 1번이었다. 민지가 뚫어져라 동영상을 쳐다보았다.

"저 이거 할래요. 언니 연주 들으니까 더 잘하고 싶어졌어요."

"이거 보내줄 테니까 집에서 보면서 연습해봐. 잘 친 건 아니지만 연습하는 데 도움은 될 거야. 이건 여기까지 하고 모차르트 쳐보자."

민지가 모차르트 악보를 꺼내는데 재훈이 현관에 쟁반을 내려놓고 나갔다. 필래요는 쟁반을 들고 식탁으로 갔다. 목이 말랐는지 민지가 우유를 벌컥벌컥 들이켰다.

"언닌 저 기억 못하시죠? 어릴 때 몇 번인가 목사님 집으로 우유배달 갔었는데. 엄마가 그러는데 목사님은 언니가 올 때만 우유를 시키셨대요."

입가에 묻은 우유를 손등으로 닦아내고 민지가 필래요를 쳐다보았다. 민지에 대한 기억은 없지만 그 우유는 기억하고 있었다. 서울에서 먹던 것과는 맛도 냄새도 완전히 달랐다. 훨씬 진하고 고소하면서도 어쩐지 똥냄새가 나는 것 같기도 했다.

"우유배달 갔다가 국수를 먹은 적도 있어요. 언니랑 목사님이랑 셋이."

필래요는 침을 삼키며 민지의 입을 뚫어져라 쳐다보았다. 무슨 말이라도 좋으니 할아버지에 대한 이야기를 더 듣고 싶었다. 하지만 민지는 방긋 웃기만 할 뿐 더는 말이 없었다. 국수 맛은 어땠니? 먹는 동안 할아버지가 무슨 말을 했니? 묻고 싶은 게 많았지만 그게 말이 되어 나오지 않았다. 민지가 또 한 번 방긋 웃으며 샌드위치를 베어 물었다. 첫 레슨 시간에도 민지는 악보를 펼치다말고 불쑥 할아버지 얘기를 했었다. 할아버지 집 빨랫줄에 이불이 몽땅 널려 있으면 동네 어른들이 필래요 올 때가 됐구나, 했다고 했다. 할아버지는 이불을 널기만 한 게 아니라 한 시간은 족히 이불을 방망이로 펑펑 두드렸다고 했다. 한번은 민지가 이불을 왜 때리냐고 물은 적이 있었는데 그때 할아버지는 환하게 웃으며 우리 손녀가 비염이 있어서, 라고 대답했다. 어린 나이에도 언니가 참 부러웠어요, 민지는 그런 말로 이야기를 마무리했었다. 필래요가 마음을 바꿔먹고 민지 레슨을 계속 해주기로 한 것은 그 말 때문이었다. 할아버지를 기억하고 있는 사람. 할아버지에 대한 추억을 함께 이야기할 수 있는 사람. 필래요에게 민지는 그런 사람이었다.

"쉼표도 음악이란 걸 늘 염두에 둬야 해. 건반 누르는 거랑 페달 가는 거 신경 써서 연습해봐."

모차르트까지 마치고 민지가 갔다. 배웅하기 위해 현관문을 열었다가 필래요는 깜짝 놀랐다. 비가 무섭게 쏟아지고 있었다. 목수아저씨가 걱정되었다. 이 비를 견디기에 그 텐트는 어림도 없을 것 같았다. 그녀는 우산을 쓰고 집을 나섰다. 비가 거세게 쏟아져 우산은 쓰나마나였다. 정자나무 앞에서 그녀는 우산을 접었다.

목수아저씨의 작업장에 도착할 때쯤엔 빗발이 좀 수그러들었다. 아저씨는 무슨 말인가를 쉼 없이 중얼대며 빠른 걸음으로 십자가 사이를 오가고 있었다.

"우리 집으로 가요, 아저씨."

아저씨가 걸음을 멈추더니 필래요를 돌아보았다.

"저런! 춥겠다, 필래요. 우리 뜨거운 녹차 마시자."

아저씨가 텐트로 가더니 곧 주전자를 들고 평상으로 왔다. 그리고 찻잔에 물을 따랐다.

"녹차는 어딨어요?"

"이미 다 우려 놨어. 그냥 마시면 돼."

"장난치지 말고요. 이건 맹물이잖아요."

"아니, 녹차야."

그녀는 잔을 들어 한 모금 삼켰다. 그냥 아무 맛도 없는 맹물이었다. 게다가 끓이지도 않은 찬물이었다.

"녹차 어디 있어요?"

"녹차래두!"

아저씨가 꾸짖듯 엄한 목소리로 말했다. 아저씨의 눈빛이 날카로웠다. 퍼뜩 겨루를 향해 삽자루를 치켜들던 아저씨가 떠올랐다. 그 모습을 본 뒤로 며칠 동안은 아저씨를 볼 수가 없었다. 어떤 깊은 상처가 있을 거라고, 겨루의 눈빛이 그 상처를 들쑤셔버린 거라고, 그래서 그랬을 거라고 애써 자신을 설득하고서야 필래요는 다시 아저씨를 찾을 수 있었다.

"내가 결혼식 피로연 얘기 해줬지? 술이 부족해서 내가 즉석에서 물을 포도주로 바꾼 이야기. 내가 녹차라면 녹차야. 포도주라면 포도주고. 알았니, 필래요?"

아저씨의 눈동자가 번들거렸다. 등줄기를 타고 진저리가 훑고 내려갔다. 뭐지, 이 거지 같은 말은? 그 순간 하늘이 번쩍 하더니 우레가 쳤다.

"아저씨, 오늘은 우리 집에 가서 자요."

아저씨는 의외로 순순히 고개를 끄덕거렸다. 그리고 여전히 번들거리는 눈으로 필래요를 쳐다보았다.

"이게 다 아버지의 뜻이라면……"

아저씨는 한참 눈을 감았다가 뜨더니 하늘을 향해 고개를 치켜들었다.

"너도 듣고 있니, 저 목소리를? 이제 때가 이르렀다고…… 아, 아바 아버지!"

*

수진은 잠에서 깨어났다. 벌써 어둠이 깔려 있었다. 빗소리도 들렸다. 물을 마시고 싶었지만 머리가 깨질 것 같아서 일어날 엄두가 나지 않았다. 그녀는 불도 켜지 않은 채 그대로 소파에 누워있었다. 노란 방이었다. 그녀는 어젯밤 잠자는 숲으로 내려와 노란 방에 묵었다. 아침 일찍 일어나 용인으로 올라갈 계획이었지만 아침에 눈을 뜨자마자 무기력감이 그녀를 휘감아버렸다. 이따금 그럴 때가 있었다. 손가락 하나 까딱할 수 없는, 눈을 감았다가 뜨는 그 사소한 동작 하나에도 안간힘이 필요한 그런 시간.

그런 무기력감은 주로 아침에 찾아왔다. 호영이 살아있을 땐 그렇지 않았다. 그럴 수가 없었다. 호영은 극도로 불쾌한 상태에서 눈을 떴고 그 상태가 오전 내내 이어지다가 정오가 지나면서 조금씩 나아졌다. 그런 탓에 수진의 아침은 늘 긴장의 시간일 수밖에 없었다. 호영의 죽음과 더불어 그녀는 비로소 그 긴장에서 놓여날 수 있었지만 대신 이따금 한 번씩, 그녀 자신이 호영이 된 듯, 무기력감에 시달려야 했다. 그녀는 방바닥을 내려다보았다. 그녀가 벗어놓은 옷가지들과 슬리퍼 두 짝이 방 여기저기에 널브러져 있고 술병 세 개가 볼링핀처럼 쓰러져 있었다.

아침에 그녀는 깨어있는 채로 견디는 게 힘들어서, 아니 힘들다기보다는 지겨워서 사흘치 수면제를 한꺼번에 입에 털어 넣고 술을 마셨다. 그 정도로는 죽지 않는다는 걸 알았고 죽기를 바란 것도 아니지만 딱히 죽지 않기를 바란 것도 아니었다. 언젠가부터 그녀는 삶에 관심이 없어졌다. 아무래도 좋았다.

그녀는 천천히 고개를 들었다. 아까 화장실 불 끄는 걸 잊었는지 문틈으로 불빛이 새어나오고 있었다. 저 문 안쪽에 그녀의 유년이 고스란히 복원되어 있을 것 같았다. '장화 신은 고양이'란 동화 때문에 고양이는 다 장화를 신고 사람과 똑같은 말을 하는 줄로 알던 꼬맹이가, 그래서 살아있는 고양이를 처음 보고 어쩔 줄 모르고 울었다는 네 살 먹은 수진이 눈물 그렁그렁한 눈을 깜박이며 어른이 된 그녀를 기다리고 있을 것 같았다.

가족들과 보낸 마지막 날이 떠올랐다. 파라다이스에 다녀와 잠옷파티를 하기 위해 집을 나서는데 엄마가 그녀를 부르더니 뜬금없이 태몽 이야기를 들려주었다. 큰언니를 가졌을 때 엄마는 아주 탐스러운 포도송이를 따서 광주리에 담는 꿈을 꿨어. 작은언니랑 너를 가졌을 땐 따로 태몽을 꾸진 않았어. 그러니까 그 포도 태몽 하나로 너희 셋을 내리 낳은 거지 뭐니. 그래서 엄마아빠는 우리 자매들 이름을 그렇게 지은 걸까. 소희, 희수, 수진. 꼭 끝말잇기를 하듯, 단단히 깍지 낀 손을 절대로 풀지 말라는 듯. 엄마는 그 날이 마지막 날이란 걸 육감으로 알았던 걸까. 그래서 수진에게 두 언니의 남은 생까지 양쪽 어깨에 하나씩 무동 태워 한꺼번에 세 사람의 삶을 살아내라는 주문을 그런 식으로 남겼던 걸까. 어쩌면 언니들도 예감하고 있었던 건지도 몰라. 그래서 혼자 세상에 남겨질 어린 동생을 위해 언니들은 아무도 유원지를 찾지 않는 겨울에 서둘러 파라다이스를 보여주었던 건지도 몰라. 이게 천국이라고, 그러니 세상에 너무 큰 기대를 품고 살지 말라고.

파라다이스가 떠오르는 순간 수진은 참기 힘든 욕지기를 느꼈다. 그녀는 입을 틀어막은 채 화장실로 달려갔다. 변기에 머리를 박고 속에 든 걸 다 게워냈다. 입안을 헹구고 그녀는 방으로 돌아와 불을 켰다. 핸드폰을 열었다. 승혜에게서 전화 한 통에 문자가 두 통, 그 여자에게서 카카오톡이 하나 와있었다. 호영이 남긴 물건을 주겠다고 그녀를 찾아왔던 여자. 수진은 승혜의 문자부터 확인했다.

– 유 대리가 72시즌 다 중계동으로 보내란다.

– 일찍 온다더니 또 술 먹고 퍼졌니, 매니저님아?

수진은 카카오톡을 열었다.

– 잘 지내시지요?

핸드폰 액정이 저절로 깜깜해질 때까지 수진은 한참 그 문장을 내려다보았다. 그녀는 핸드폰을 다시 열어 승혜에게 답 문자를 보냈다.

– 보내주죠.

승혜에게서 바로 문자가 왔다.

– 다 보내면 뭐로 매대 채우게?

잠시 뒤에 승혜가 또 문자를 보내왔다.

– 못준다고 전화해. 유빈 오늘도 지각.

수진은 카카오톡 앱을 열었다. 여자에게 답을 하려고 했지만 딱히 할 말이 없었다. 또 액정이 깜깜해졌다. 그녀는 핸드폰을 주머니에 집어넣고 거실로 나갔다. 정수기에서 물을 한 컵 받아 마시고 식당으로 내려갔다.

버튼을 누르자 식당 문이 열렸다. 안으로 들어가려다 말고 수진은 그 자리에 멈춰 섰다. 그 남자다…… 무덤 앞에서 만났던 남자…… 당신 잘못이 아닙니다, 라고 말해주던 남자……. 그녀는 얼어붙은 듯 그 자리에 서버렸다. 눈앞에서 자동문이 닫혔다. 수진은 잠시 망설였다. 남자를 피하고 싶은 마음과 동시에 남자에게 그 말을 또 한 번 듣고 싶은 마음이 팽팽하게 맞섰다. 그녀는 남자를 피하는 쪽을 택했다. 술에 취한 모습을 보이는 건 그 날 하루로 족했다. 수진은 다른 식당에 가서 해장을 하기로 했다. 그녀는 뒤돌아섰다. 그리고 막 걸음을 옮기려는데 등 뒤에서 자동문이 열리고 누군가 그녀의 손을 잡았다. 뒤를 돌아보았다. 주인집 딸이었다. 아이가 스스럼없이 언니, 하고 수진을 불렀다.

"같이 저녁 먹어요, 언니."

아이가 웃으면서 수진을 쳐다보았다.

"제 이름은 필래요에요. 담배 필래요, 바람 필래요 아니고 꽃 필래요 할 때 그 필! 래! 요!"

아이가 제 이름을 한 글자씩 끊어 또박또박 발음하더니 언니는요? 하고 물었다. 술 냄새가 날까봐 수진은 입을 가리고 대답했다.

"박수진."

"그럼 수진언니라고 하면 되겠구나."

필래요가 수진의 손을 잡고 남자에게로 갔다.

"여긴…… 음…… 아! 저! 씨!"

남자가 푸, 웃었다.

"아무리 이름을 물어봐도 안 가르쳐주니 방법이 없어요. 언니랑은 나이도 비슷할 것 같으니까 언닌 그냥 친구야, 이렇게 부르면 되겠다. 아니면 야! 하던가."

남자가 의자 뒤로 몸을 젖히며 큰소리로 웃었다. 필래요의 말투가 하도 스스럼없어 수진도 픽 웃음이 났다.

홀에는 손님이 하나도 없었다. 수진은 필래요가 안내하는 대로 남자의 맞은편에 앉았다. 필래요가 남자에게 수진을 소개하자 남자가 말없이 빙긋 웃었다. 비웃는 것 같지는 않았다.

"우리 오빠에요. 이름은 이재훈."

회색 셔츠를 입은 남자가 앞치마에 손을 문지르며 이쪽으로 다가왔다. 처음 이 식당에 온 날부터 눈 여겨 보았던 남자였다. 친절하고 반듯해보여서 매장 직원으로 채용하고 싶은 사람이었다.

"필래요가 만날 자랑하던 그 오빠군요."

남자가 재훈에게 악수를 청했다. 필래요가 자신의 이름을 시작으로 한 사람씩 소개할 때마다 실루엣만 그려져 있던 그림에 이목구비가 채워지는 것 같았다. 이름을 안다는 건 이런 거구나, 수진은 생각했다.

번개가 치더니 꽝, 천둥이 울었다. 언제부턴가 비가 거세게 쏟아지고 있었다. 자동문이 열리고 손님들 다섯 명이 한꺼번에 들어왔다. 한 가족이려니 했는데 따로 앉는 걸 보니 두 팀이었다. 노부부는 홀 중앙에 앉고 아이를 데리고 온 젊은 부부는 벽 쪽으로 자리를 잡았다. 메뉴판을 찾는 대신 근심스럽게 창밖만 내다보는 품이 밥을 먹기 위해 식당을 찾았다기보다는 비를 피하기 위해 들어온 사람들 같았다.

"아, 그 아저씨다!"

젊은 부부와 함께 앉아있던 아이가 남자에게 달려왔다. 여덟 살쯤 되어 보이는 남자아이였다.

"십자가 아저씨 맞죠?"

아이의 말에 남자는 말없이 빙그레 웃었다. 또 문이 열리고 세 사람이 들어왔다. 재훈과 스스럼없이 인사를 나누는 게 손님은 아닌 것 같았다.

"어, 목수 젊은이네. 그렇지 않아도 한번 찾아가려고 하던 참이었는데. 난 이 동네 이장이야."

재훈이 건넨 수건으로 빗물을 닦으며 이장이 남자에게 다가왔다.

"단도직입적으로 물을게. 자네가 기도해주면 아픈 게 싹 낫는다던데, 정말인가?"

이번에도 남자는 소리 없이 웃기만 했다. 이장과 함께 들어온 동네 사람들이 탁자를 끌어다가 수진 일행이 앉은 식탁에 이어 붙였다.

"아, 내가 직접 봤다니깐. 다리 질질 끌고 다니던 기철이 할머니가 이 분한테 기도 받고, 그것도 딱 한 번 받고는 말짱하게 걷더라니까 그려."

주방문이 열리고 재훈이 서빙카트를 끌고 홀로 나왔다. 이번엔 사장과 함께였다.

"감자스프에요. 필래요 말이 선생님께서 오래 금식을 하셨다고 해서 급하게 만들어봤어요. 아주 묽게 끓였으니까 조금은 드셔도 괜찮을 거예요."

사장이 스프접시를 수진과 동네사람들이 앉은 식탁에 먼저 돌리고 서빙카트를 끌고 노부부에게 갔다.

"애피타이저로 좋으실 거예요. 따뜻하게 드시고 계시면 바로 식사 갖다 드릴게요."

마지막으로 사장은 젊은 부부의 식탁으로 갔다. 아이가 스프접시를 들고 냉큼 남자가 있는 곳으로 갔다.

"이리 안 와!"

아이 엄마가 자리에서 일어났다. 남자가 아이 엄마를 향해 손을 들었다.

"아이들이 나에게 오는 걸 막지 마세요. 어린아이 같지 않으면 아무도 천국에 갈 수 없습니다."

남자는 여전히 웃고 있었지만 그에게선 함부로 거역할 수 없는 권위 같은 게 느껴졌다.

"아저씨. 거기 작은 십자가도 있던데요, 나 그거 가져도 돼요?"

고개를 크게 끄덕이며 남자가 아이를 향해 두 팔을 활짝 펼쳤다. 아이가 함박웃음을 지으며 남자에게 안겼다. 그 모습을 바라보는 사람들의 얼굴에 웃음이 번졌다.

"식기 전에 드세요."

사장이 말했다. 할머니만이 요란하게 달그락거리며 스프를 먹고 있을 뿐 아무도 숟가락을 들 생각을 하지 않았다. 사람들의 눈길이 남자에게로 모아졌다. 자신에게 집중된 시선을 느끼고 남자가 잠깐 겸연쩍은 표정을 짓더니 천천히 사람들을 둘러보았다.

"이 귀한 음식을 접대 받고 그냥 먹을 수가 없네요. 제가 기도를 해도 괜찮겠습니까?"

다들 눈을 감고 고개를 숙였다. 눈을 감지 않은 사람은 수진뿐이었다.

"하늘에 계신 우리 아버지. 아버지의 이름을 거룩하게 하시며 아버지의 나라가 오게 하시며 아버지의 뜻이 하늘에서와 같이 땅에서도 이루어지게 하소서."

남자는 고개를 젖히고 천장을 바라보고 있었다. 친근한 누군가에게 인사를 건네듯 편안한 어조였다. 수진은 눈을 말똥말똥 뜨고 남자를 쳐다보았다.

"우리가 우리에게 잘못한 사람을 용서하여 준 것 같이 우리 죄를 용서하여 주시고 우리를 시험에 빠지지 않게 하시고 악에서 구하소서. 나라와 권능과 영광이 아버지의 것입니다."

남자가 좌중을 둘러보며 아멘, 했다. 사람들이 낮은 목소리로 남자를 따라 아멘, 하고 복창했다.

"크게 실례가 되지 않는다면 저희도 여기 같이 합석했으면 싶은데……"

할아버지의 말이었다. 재훈이 얼른 식탁 하나를 더 이어 붙이고 노부부의 식탁에 있던 것들을 그대로 옮겼다.

"아까 천국 얘길 하시던데. 선생님, 그럼 어떤 사람이 천국에 갑니까?"

떨리는 음성으로 할아버지가 물었다.

"저희야 뭐 신자도 아니고…… 젊을 땐 천국이니 지옥이니 하는 것에 아무 관심이 없었는데 죽을 날이 가까워 오니까 참…… 사람이란 게 간사하게도……"

할아버지가 손바닥을 허벅지에 문질러댔다.

"오늘 낮에 한 남자가 저를 찾아왔어요. 젊지만 이름만 대면 누구나 다 알만큼 연예계에서 크게 성공한 사람이에요. 그 청년이 지금 어르신께서 물은 것과 똑같은 것을 물었습니다. 그래서 제가 말했어요."

남자는 물을 한 모금 마시고 말을 이었다.

"당신이 가진 걸 모두 가난한 사람들에게 나눠 주라고요. 그러면 그 순간부터 당신의 삶은 천국이 될 거라고요. 그러자 그 청년, 매우 어두운 얼굴로 말없이 돌아가더군요."

아무도 입을 열지 않았다. 누군가 크게 한숨을 내쉬었다.

"진실로진실로 여러분께 말씀드립니다. 부자가 천국에 들어가기는 낙타가 바늘귀로 들어가는 것보다 어렵습니다. 그런데도 여러분은 돈만 바라보며 살겠습니까. 돈은 절대로 우리를 행복하게도 자유하게도 만들어주지 못합니다. 우리를 자유하게 하는 건 진리밖에 없습니다."

또 침묵이 이어졌다. 또 누군가가 크게 한숨을 내쉬었다.

"다 식겠어요. 선생님, 이것 좀 드시지요."

이장의 말이었다. 목수 젊은이에서 선생님으로 호칭이 바뀌어 있었지만 그걸 의식하는 사람은 아무도 없는 것 같았다. 남자가 숟가락을 들더니 스프를 조금 떠서 입에 넣었다.

"저, 선생님. 아까 듣자하니 아픈 사람을 기도로 낫게 하셨다는데……"

할아버지는 여전히 손바닥을 허벅지에 문질러댔다. 남자가 숟가락을 내려놓고 할아버지 쪽으로 고개를 돌렸다. 남자의 눈빛이 온화했다.

"실은 제 처가 치매에 걸렸어요. 제 처를 위해 기도를 좀 해주실 수 없을까요?"

남자가 눈을 감은 채 아무 대꾸도 하지 않았다.

"초면에 이런 얘기까지 하는 게 주책없는 건 줄은 아는데…… 처를 돌볼 수 있는 사람이 저밖에 없는데 제가 실은 중병에 걸렸어요. 정신을 놓은 저 사람을 두고 세상을 떠나야 한다는 게 참…… 너무 기가 막혀서……."

남자가 자리에서 일어나더니 노부부가 앉은 곳으로 갔다. 빈 숟가락을 빨고 있던 할머니가 남자를 쳐다보며 반갑게 언니! 하고 소리를 질렀다. 남자가 할머니의 머리에 오른손을 얹었다.

"아버지."

남자가 한참 천장을 응시했다.

"아버지. 이들이 가엾지 않습니까."

기도는 짧았다. 이 한 문장이 전부였다. 기도를 마치고도 남자는 할머니의 머리에 얹은 손을 내리지 않았다. 가만히 서있을 뿐인데도 남자의 얼굴에서 땀방울이 뚝뚝 떨어졌다. 아멘. 남자가 기도를 마무리하더니 손을 내렸다. 남자는 탈진한 것 같았다. 모두들 할머니를 쳐다보았다. 할머니가 쑥스러운 듯 배시시 웃더니 냅킨으로 입가를 닦았다.

"이게 뭐래요? 참 맛있네요."

방금 전과는 달리 얌전한 말투였다. 사람들이 모두 감탄한 눈으로 남자를 쳐다보았다. 음식이 나왔다. 육개장이었다. 아이와 할머니 앞에는 맑은 육개장이 놓였다. 젊은 부부도 식탁을 이어붙이고 함께 밥을 먹었다.

"이런 거 먹으면서 술이 없으니까 영 거시기하네."

"그러게. 비 오는 날엔 미역국을 먹어도 술 생각이 나는 법인데 말여."

사장이 직접 담근 거라며 복분자주를 내어왔다. 사장과 재훈도 그 자리에 함께 앉았다. 아이와 필래요 앞만 빼고 소주잔이 하나씩 돌아갔다. 하지만 아무도 선뜻 술을 따를 생각을 하지 못했다. 남자 때문이었다. 술이 담긴 유리병을 쳐다보는 남자의 눈에 노기가 어려 있었다.

"지금은 취해있을 때가 아닙니다. 회개하십시오. 마지막 때가 다가오고 있습니다."

술이 오면서 술렁대던 자리가 다시 조용해졌다.

"하나님께서 죄악으로 가득한 소돔과 고모라를 멸망시키셨어요. 이 마을은 소돔과 고모라보다 더 큰 죄악으로 가득합니다. 죽음으로 도망이라도 치고 싶을 정도로 아픈 마음을 돈벌이에 이용하고 있는 게 누굽니까? 회개하라, 이 독사의 자식들아!"

남자가 여전히 분노에 찬 눈으로 사람들을 둘러보았다.

"이 독사의 자식들아. 너희가 악한데 어떻게 선한 것을 말할 수 있겠느냐."

모두들 고개를 수그렸다. 아이만이 고개를 들고 신기한 듯 눈을 깜박거렸다.

"네 오른 눈이 너로 실족케 하면 빼어 내버리라. 네 오른손이 너로 실족케 하거든 찍어 내버리라."

남자가 부르짖었다. 어디선가 아멘, 하는 소리가 흘러나왔다. 잠시 뒤 남자가 탈진한 듯 자리에 털썩 주저앉았다.

"회개하면…… 지금이라도 회개하면…… 저와 제 처도 천국에 갈 수 있을까요?"

여전히 떨리는 목소리로 할아버지가 물었다. 남자가 고개를 끄덕거렸다.

"인자가 온 것은 잃어버린 양을 찾아 구원하려 함입니다."

수진은 고개를 떨구었다. 잃어버린 양. 그게 정확하게 뭘 말하는지는 모르지만 잃어버렸다는 건 원래 그 속에 속해있었다는 걸 의미할 것이다. 그녀는 자신은 열외라고 생각했다. 불행하게끔 살 수밖에 없도록 프로그래밍 되어 태어난 존재, 사람들의 눈에 띄지 않도록 목에 방울을 달고 다녀야 하는 불가시천민, 이게 수진 자신이었다. 또 한 번 번개가 치고 우레가 울었다. 그녀는 더 깊이 고개를 떨구었다. 침묵이 이어졌다. 그녀는 문득 정수리에 꽂히는 시선을 느끼고 고개를 들었다. 남자가 수진을 똑바로 쳐다보고 있었다.

"예수께서 두로와 시돈 지방으로 들어가셨을 때 가나안 여자 하나가 예수 앞에 나타나 나를 불쌍히 여겨달라고 소리 지릅니다. 그러자 예수께서 나는 이스라엘 집의 잃어버린 양 외에는 다른 데로 보내심을 받지 않았다 하고 말씀하십니다. 그러자 여자가 다시 말합니다."

남자는 잠시도 수진에게서 눈길을 떼지 않았다.

"주여, 옳소이다마는 개들도 제 주인의 상에서 떨어지는 부스러기를 먹습니다. 그러자 예수께서 대답하십니다."

남자가 식탁을 두 손으로 짚으며 자리에서 일어났다. 그리고 맞은편에 앉은 수진을 향해 상체를 숙이더니 속삭이듯 작은 목소리로 말했다.

"여자여, 네 믿음이 크도다. 네 소원대로 되리라."

수진이 의자 아래로 고꾸라졌다. 그녀의 얼굴이 일그러지고 온몸이 뒤틀렸다. 발작을 하듯 그녀는 바닥에 누워 사지를 바르작댔다. 아무 소리도 내지 않았다. 소리를 지운 텔레비전 화면처럼 그녀는 온몸을 뒤틀면서도 아무 소리도 내지 못했다. 아이가 수진을 내려다보며 울음을 터뜨렸다. 그 순간 수진의 입에서 푹, 한숨이 나오더니 울음이 터졌다. 그녀는 주먹으로 가슴을 치며 울부짖기 시작했다. 울음은 도미노처럼 옆으로 번져나갔다. 그 자리에 앉아있는 사람들 모두가, 남자를 제외한 열두 명 모두가 눈물을 흘렸다. 남자가 수진에게 다가갔다. 그리고 그녀를 일으켜 의자에 앉혔다.

"여자여. 당신 잘못이 아닙니다. 당신이 주의 이름을 사모함으로 이제 당신은 구원받았습니다."

수진은 하염없이 울었다. 울음을 멈출 수가 없었다. 남자가 자리로 돌아가 복분자주로 채워진 유리병을 들었다. 그리고 할머니의 잔부터 시작해서 차례로 잔을 채웠다. 마지막으로 자기 앞에 놓인 잔도 채웠다. 남자가 잔을 들었다. 모두들 남자를 따라 잔을 들었다.

"이것은 당신들의 죄를 사하기 위해 흘리는 내 피, 곧 언약의 피입니다."

6월 14일

어젯밤엔 무섭게 비가 내렸다. 회개하라는 남자의 호통을 들으며 쏟아지는 비를 쳐다보고 있노라니 노아의 홍수가 재현되는 게 아닐까 두렵기까지 했다. 무슨 일인가 벌어질 것 같은 밤이었다. 손님들을 2층 방으로 안내한 뒤 재훈과 겨루를 차로 데려다주고 돌아와 잠자리에 누운 뒤에도 명자는 불안감을 떨쳐낼 수가 없었다.

새벽 네 시. 명자가 잠에서 깨었을 때 비는 멎어 있었다. 눈을 뜨자마자 그녀는 잠옷차림으로 밖으로 나가 집을 둘러보았다. 집은 무사했다. 나뭇가지가 몇 개 부러지고 빗물에 잔디밭이 패인 자리가 더러 보이긴 했지만 그걸 제외하면 모든 게 온전했다. 그런데도 불안한 마음은 잠재워지지 않았다. 그녀는 새집에서 담배를 꺼냈다. 담배는 축축하게 젖어 있었다.

그녀의 예감은 들어맞았다. 정오도 지나기 전에 마을사람들은 간밤에 사건이 두 건이나 있었다는 사실을 알게 되었다.

첫 소식은 계곡물에 휩쓸려 마을까지 떠내려 온 시체에 관한 것이었다. 자살인지 실족사인지는 알 수 없었다. 신고를 받고 달려온 신참 경찰들은 시체가 더 떠내려가지 못하도록 나뭇가지로 그것을 붙든 채로 밤을 샜다. 오전 10시가 넘어 검사가 현장에 도착해서야 그들은 시체로부터 놓여날 수가 있었다.

두 번째 소식은 이태완의 죽음이었다. 어제 잠자는 숲에 내려온 톱스타 이태완이 시체로 발견된 것이다. 그것도 금사봉 절벽 아래에서 처참한 몰골로 죽어있었다. 그를 발견한 건 서울에서 내려온 산악동호회 사람들이었다.

온 마을이 발칵 뒤집혔다. 그 폭우 속에서 계곡물에 떠내려 온 시체와 밤새 씨름하던 경찰들은 밥&잠에서 어제 남은 육개장을 한 술씩 뜨다말고 처리해야 할 일이 또 한 건 생겼다는 소식을 접했다. 그들은 먹은 게 자위도 돌기 전에 부악산 금사봉으로 달려갔다.

계곡물에 떠내려 온 시체에 대해선 타살인지 실족사인지 고개를 갸웃거리던 경찰들이 이태완의 죽음은 일단 자살로 가닥을 잡는 분위기였다. 이태완은 금사봉 위에 신발을 가지런히 벗어놓고, 비에 젖지 않도록 비닐로 꼼꼼하게 감싼 유서까지 그 안에 넣어놓았다. 자필 유서만으로도 자살로 기울어지는 판에 이태완을 2년 넘게 치료해왔다는 정신과 의사의 인터뷰까지 공개되었다. 이태완의 우울증이 상당히 깊었다는 말로 그는 자살 가능성에 힘을 실어주었다.

기자들이 잠자는 숲으로 몰려들었다. 종일 네이버 검색 순위 1위가 이태완, 2위가 잠자는 숲, 3위가 김은수였다. 오후 세 시가 지나면서 사람들이 잠자는 숲으로 밀려들어오기 시작했다. 명자와 재훈, 그리고 오 씨만으로는 손이 턱없이 부족했다. 명자는 마을사람 네 명을 더 불렀다. 일곱 명이 일을 하는데도 몰려드는 손님들로 허리 한 번을 펼 수가 없었다.

밤 열한 시가 되어서야 비로소 숨 돌릴 여유가 생겼다. 명자는 파스타집 피터팬으로 갔다. 피터팬도 젊은이들로 빈자리 하나 없이 북적댔다. 식당 바깥에까지 테이블을 펴놓고 서너 팀의 손님들이 술을 마시고 있었다. 언제부턴가 아예 가게에 나와 보지도 않던 지은까지 손님을 치르느라 정신이 없어 보였다. 지은은 명자를 보고 함박웃음을 지었다.

"피곤해 죽겠어요."

말은 그렇게 하면서도 지은은 연신 방글거렸다. 저렇게 밝은 표정의 지은을 보는 게 도대체 얼마 만인지 몰랐다.

"영수는?"

"주방에요. 불러올까요?"

"아니, 됐어."

명자는 돌아섰다. 한 무리의 젊은이들이 술에 취해 비틀거리며 지나갔다. 길섶에 쪼그리고 앉아 토악질을 하는 사람도 보였다. 여기저기서 사람들의 말소리, 웃음소리가 들렸다. 날카로운 울음소리도 들렸다. 이태완의 죽음이 알려지고 하루도 지나지 않았는데 잠자는 숲은 완전 딴 세상이 되어 있었다.

"누나!"

명자는 고개만 돌려 뒤를 돌아보았다. 피터팬이 앞치마를 두른 채 명자를 향해 뛰어오고 있었다.

"바쁜데 왜 나왔어?"

"잠깐 쉬려던 참이었어. 종일 담배 한 대 피울 짬도 없었네."

피터팬이 담배를 입에 물며 히죽 웃었다. 명자는 정자나무를 향해 걸어갔다. 나무 우듬지에 걸린 현수막이 눈에 들어왔다. 어두워서 잘 보이진 않았지만 필래요에게 들어 거기 적혔다는 내용은 대충 알고 있었다. 인생의 좋은 일은 대부분 후반부에 일어난다, 라고 했던가. 명자는 나무 아래 소파에 앉았다. 피터팬이 담배를 건네며 명자 옆에 앉았다. 나란히 앉아 담배 한 대를 피우는 동안 두 사람은 아무 말도 하지 않았다.

“누나가 지금 뭘 묻고 싶은지 다 알아.”

소리 죽여 말하며 피터팬이 담배를 발로 비벼 껐다.

“내가 먼저 묻자. 누나 눈엔 내가 사람을 죽일 수 있는 놈으로 보여?”

피터팬이 눈에 힘을 주어 명자를 쳐다보았다. 내 눈엔 이 세상 모든 사람이 다 그렇게 보여. 명자는 속으로 이렇게 대꾸하며 고개를 돌렸다. 이태완이 다른 곳도 아니고 금사봉에서 죽었다는 말을 듣고 명자는 처음부터 그를 의심했다. 그 의심이 확신이 된 건 신발에 들어있었다는 유서 때문이었다. 자살이냐 타살이냐를 놓고 인터넷상에서 격한 대립이 이어지자 이례적으로 저녁 뉴스에서 이태완의 유서 내용을 공개했는데 그건 어제 피터팬이 일회용 장갑까지 끼고 들뜬 표정으로 보여주었던 그 세 문장이었다. 그것을 확인하기 위해 피터팬까지 간 것은 사실이지만 이젠 알고 싶지 않았다. 알아서 좋을 게 하나도 없었다. 중요한 것은 이태완이 죽었다는 것, 그것도 다른 데도 아니고 금사봉에서 몸을 던졌다는 것, 그래서 잠자는 숲이 다시금 주목을 받게 되었다는 것이었다.

“근데 누나. 좀 웃기네.”

피터팬이 명자를 힐끗거리며 픽 웃었다.

“뭐가?”

“그렇잖아. 이 상황을 가장 즐기고 있을 사람이 누나 아냐? 내가 그런 거라면 나한테 큰절이라도 해야 하는 거 아니냐고. 내 말 틀려?”

피터팬이 다시 담배에 불을 붙였다. 그리고 명자의 얼굴을 향해 천천히 연기를 내뿜었다. 그녀는 고개를 돌리지 않았다. 이태완이 우울증을 앓고 있다는 사실을 피터팬에게 말해준 건 명자 자신이었다. 그 말이 뭔가를 결심할 수 있는 모종의 힌트가 되길 기대했던 마음이 전혀 없었다고 한다면 거짓말일까.

“그러니 내 앞에선 그런 표정 짓지 말라고. 뭐야, 그게. 천하의 최명자답지 않아.”

피터팬이 입술을 일그러뜨리며 웃었다.

“일어납시다. 물 들어올 때 노 저으라고, 모처럼 돈 냄새나 실컷 맡아봅시다.”

피터팬이 명자의 어깨를 가볍게 툭 치고는 일어났다. 그녀는 묵묵히 그의 뒷모습을 쳐다보다가 눈을 감았다. 바람이 눈꺼풀을 쓸고 지나갔다. 벌레 소리에 섞여 현수막이 바람에 펄럭이는 소리가 들렸다. 인생의 좋은 일은 대부분 후반부에 일어난다? 어머니 생각이 났다. 수박을 먹을 때면 어머니는 늘 가운데 토막을 쟁반 귀퉁이에 따로 빼놓았다. 그리고 다 먹은 뒤에 가장 달콤한 그 토막으로 입가심을 했다. 명자는 손바닥으로 목덜미를 문질렀다. 내 인생에도 수박의 가운데 토막 같은 시간이 남아 있을까. 나이 쉰이었다. 남은 시간은 누군가를 떠나보내고 병과 사투를 벌이는 일로 채워질 거라는 걸 그녀는 알고 있었다. 그녀가 인생에 대해 분명히 말할 수 있는 건 그것뿐이었다. 인생에는 맛난 부분을 한 토막 남겨놓았다가 입가심을 하는, 그런 요령은 절대로 통하지 않는다는 것.

그녀는 가풀막을 내려와 집으로 돌아갔다. 자정이 다 되어 가는데 밥&잠은 1층도 2층도 불빛으로 환했다.

식당을 정리하고 명자는 방으로 들어갔다. 손가락 하나 까닥할 수 없을 정도로 피곤하고 우울했다. 게다가 불안하기까지 했다. 새벽의 그 불안이 여기 남아 기다리고 있었던 것처럼 방에 들어서자마자 불안감이 엄습했다. 그녀의 삶을 송두리째 뒤흔들만한 일이 딱 한 걸음 앞에서 버티고 서 있을 것만 같은 불안감으로 가슴이 세차게 뛰었다. 그 사건과 함께 자신의 인생은 후반부로 접어들게 될 거라는, 입가심 할 수박 조각 따윈 없다는 걸 명징하게 알고 있는 채로 그 긴 시간을 견뎌내야 할 거라는…….

옷을 다 벗고 그녀는 욕실로 들어갔다. 거울을 보며 얼굴에 클렌징 오일을 문지르는데 불쑥 필래요가 떠올랐다. 그 순간 까닭 모르게 갑자기 가슴이 마구 요동치기 시작했다. 그녀는 욕실 문을 벌컥 열고 창가로 달려갔다. 별채에는 불이 꺼져 있었다. 잠자는 숲의 이 모든 소란에서 벗어나 별채는 저 멀리 동떨어진 섬처럼 적막하고 고요했다. 비로소 가슴이 진정되면서 온몸에서 힘이 쭉 빠졌다. 그녀는 두 손으로 창틀을 움켜쥔 채로 받은 숨을 내뱉었다. 잘 자라, 내 딸아. 그녀는 도로 욕실로 들어갔다.

*

새벽에 눈을 뜨자마자 필래요는 공책을 꺼냈다. 날짜를 쓰고 그 밑에 '보일러 까는 날!'이라고 느낌표까지 붙여 제목을 달았다.

그녀는 본채로 갔다. 어제 목수아저씨와 동네사람들을 접대한다고 늦게까지 일해서 피곤할 텐데 재훈은 또 아침을 준비해놓고 필래요를 기다리고 있었다. 그녀는 2층으로 올라갔다. 목수아저씨의 방은 비어 있었다. 벌써 작업장으로 돌아간 모양이었다.

"어제 감자스프 남은 거 그냥 주지. 맛있던데."

"큰 일 하러 가는 사람, 식은 밥 먹여 보내는 거 아니랬어."

"누가?"

"우리엄마가."

"오빠, 마마보이구나?"

"우리엄마 들으면 얼척 없다 할 걸. 마마 말 안 듣는 마마보이가 어딨냐구."

재훈이 웃으면서 식탁을 차렸다. 오늘은 무 대신 하지감자를 깔고 조린 갈치에 가지선에 황태국이었다. 식탁만 차려주고 그는 할 일이 태산이라며 주방으로 들어갔다. 밥을 먹으면서 그녀는 어제 목수아저씨의 말을 듣는 내내 어깨를 떨며 흐느끼던 재훈을 떠올렸다. 도대체 저 사람은 무슨 슬픔이 저렇게 많을까.

빈 그릇을 포개어 주방에 갖다놓고 그녀는 공사현장으로 갔다. 현장에는 이미 두 대의 차가 와 있었다. 레미콘차는 몇 번 봐서 알겠는데 또 한 대는 무슨 작업을 하러 온 건지 궁금했다.

"이건 모르타르펌프카라고 하는 거야."

아주머니가 말했다. 레미콘차가 모르타르를 펌프카에 부어주면 펌프카에 연결된 호스를 통해 보일러 엑셀파이프를 덮는 거라고 했다.

"엑셀선을 살짝만 덮어야 하지."

이 작업을 할 때 주의사항이 뭐냐고 묻자 아주머니가 이렇게 말해주었다. 두껍게 바르면 암만 보일러를 때도 방이 쉬 안 따뜻해지니까. 아저씨가 옆에서 설명을 보탰다. 두 사람은 부부였다. 둘이 한 팀을 이뤄 공사현장을 돌아다닌 게 벌써 30년째라고 했다. 집을 지으면서 보니 부부가 팀으로 하는 작업들이 꽤 있었다. 몰딩 작업도 그렇고 지금처럼 보일러 까는 일도 그렇고 매지를 넣는 일도 그랬다. 매지란 벽돌 쌓을 때 그 사이사이에 모르타르를 채워 넣는 걸 말하는데, 한 사람이 모르타르를 가로로 넣으면 다른 사람은 세로로 넣는 식으로 작업이 진행되었다. 굉장히 빠른 속도로 일을 하는데도 몇 시간 동안 작업하는 내내 두 사람의 손이 한 번도 부딪치거나 꼬이는 법이 없다는 게 그녀의 눈엔 너무나 경이롭게 보였다.

아저씨와 아주머니가 바닥에 엑셀파이프를 깔았다. 필래요는 디지털카메라에 작업하는 모습을 담았다. 시간이 후딱 지났다. 점심밥이 오길 기다리는 동안 그녀는 바깥으로 나와 벽돌 위에 앉아 핸드폰을 열었다. 이태완의 죽음이 속보로 떠 있었다. 배우 이태완이 다른 곳도 아니고 잠자는 숲에 와서 죽었다고 했다. 기분이 이상했다. 슬프거나 안타까운 게 아니라 뭔가 이상했다. 오늘 아침에만 해도 필래요는 이태완이 광고하는 침대에서 깨어나 이태완이 광고하는 치약으로 이를 닦고 이태완이 광고하는 냉장고에서 우유를 꺼내 마셨다.

재훈 대신 오 씨 아주머니가 점심을 날라 왔다. 방송국에서 나온 사람들로 식당이 꽉 찼다고 했다. 오 씨는 경찰로부터 들은 말에 특유의 과장을 보태어 이태완의 시신이 얼마나 참담한 모습이었는지를 직접 보고 만져본 사람처럼 적나라하게 묘사했다. 그녀는 밥을 끼적대다가 젓가락을 내려놓았다. 슬픈 건 아닌데 이상하게 목이 메어 밥을 삼킬 수가 없었다.

"저거 타고 같이 내려 가. 우리도 이거 한 번 쏴주고 바로 갈 거니까."

오 씨가 빈 그릇을 바구니에 담아 스쿠터에 싣는 걸 보고 아저씨가 말했다.

"전 작업하시는 거 보고 이따 갈게요."

아저씨가 호스를 어깨에 걸치고 안으로 끌고 들어왔다.

"이제 작업 시작할 거니까 나와, 밖으로. 오늘 바닥 작업 끝나면 한동안은 안에 못 들어가."

"며칠이나요?"

"적어도 사흘. 날 궂으면 1주일."
"그럼 그동안 작업 쉬는 거예요?"
"쉬긴. 바깥 일 해야지."
"이것만 하면 오늘 일은 다 끝나는 거예요?"
"저녁에 다시 와야 해. 완전히 물기가 가실 때까지 문질러주고 또 문질러주고…… 밤새 그래야 해."

호스가 모르타르를 토해냈다. 만져보진 않았지만 소프트 아이스크림처럼 묽고 부드러울 것 같았다.

작업 사진을 몇 장 찍고 필래요는 목수아저씨의 작업장으로 갔다. 햇볕이 쨍쨍 내리쬐는 빈터에 나무십자가들이 세워져 있는 모습을 보자 공동묘지가 떠올랐다. 아저씨는 없었다. 혹시 자고 있나 싶어 텐트에도 가보았지만 거기에도 아저씨는 없었다. 그녀는 신을 벗고 평상에 올라갔다. 바람 한 점 없는 무덥고 습한 날씨였다. 그녀는 기둥에 등을 기대고 주위를 둘러보았다. 작업장 한쪽을 가로지르는 빨랫줄엔 오늘도 수건 두 장과 흰 셔츠가 널려 있었다. 그녀는 저것들이 걷힌 것을 한 번도 본 적이 없었다. 무대 소품처럼 늘 저기 널린 채로 비가 오면 비를 맞고 바람이 불면 바람을 맞고 해가 뜨면 말랐다가 또 비가 오면 젖기를 되풀이했다. 언젠가 필래요는 빨랫줄을 쳐다보다가 저것들은 지들이 무슨 황태나 과메기쯤 되는 줄 아나보네, 하고 혼잣말을 했다. 옆에서 나무를 깎다가 아저씨는 또 배를 잡고 웃어댔다. 아저씨가 보고 싶었다. 아저씨의 웃음소리를 들으면 이 이상한 기분이, 슬픈 것도 아니고 안타까운 것도 아닌데 자꾸 넘어질 것 같고 울음이 쏟아질 것 같은 이 거지같은 기분이 확 날아가 버릴 것 같았다. 그나저나 아저씨는 또 어딜 갔을까. 금식을 해서 기운도 없는 사람이 어딜 그렇게 빨빨거리고 돌아다니는 걸까, 도대체.

잠이 왔다. 한 시간쯤 기둥에 기대고 앉아 졸다가 깨다가를 반복하다가 필래요는 새집으로 갔다. 아저씨도 아주머니도 보이지 않았다. 그녀는 아무도 없는 집에 들어갔다. 고요했다. 조용함과는 색깔도 무게도 다른 어떤 고요가 집안을 꽉 채우고 있었다. 그녀는 현관에 쪼그리고 앉아 바닥을 내려다보았다. 바닥 전체에 모르타르가 깔려 있었다. 집을 짓기 시작한 지 사흘째인가 나흘째 되던 날 기초틀에 부은 콘크리트가 마르길 기다리며 지금처럼 혼자 앉아있던 기억이 났다. 그때 그녀는 어떤 충동에 이끌려 무릎까지 꿇고서 굳어가는 콘크리트에 손자국을 남겼다. 고작 20여 일밖에 지나지 않은 그 날이 몹시 아득한 과거처럼 느껴졌다. 그때 나는 왜 그런 행동을 했던 걸까. 피아노를 칠 수 없게 된 손을 이제 그만 묻어버리고 싶었던 걸까. 그러면서도 화석 같은 흔적으로 남기고 싶었던 걸까.

다리가 저렸다. 그녀는 몸을 일으켰다. 집을 짓기 시작한 지 오늘이 27일째 되는 날이었다. 계획대로 진행된다면 앞으로 14일만 지나면 집이 완공되는 거다. 직접 나무를 켜고 못질을 한 건 아니지만 이건 어디까지나 필래요가 지은 집이었다. 설계부터 시작해서 어느 하루도 빠짐없이, 새벽부터 저녁까지 모든 공정을 함께했다. 그녀는 가만히 선 채 집안을 둘러보았다. 아직은 벽체만 서 있을 뿐이지만 곧 바닥이 깔리고 문도 달릴 것이다. 뿌듯했다. 그녀는 침실을 바라보았다. 필래요가 창가에 서서 촤르르 소리 나게 커튼을 열어젖히고 있었다. 고개를 돌려 거실을 바라보았다. 필래요가 다락방으로 올라가는 계단에 앉아 책을 읽고 있었다. 눈길 닿는 곳마다 필래요가 있었다. 샹들리에 먼지를 털고 잠을 자고 국수를 삶고 공부를 하고 있었다. 가슴이 떨렸다. 저 밑바닥에서부터 기쁨이 차올랐다. 이 집에서 그녀는 무엇이든 새롭게 시작할 것이다. 수능공부도 시작할 거고 집 짓는 과정을 담은 책도 완성할 것이다. 그것이 결실을 맺을 때까진 이 집을 떠나지 않을 것이다. 하숙집에서의 울음이 떠올랐다. 할아버지 집이 불타던 날 자신을 품어주었던 그 따뜻한 품이 떠올랐다. 그녀는 허공을 보며 고개를 끄덕거렸다. 그래, 그러니까 난 내 손을 묻은 이 자리에서 다시 태어나는 거야.

이어폰을 끼고 새집을 나섰다. 대학에서 무슨 공부를 할까, 생각은 끊이지 않고 계속 이어졌다. 하고 싶은 게 너무 많았다. 역사공부도 재미있을 것 같고 건축설계도 잘 맞을 것 같았다. 문예창작과에 가서 글 공부도 제대로 해보고 싶었다. 피아노란 문이 닫히고 나자 사방 벽인 줄로만 알았던 것이 다 문이 되어 활짝 열리는 것 같았다. 아빠의 말이 맞았다. 문이 없다고 생각될 때 주저앉지 말고 뒤돌아서면 반드시 거기에 문이 있다고 아빠는 장담했다. 의외였다. 필래요의 병을 가장 힘들어할 사람이 아빠일 거라고 생각했는데 아빠는 엄마보다도 훨씬 의연했다. 물론 그 말을 듣고 엄마는 작은 소리로, 어디서 또 책 한 권 읽었나보네, 하고 빈정댔지만.

"잠깐 인터뷰 좀……"

노래를 들으며 발부리만 내려다보고 걷다가 누군가 불쑥 마이크를 들이대는 바람에 필래요는 흠칫 놀라 고개를 들었다. 순간 그녀의 눈이 화등잔 만하게 커졌다. 세상에, 이게 다 뭐지? 그녀는 어리둥절해서 주위를 두리번거렸다. 산 입구에 즐비하게 늘어선 차들이며 방송국 로고가 그려진 카메라들, 수많은 사람들……. 그녀는 이어폰을 뺐다. 잠깐 잊고 있었던 이태완의 죽음이 비로소 실감 났다.

"톱 탤런트 이태완 씨의……"

그녀는 얼떨결에 손을 저어 마이크를 밀어냈다. 길을 내려올수록 사람들이 더 많아졌다. 엉엉 소리 내어 우는 사람들만 아니라면 잠자는 숲이 아니라 축제의 거리를 걷는 기분일 것 같았다. 그녀는 시간을 확인하기 위해 핸드폰을 꺼냈다. 오후 네 시였다. 이태완 속보가 뜬 게 열두 시였으니 고작 네 시간밖에 지나지 않았다. 그런데 이 많은 사람들이라니. 카카오톡도 무려 서른 통이 넘게 와 있었다. 다 이태완에 대한 이야기였다. 친구들은 잠자는 숲이 지금 어떤 모습일지 궁금해 했다. 걸음을 옮기며 필래요는 일일이 답톡을 보냈다.

– 시체가 되게 끔찍했대. 얼굴이 뭉개

점심 먹을 때 오 씨 아주머니가 했던 말까지 옮기다가 필래요는 문득 걸음을 멈추었다. 지금 무슨 짓을 하고 있는 거지? 사람이 죽었는데 신나서 생중계까지 하고 있는 꼴이라니. 그녀는 방금 쓴 문장을 지우고 핸드폰을 바지 뒷주머니에 집어넣었다. 앞머리를 분홍색 헤어롤로 말아 올린 아이들이 이태완의 사진을 목에 걸고 울면서 산을 향해 올라오고 있었다. 그녀는 이어폰을 꽂고 걸었다. 걷다 보니 정자나무였다. 나무에도 벌써 꽤 많은 리본이 매달려 있었다. 민지가 친구들과 함께 가슴에 띠를 두르고 사람들에게 뭔가를 나눠 주다가 필래요를 보고 손짓을 했다.

"언니도 소원 적어요."

나무 밑에 간이 테이블 두 개가 나란히 놓여 있었고 그 위에 노란 리본과 유성펜이 담긴 종이 상자가 올려 있었다. 필래요는 펜을 쥐고 허리를 숙였다. 뭘 써야할지 얼른 떠오르는 게 없었다.

"미친!"

민지가 짧게 소리를 지르는 바람에 필래요는 고개를 들었다. 민지의 시선을 따라가자 뜻밖에 거기에 목수아저씨가 있었다. 아저씨가 십자가를 지고 가풀막을 올라오고 있었다. 사람들의 눈이 일제히 아저씨에게 모아졌다. 핸드폰으로 아저씨의 모습을 담는 사람들도 많았다.

"미친놈!"

"관종새끼!"

민지의 친구들이 씹어뱉듯 말했다. 필래요는 멀찌감치 떨어져서 아저씨를 보기만 했다. 아저씨가 본 아빼띠를 지나 마을회관 쪽으로 몸을 꺾었다. 그녀는 다시 허리를 숙이고 리본을 내려다보았다. 뭔가를 쓰고 싶었지만 쓸 말이 없었다. 그녀는 아무 것도 적지 않은 리본을 나뭇가지에 묶었다. 동아리 친구들과 함께 만든 거라며 민지가 필래요에게 작은 책자를 주었다. 그녀는 방금 아저씨가 걸어 올라왔던 가풀막을 내려갔다. 밥&잠에도 사람들이 많았다. 주차장이 차들로 빼곡하게 들어차 있었고 정원에도 그늘진 곳이면 어디든 사람들이 있었다. 그녀는 본채에 들르지 않고 곧장 별채로 갔다. 겨루가 현관문 앞에 앉아 있다가 문이 열리자 먼저 안으로 뛰어 들어갔다.

그녀는 핸드폰을 꺼내 침대 위에 던져놓았다. 그리고 작업일지를 꺼내들고 식탁으로 갔다. 매일 공사현장에서 돌아오자마자 작업일지부터 쓰곤 했는데 요 며칠은 제목만 써놓고 전혀 쓰지 않고 있었다. 오늘이야말로 아무 것도 하고 싶지 않았다. 그녀는 두 팔을 늘어뜨리고 흰 종이를 내려다보며 작심삼일 하고 중얼거렸다. 또 아빠가 떠올랐다. 필래요가 뭐든 끈기 있게 해내지 못하는 자신을 책망할 때마다 아빠는 말하곤 했다. 속상해할 것 없어. 사흘마다 한 번씩 다시 결심하면 돼. 아빠를 떠올리자 슬며시 웃음이 났다. 아빠에겐 뭐든 쉬웠다. 반대로 엄마에겐 쉬운 일도, 공짜로 얻을 수 있는 것도 없는 곳이 이 세상이었다. 난 어느 쪽일까. 어릴 땐 아빠를 닮았다고 생각했는데 커갈수록 엄마 쪽인 것 같았다. 어떤 면에선 엄마보다 자신이 세상을 훨씬 빡빡하게 보고 있는 것 같기도 했다. 노력한 만큼 대가를 얻는다는 게 엄마의 믿음이라면 필래요는 노력으로부터 배신을 당하기도 하는 게 인생이란 것을 이미 알아버렸으니까. 어쩌자고 난 고작 열아홉에 쉰 살의 엄마보다 더 너덜너덜해져버렸을까.

작업일지를 덮어놓고 필래요는 침대로 갔다. 핸드폰과 함께 던져놓았던 작은 책자가 눈에 들어왔다. 표지에 적힌 제목이 '안 돼요, 자살!'이었다. 누운 채로 그녀는 그것을 집어 들었다. 프린터로 뽑아 호치키스로 박은 네 장짜리 유인물이었다. 첫 장엔 자살기도가 실패한 뒤 평생을 견디기 힘든 장애를 안고 살게 된 사람의 인터뷰 기사가 실려 있었다. 둘째 장은 자살 유가족의 수필을 짤막짤막하게 펴온 글을 모아놓은 거였다. 세 번째 장엔 단테의 신곡에 나온다는 지옥이야기를 만화그림으로 그려놓았다. 사람이 죽으면 죄에 따라 더 깊은 지옥에 갇히게 되는데, 지옥 중에서도 가장 깊은 지옥에 갇히는 사람들이 바로 자살자들이라고 했다. 거기서 자살자들의 영혼은 나무가 되어 끝없는 고통을 당한다고. 아무리 큰 죄를 지은 사람이라도 인간의 모습으로 살 수 있는데 자살자들에게만큼은 그것조차 허용되지 않는다는 내용이 말풍선 속에 담겨있었다. 그녀는 책자를 옆으로 밀쳐놓고 눈을 감았다. 정성은 가상하다만 이런 이야기들로 자살을 막을 수 있을까. 그나저나 단테는 왜 자살자의 영혼이 나무가 된다고 상상했을까.

필래요는 잠들었다가 겨루가 문을 긁어대는 바람에 잠에서 깨었다. 잠깐 눈만 붙인 것 같은데 두 시간이나 지나 있었다. 현관문을 열자마자 겨루는 바깥으로 나가 오줌을 누었다. 벌써 어둠이 깔려 있었다. 그녀는 식당 옆의 작은 방으로 가서 사료를 챙겨 정원으로 나왔다. 재훈이 벽에 기대고 서서 담배를 피우고 있었다. 그녀는 그에게 다가갔다. 그가 내뿜은 담배연기가 필래요 쪽으로 날아왔다. 그가 얼른 그녀와 자리를 바꾸었다. 어떤 가정에서 자랐기에 이렇게 세심할 수 있지?

"배고프지?"

재훈의 말에 필래요는 웃었다. 언제 어느 때고 사람을 무장해제 시키는 말이었다.

"오빤 좋은 집에서 사랑 받고 자란 사람 같아."

그가 고개를 저었다.

"아버지가 술을 많이 드셨어. 그런 아버지를 둔 집안 풍경이 대충 그려지지?"

"……"

"술만 드시면 나랑 동생을 무릎 꿇게 하고는 몇 시간이고 훈계를 하셨어. 근데 그것도 하도 잦으니까 요령이 생기더라. 아버지는 꼭 텔레비전을 등지고 앉으셨는데, 그래서 아버지가 술 드신다 싶으면 미리 텔레비전 채널을 맞춰놓고 아버지를 기다렸지. 그리고 아버지 보는 척하면서 텔레비전 봤어."

아빠도 가끔 과음을 했다. 술에 취하면 아빠는 필래요의 숙제를 도와주겠다고 고집을 부렸다. 그리고 열의 아홉이 아니라 열의 열, 필래요의 숙제를 망쳐놓고 쓰러져 잠들었다.

"이건 뭐 그래도 좋은 기억에 속하는 거고…… 매일 때리고 부수고 고함치고……"

"……"

"아버질 싫어했는데…… 돌아가실 때도 슬프지 않았는데…… 근데 나이 먹을수록 나에게서 자꾸 아버지를 보게 돼. 2부는 다음에."

"……"

"괜한 말 꺼냈다 싶지?"

재훈이 조용히 웃으며 필래요를 쳐다보았다. 사람의 마음을 훤히 들여다보는 것 같은 눈빛이었다. 엄마와 비슷하면서도 다른 시선이었다. 속을 꿰뚫는 것 같은 엄마의 시선 앞에선 까발려진 것 같은 느낌을 받을 때가 많은데 재훈의 눈빛은 이해한다고, 괜찮다고 말해주는 것 같았다.

"들어가 봐야겠다. 같이 가자. 밥 먹어야지."

"아직 배 안 고파."

걷고 싶었다. 필래요는 밥&잠을 나왔다. 겨루가 그녀를 졸졸 따라왔다. 조용히 걷고 싶었지만 거리는 소란스러웠다. 비틀거리고 울고 노래 부르는 사람들로 시끄러웠다. 누군가의 죽음을 빌미로 술 마시고 노래 부르기 위해 잠자는 숲을 찾아온 사람들 같았다. 필래요는 계속 걸었다. 걷다보니 부악산 입구였다. 저만치 새집에 불이 환하게 켜져 있는 게 보였다. 반가운 마음에 그녀는 새집으로 담박질 쳤다.

"여태 계셨어요?"

"밤샘작업이라니까. 마무리 잘하고 갈 테니까 걱정 말고 가서 자."

"이럴 줄 알았으면 뭐 드실 거라도 챙겨올 걸."

아저씨가 웃으며 옆에 놓인 아몬드 봉투를 가리켰다. 필래요는 겨루를 안고 아저씨 곁에 앉았다.

"물기가 가실 때까지 계속 문질러 줘야해. 그래야 바닥이 틈 없이 평평해져."

"아……"

"잠깐만 하다가 말 생각이었는데…… 이 일을 한 게 벌써 30년이 넘었네."

혼잣말은 아니지만 딱히 들으라고 하는 말 같지도 않았다. 아저씨가 자신의 손바닥을 물끄러미 들여다보더니 말을 이었다.

"난 이 세상에서 바닥 말고는 무서운 게 없어. 30년을 이 일만 했어도 여전히 방바닥이 제일 무섭고 다음으론 마누라 혓바닥이 무섭고 자식 놈들 손바닥이 무섭고."

아저씨가 하하 웃었다. 빈집에 웃음소리가 울려 퍼졌다. 아저씨가 아몬드를 한 줌 꺼내더니 그녀의 손바닥에 반절을 덜어놓았다. 무릎에서 자고 있던 겨루가 바스락 소리에 반짝 눈을 떴다. 그녀는 아몬드를 깨물어 반쪽을 겨루에게 주었다. 겨루가 오둑오둑 소리를 내며 아몬드를 씹었다. 조용했다. 셋이 아몬드를 씹는 소리만 허공을 떠돌았다. 문득 이태완이 떠올랐다. 그는 왜 그런 선택을 했을까. 그녀의 마음을 읽은 듯 아저씨가 길게 한숨을 내쉬더니 입을 열었다. 이번에도 혼잣말도 아닌, 그렇다고 누군가 들으라고 하는 말 같지도 않은 말투였다.

"좀만 더 견디지. 다 지나가는데……"

6월 18일

이태완이 죽은 다음 날, 잠자는 숲에서만 무려 세 명의 자살자가 나왔다. 그 다음 날엔 네 명, 또 그 다음 날엔 두 명. 셋째 날에 죽은 두 명 중 한 명은 잠자는 숲에 사는 상엽이었다. 또 다른 한 명도 읍내에 있는 무구중학교 학생으로, 상엽의 가장 친한 친구였다. 넓게 보면 둘 다 잠자는 숲의 아이들이었다. 아이들은 금사봉 아래에서 이태완 못지않게 처참한 모습으로 발견되었다. 상엽 엄마는 바로 실신했고 아이들은 마을회관에 안치되었다. 마을 전체가 슬픔에 잠겼다. 그 슬픔에는 아랑곳하지 않고 잠자는 숲에는 하루가 다르게 더 많은 사람들이 몰려왔다. 경찰들이 온종일 이런 시골마을 진입로를 교통정리 하는 진풍경이 벌어질 정도였다.

그 와중에도 집짓기는 계획대로 차질 없이 진행되었다. 바닥에 깔아놓은 모르타르가 마르길 기다리는 동안 바깥 작업이 이뤄졌다. 기초 작업을 할 때 묻어놓았던 정화조에 집안의 오수관과 하수관을 연결했고 울타리도 새로 둘렀다.

어제 낮에 필래요는 서울에 왔다. 마을아이들이 죽었다는 말을 듣자마자 엄마는 싫다는 필래요를 억지로 고속터미널행 버스에 태웠다. 인터넷으로 주문하면 된다고 하는데도 엄마는 마감재만큼은 직접 눈으로 보고 골라야 하는 거라고 우겼다. 그래도 필래요가 내켜하지 않자 아빠가 요즘 많이 울적해하니 한 사나흘 머물면서 말벗이라도 해주라고, 생전 하지 않던 아빠 걱정을 다했다.

서울에 오자마자 필래요는 논현동으로 가서 타일과 변기와 세면대를 골랐다. 변기와 세면대를 고르는 건 쉬웠지만 타일은 종류가 어마어마하게 많아 고르기가 쉽지 않았다. 세상에서 타일 고르기만큼 힘든 일이 또 있을까 싶었다. 고작 그걸 했을 뿐인데 진이 다 빠져버렸다. 그녀는 지하철역을 향해 걸으며 아빠에게 전화를 걸었다.

"딸!"

전화가 연결되자마자 아빠가 거의 소리를 지르다시피 했다. 환하게 웃고 있는 아빠의 얼굴을 눈앞에 두고 보고 있는 것 같았다.

"아빠 지금 어디야?"

"부산."

"부산엔 왜?"

"사업 구상중이거든. 그것 때문에 만날 사람도 있고 알아볼 것도 좀 있고."

아빠는 잠깐 뜸을 들였다가, 엄마한텐 아직 비밀이야, 하고 덧붙였다. 그건 제발이지 필래요가 하고 싶은 말이었다.

"거기 언제까지 있을 건데?"

"모레까지. 딸은 뭐해, 지금?"

필래요는 아빠 집으로 가는 길이라는 말을 하지 않았다. 어차피 아빠는 오지 못할 테니까. 그녀는 지하철을 타고 집으로 갔다. 집은 엉망이었다. 예상은 했지만 그보다 훨씬 지저분했다. 식탁의자 등받이엔 빨래가 수북이 쌓여 있었고 쓰레기가 바닥 여기저기에 버려져 있었다. 그녀는 신도 벗지 못한 채 현관에 우두커니 서서 소파를 쳐다보았다. 멀쩡한 침대를 놔두고 소파에서 자는 모양인지 쿠션과 홑이불이 소파에 뒤엉켜 있었다. 게다가 빈집에서 혼자 떠들어대고 있는 텔레비전이라니. 급하게 나가느라 텔레비전 끄는 걸 잊은 거라고 생각하면서도 왠지 아무도 없는 적막한 집에 들어오는 게 싫어서 일부러 켜놓았을 것만 같아 마음이 짠했다. 그녀는 가방을 현관에 내려놓고 집안으로 들어갔다. 실내화를 한 짝만 신고 나머지 한 짝을 찾고 있는데 보이스톡 신호음이 울렸다. 희정이었다. 그녀는 텔레비전을 끄고 전화를 받았다.

"잘 지내지?"

"응. 너도 별 일 없지?"

"나 요즘…… 편입하려고 알아보고 있어."

"뭐라고?"

전화가 끊겼다. 잠시 뒤에 다시 보이스톡이 왔다.

"뭘 한다고?"

"편입할 거라고."

"편입?"

"응. 여기가 싫어서."

"갈 곳은 정했어?"

"그냥…… 어디든…… 이 곳만 아니면 돼."

실내화를 한 짝만 신은 채로 필래요는 소파에 앉았다. 문득 희정과 하룻밤을 같이 묵었던 집이 떠올랐다. 희정이 독일로 떠나기 한 달 전이었다. 불쑥 서울에 올라온 희정은 며칠간 삼촌 집에 머물면서 떠날 준비를 할 거라고 했다. 삼촌 집은 철거되기 직전의 연립주택 2층이었다. 청 테이프가 덕지덕지 발라진 창문, 거실 한복판에 휑뎅그렁하니 놓인 더러운 매트리스 말고는 아무 것도 없던 집. 진짜 삼촌은 아니고 엄마가 아는 아저씨야. 나도 한 번도 못 봤어. 집주인과의 관계를 묻자 희정은 아무렇지 않은 말투로 이렇게 대답했다. 희정은 매트리스에 눕자마자 금방 잠들었다. 희정은 어디서나 그랬다. 친구 자취방에 가서도 그 방의 주인보다 희정이 더 주인 같았다. 그런 희정이 이 곳만 아니면 된다고 말하고 있는 거였다. 그 '이 곳'이란 도대체 어떤 곳일지 필래요는 상상도 할 수가 없었다.

"필래요. 네가 치던 드뷔시의 '달빛'을 듣고 싶어. 2학년 향상 때 네가 그걸 쳤잖니. 그 연주를 잊을 수가 없어."

희정이 말했다. 필래요는 아무 말도 하지 않았다.

"이런 말…… 너무 눈치 없는 건가?"

"아냐, 괜찮아."

"피아노가 아니더라도…… 음악 없인 안 돼, 넌."

희정이 무슨 말인가를 더 했지만 귀에 들어오지 않았다. 악기 하는 걸 음악이라고 할 수 있을까. 그건 일종의 기술이 아닐까. 이건 필래요가 예전부터 해왔던 생각이었다. 예중에 입학하고 나서 피아노를 그만두려고 생각했던 것도 그래서였다. 골방에 틀어박혀 죽어라고 테크닉을 연마하는 것이 더는 음악이라고 여겨지지 않았다.

"피아논 다 정리했고, 희정아, 나 이제 새로운 걸 해보려고."

"뭐라고? 또 안 들린다."

"뭐든 새롭게 시작해보려고."

혼자 생각만 했지 말로 내뱉은 건 처음이었다. 의사로부터 포컬 디스토니아라는 병명을 듣던 순간부터 지금까지가 쉼표 하나 없는 길고 긴 하나의 문장으로 머릿속을 흘러갔다. 드디어 그 문장에 마침표를 찍는 기분이었다.

전화를 끊고 필래요는 옷부터 갈아입고 청소를 시작했다. 빨랫감을 모아 세탁기에 넣고 돌리며 청소기를 밀었다. 보조주방에 수북이 쌓인 재활용쓰레기를 치우고 싱크대도 닦아놓았다. 힘들어서 걸레질은 생략했는데도 두 시간이 걸렸다. 갈증이 났다. 냉장고를 열었다. 계란 한 알 우유 한 통 없이 온통 레토르트 식품 천지였다. 컵밥에 컵라면에 비닐 파우치에 담긴 삼계탕, 해장국, 갈비탕, 된장찌개. 아빠의 뱃속을 적나라하게 들여다보고 있는 기분이었다. 필래요는 불을 끄고 소파에 누웠다. 잠이 오지 않을 것 같았는데 눕자마자 금방 곯아떨어졌다.

오늘 아침, 필래요는 일찍 눈을 떴다. 화장실 청소를 하고 컵밥을 데워 먹었다. 샤워를 하고 머리를 말리는데 아파트 단지 안에 있는 초등학교에서 틀어놓은 동요소리가 들렸다. 그 소리가 어린 시절의 아침을 깨웠다. 엄마가 출근하고 나면 필래요는 가방을 멘 채 텔레비전 앞에 앉았다. 그리고 여덟 시가 되길 기다렸다가 텔레비전을 틀고 아침 연속극을 보았다. 할아버지의 집에 있을 땐 늘 둘이 아침을 먹으면서 연속극을 보았다. 할아버지의 장례를 치른 뒤로 필래요는 거의 하루도 빠지지 않고 혼자서 아침 연속극을 챙겨 보았다. 연속극이 끝나고 텔레비전을 끄는 순간이면 딱히 슬픈 것도 아닌데 눈물이 났다. 필래요는 현관문을 나서면서 빈집에 대고 큰 소리로 인사하곤 했다. 할아버지, 나 간다요.

집을 나와 필래요는 을지로로 갔다. 도배지는 타일보다도 더 종류가 많았다. 세상에서 가장 힘든 일은 타일이 아니라 도배지 고르기였다.

일찌감치 포기하고 그녀는 주인에게 추천해달라고 부탁했다. 조명등도 타일이나 도배지만큼은 아니지만 엄청나게 다양했다. 하지만 조명기구만큼은 무슨 일이 있어도 직접 고르고 싶었다. 두 시간 넘게 다리품을 판 뒤에야 마음에 드는 것을 고를 수 있었다.

여기서 끝내기로 했다. 아침에 눈 뜰 때만 해도 광장시장에 가서 이불과 커튼도 둘러볼 생각이었지만 엄두가 나지 않았다. 필래요는 고속터미널역으로 갔다. 지하철을 내려 터미널로 간다는 게 걷다보니 백화점 입구였다. 도로 나오려다가 그녀는 백화점으로 들어갔다. 갑자기 누군가에게 선물을 하고 싶어졌다. 엄마와 오 씨 아주머니에겐 립스틱을, 재훈에겐 몰스킨 공책을 주기로 했다. 아빠의 선물로는 5개월 할부로 헤드폰을 샀다. 학교만 파하면 종일 잠자는 숲을 쏘다니는 민지에겐 챙 모자가 좋을 것 같았다. 목수아저씨에겐 뭐가 좋을지 얼른 떠오르는 게 없었다. 대패랑 망치를 선물할 수도 없고. 매장 사이를 돌아다니는데 퍼뜩 향수가 떠올랐다. 금식한 지 보름이 넘어가면서 아저씨에게선 더욱 고약한 냄새가 났다. 그녀는 오데 코롱으로 하기로 했다. 향수는 냄새가 짙어 아무래도 아저씨가 버거워할 것 같았다. 선물을 배낭에 넣고 터미널로 향하려니 오랜만에 귀향하는 것처럼 마음이 들떴다.

꼬박 세 시간을 달려 읍내에 도착했다. 잠자는 숲이 뜨면서 읍내도 덩달아 사람과 차들로 넘쳐났다. 빨리 새집에 가고 싶은 마음에 필래요는 택시를 탔다. 고작 하루를 비웠을 뿐인데 그동안 집이 어떻게 변했을지 너무 궁금했다. 하지만 그녀는 마을입구에서 택시를 내려야했다. 무슨 일인지 마을사람 몇이 입구를 지키고 서서 차를 못 들어가게 막고 있었다.

그녀는 동구 밖 길을 걸어 올라갔다. 노래를 흥얼거리며 빠르게 걷다가 그녀는 흠칫 놀라 걸음을 멈췄다. 정자나무가 멀리서도 한눈에 알아볼 수 있을 만큼 심하게 훼손되어 있었다. 누군가 고의적으로 가지를 마구 잘라낸 것이 분명했다. 필래요는 정자나무로 달려갔다. 우듬지에 걸려있던 현수막도 간 데 없고 나뭇가지들이 노란 리본을 매단 채 바닥에 소복하게 쌓여 있었다. 간이 테이블도 도끼로 중동을 내리친 것처럼 가운데가 푹 찍힌 채 쓰러져 있었다. 누가 이런 짓을 했을까. 그때 마을회관 쪽에서 고함과 비명이 동시에 터져 나왔다. 갑자기 엄마의 얼굴이 떠올랐다. 엄마에게 무슨 일이 벌어졌을지도 모른다는 생각에 가슴이 벌렁댔다. 필래요는 밥&잠으로 뛰어갔다. 재훈이 호스로 물을 뿌려 대문을 닦다 말고 고개를 돌려 필래요를 쳐다보았다. 그의 낯빛이 어두웠다.

"이게 뭐야, 세상에……"

입을 벌린 채 필래요는 뒤로 한 걸음 물러났다. 대문이 새까맣게 불타 있었다.

"아침부터 마을사람들이 몰려와서 손님들 다 내쫓고……"

"왜?"

"마을아이들이 죽었잖아. 자살마을로 소문만 나지 않았어도 그런 일 없었을 거라고……"

"……"

"말도 마. 몸싸움까지 났으니까. 곡괭이에 낫까지…… 둘이나 다쳐서 구급차에 실려 갔다더라."

"엄마는 지금 어딨는데?"

재훈은 호스를 바닥에 내려놓더니 그녀에게 다가와 양쪽 어깨에 손을 얹었다.

"사장님 다치게 할 사람은 없으니까 안심해."

"이런 짓도 하는데?"

"그냥 경고이자 부탁 같은 거야. 당신이 시작했으니 당신이 책임지고 마을을 원상태로 돌려놓아라, 뭐 이런."

손바닥의 온기가 어깨에 전해졌다. 벌렁대던 가슴이 진정되었다. 모든 게 그의 말대로 될 것 같았다. 필래요는 재훈의 눈을 들여다보았다. 따뜻한 손으로 따뜻한 밥을 짓는 사람. 이런 남자라면 같이 살아도 좋지 않을까 싶었다. 이런 이유로 결혼한다면 좀 황당할 수도 있겠지만 세상엔 뭐 운동화가 깨끗해서 결혼을 결심했다는 엄마 같은 사람도 있는 법이니까. 그 생각을 하자 텔레비전이 혼자 빈집에서 떠들어대던 아빠의 집이 떠오르며 울적해졌다. 엄마는 운동화를 빨거나 구두를 닦는 아빠를 볼 때마다 얼굴을 찌푸렸다. 누군가를 좋아하게 된 이유가 고스란히 싫어하게 된 이유로 바뀔 때, 그런 순간에 맞닥뜨리게 되는 자기혐오를 사람들은 다들 어떻게 견디며 살아가는 걸까.

"어……"

재훈의 눈이 커졌다. 필래요는 재훈이 보는 곳을 향해 고개를 돌렸다. 그녀의 입에서도 똑같은 감탄사가 흘러나왔다. 목수아저씨가 십자가를 지고 풀숲을 걸어 나오고 있었다. 매일 십자가를 지고 마을을 한 바퀴씩 돌기는 했지만 오늘은 많이 다른 모습이었다. 늘 입는 청바지와 티셔츠를 벗고 맨몸에 흰 천 하나만 두르고 있었다. 머리에는 가시관까지 쓰고 있었다. 게다가 아저씨의 뒤에는 그를 따르는 사람들이 있었다. 얼핏 봐도 열 명은 넘을 것 같았다. 아는 얼굴도 몇 있었지만 대부분은 처음 보는 얼굴들이었다. 곁을 지날 때 아저씨가 필래요를 쳐다보며 고개를 한 번 끄덕였다. 무엇엔가 이끌리듯 그녀는 그 행렬의 끝에 섰다.

사람들은 목수아저씨의 속도에 맞춰 천천히 걸었다. 주여, 하고 나직하게 읊조리는 소리가 뒤로 날아왔다. 묵주를 돌리며 기도하는 사람도 있었고 훌쩍이는 사람도 있었다. 아저씨는 이따금 한 번씩 비틀거렸는데 그럴 때마다 사람들은 좀 더 큰소리로 기도하거나 울었다. 사람들이 점점 불어났다. 관광객으로 보이는 사람들이 꾸준히 행렬에 합류했다. 정자나무를 지나 모퉁이를 돌 때 즈음엔 목수아저씨를 따르는 사람들이 스무 명 가까이 되었다.

드디어 마을회관이 눈에 들어왔다. 수십 명의 사람들이 손에 농기구를 하나씩 들고 시끄럽게 고함들을 치고 있는 그곳은 흡사 전쟁터 같았다. 고추밭을 지날 때쯤 아저씨가 휘청거리다가 십자가를 등에 진 채로 앞으로 고꾸라지고 말았다. 행렬에서 탄식이 터져 나왔다. 낫이며 곡괭이를 흔들어가며 싸우던 마을사람들이 약속이라도 한 듯 다 이쪽을 향해 고개를 돌렸다. 목수아저씨는 땅을 짚고 일어나 다시 십자가를 졌지만 두 걸음 만에 또 넘어졌다. 마을사람들이 일제히 움직임을 멈추고 입을 다물었다. 볼륨을 한껏 높여놓고 영화를 보다가 정지버튼을 누른 것 같은 순간이었다. 아저씨는 다시 몸을 일으켜 십자가를 짊어졌다. 필래요는 아저씨의 뒤로 다가가서 십자가 꼬리를 제 어깨에 걸쳤다. 행렬이 마을사람들이 모여선 곳에 이르렀다. 마을사람들이 양쪽으로 갈라서서 목수아저씨와 무리에게 길을 터주었다. 목수아저씨는 묵묵히 앞만 보며 걸었다. 과수원 모퉁이에 다다랐을 때 아저씨는 오른쪽으로 꺾어져 작업장으로 가는 대신 곧장 산으로 향했다. 산 입구에 들어서며 필래요는 뒤를 돌아보았다. 마을회관 앞에 모여 있던 마을사람들이 하나둘씩 흩어지고 있었다.

목수아저씨는 십자가를 멘 채 산을 올라갔다. 아저씨는 몇 번이고 자빠졌는데 그때마다 필래요도 같은 십자가를 메고 있는 탓에 아저씨와 함께 넘어질 수밖에 없었다. 세 번째로 넘어졌다가 몸을 일으킬 때

빗방울이 떨어지기 시작했다. 아저씨를 따르던 사람들은 다 어디로 갔는지 이제 아저씨 곁에 남은 건 필래요 혼자였다. 설마 했지만 아저씨는 끝내 금사봉까지 올라갔다. 아저씨가 십자가를 바위에 기대어 놓고는 절벽 앞으로 걸어갔다. 필래요는 십자가 옆에 활개치고 누워버렸다. 얼굴 위로 빗방울이 떨어졌다. 아저씨가 절벽 앞에서 그녀를 불렀다. 그녀는 겨우 몸을 일으켜 아저씨 곁으로 갔다. 절벽 아래를 한참 내려다보다가 아저씨가 그녀를 데리고 나무 밑으로 갔다. 그 아래 앉아 눈을 감았다. 나뭇잎에 빗방울 듣는 소리가 평화로웠다.

"기도하자, 필래요."

아저씨가 필래요의 두 손을 힘껏 잡았다. 오랜 금식 때문인지 아저씨의 손이 평소 같지 않게 차가웠다. 그녀는 눈을 감고 고개를 숙였다.

"아버지. 이 아이의 손을……"

아저씨가 거기서 기도를 멈추었다. 그녀는 눈을 뜨고 아저씨를 쳐다보았다. 뺨을 타고 소리 없이 눈물이 흘러내리고 있었다.

"필래요의 아픈 마음을 아시는 아버지. 이제 그만 이 아이의 손을 낫게 해주세요. 이번만큼은 아버지의 뜻 말고 아들의 기도를 들어주시면 안 되나요?"

기도를 마치고도 아저씨는 눈을 뜨지 않았다. 한참 만에 아저씨의 입에서 아멘, 하는 소리가 흘러나왔다. 손을 위한 기도를 부탁할 때마다 하나님의 뜻은 다른 데 있는 것 같다는 말만 반복하던 아저씨였다. 두 손을 잡힌 채로 필래요는 아저씨의 얼굴을 쳐다보았다. 왠지 연속극의 마지막 회를 보고 있는 것 같은 기분이 들면서 마음이 착잡해졌다. 아침마다 연속극을 챙겨보던 할아버지 덕분에 연속극의 맛을 알아버린 그녀는 지금도 연속극을 좋아했다. 방송시간에 맞춰 보진 못하고 다시보기로 몇 회씩 몰아서 보곤 했다. 어떤 연속극이든 그녀는 절대로 마지막 회는 보지 않았다. 마지막 회는, 그게 설령 흐뭇한 결말이라고 할지라도, 마지막 회라는 것만으로도 보고 싶지 않았다. 아저씨가 눈을 떴다. 그녀는 아저씨의 눈을 가만히 들여다보았다. 그 눈동자 속에 자신의 얼굴이 맺혀 있었다. 그만 텔레비전을 끄고 자리를 털고 일어나고 싶었다. 아저씨가 필래요의 손을 놓고 다시 절벽 앞으로 걸어갔다. 그리고 그 앞에 두 팔을 옆으로 벌린 채 부복했다.

시간이 흘렀다. 빗줄기가 조금씩 굵어졌다. 아저씨가 필래요 곁으로 왔다. 그녀는 고개를 돌려 아저씨를 쳐다보았다. 숨소리까지 다 들릴 만큼 가까운 곳에 있는데도 아저씨가 더 이상 여기 그녀와 함께 있는 것 같지 않았다. 손을 내밀어도 만질 수 없는 홀로그램 같았다. 무서우면서도 슬펐다. 아저씨를 위해 뭔가를 하고 싶었다. 퍼뜩 선물이 떠올랐다. 그녀는 가방을 열어 오데 코롱을 꺼냈다. 그리고 무릎을 꿇고 앉아 아저씨의 발에 오데 코롱 한 병을 다 쏟아 부었다. 아저씨는 고개를 숙이고 그녀가 하는 양을 가만히 지켜보기만 할 뿐 아무 말도 하지 않았다.

또 시간이 흘렀다. 빗줄기가 조금 더 굵어졌다. 어지러운지 아저씨가 나무에 등을 기댔다. 그리고 나직한 목소리로 기도를 시작했다.

"아버지의 뜻이 하늘에서와 같이 땅에서도 이루어지게 하소서."

*

"열아홉 살부터 술을 마시기 시작했어요. 자살기도 계속하다가 정신병원에도 갇히고 그랬어요. 이제부턴 정말 술 없이 살아보고 싶은데, 그래서 여기 나오기 시작한 건데…… 어제도 술을 마셨어요. 그저께도 마셨구요. 술 깰 때마다 막…… 날 죽이고 싶단 생각밖에 안 들어요."

피어싱이 입술을 깨물었다. 귀에 박은 귀고리가 양쪽을 합치면 스무 개는 될 것 같았다. 수진에겐 여자의 귀가 자기혐오에 사로잡혀 마구 휘갈겨 쓴 낙서로 보였다.

"고맙습니다."

모두 함께 복창했다. 피어싱의 오른쪽 옆에 앉은 여자가 입을 뗐다.

"안녕하세요. 저는 알콜중독자 박입니다."

이번에도 모두 반갑습니다, 하고 복창했다.

"딸이 술 마시고 집에 들어오면서 또 술을 사와요. 그러면 남편이 참지 못하고 큰소리를 내요. 전 그 상황이 너무 무서워서 방에 들어가서 이어폰을 끼고 음악을 들어요. 모든 게 다 저 때문이에요. 딸은 어릴 때부터 늘 술로 도망가는 엄마를 봐왔기 때문에 조금만 심란해도 술로 도피하는 게 너무 자연스러운 게 되어버렸거든요."

박이 가볍게 한숨을 내쉬었다. 한숨도 하품처럼 전염이 되는지 둘러앉은 열 명 모두가 돌아가며 폭폭 한숨을 내쉬었다. 박이 다섯 번째 발표자였다. 다섯 명 모두 비슷한 말을 했다. 남은 시간도 계속 이런 이야기를 듣고 있어야 할 모양이었다. 수진은 이 자리가 자기에게 맞지 않게 느껴졌다. 더군다나 오늘은 첫 날이라 듣고만 있어도 되지만 다음 시간부터는 자신도 남들 앞에서 저런 말들을 해야 하는 거였다. 게다가 이런 고백들이 술을 끊는 데 얼마큼 도움이 될 수 있을지 수진은 솔직히 미심쩍었다. 너무 충동적으로 이 모임을 선택한 게 아닌가 싶었다. 그래, 일종의 흥분 상태에서 내린 충동적인 결정이었을 것이다. 잠자는 숲에서 십자가 만드는 남자와 저녁 식사를 한 뒤로 지금까지 수진은 묘한 흥분 상태에 빠져 있었다. 하지만 이 흥분은 그녀가 서른다섯 해를 살면서 느꼈던 흥분들과는 크게 달랐다. 당신은 이미 구원 받았습니다, 라고 남자가 말한 순간 몸의 가장 밑바닥이라고 부를 만한 곳이 확 뒤집어지며 온몸을 결박한 끈이 동시에 뚝뚝 끊어져버린 것 같은 해방감을 느꼈다. 잠자는 숲에서 남자와 저녁 식사를 한 다음 날 수진은 아침 일찍 용인으로 올라왔다. 매장에 들어서자마자 창고에 숨겨놓은 술병부터 싹 치웠다. 10년 동안 하루도 빠지지 않다시피 술을 마시면서도 술을 끊겠다는 생각 같은 건 단 한 번도 해본 적이 없던 그녀였다. 다음으로 그녀는 인터넷으로 술 끊는 방법에 대해 검색했다. 시에서 운영하는 중독센터라는 게 있다는 걸 알자마자 바로 그곳을 찾아갔다. 상담사는 알콜중독자모임에 참석할 것을 권유했고 그녀는 그 자리에서 알겠다고 했다. 남자와의 저녁식사를 마치고 24시간도 지나지 않아 이 모든 일이 이뤄졌다. 흥분 상태에서 내린 충동적인 결정일 공산이 컸다.

박이 말을 이었다.

"이제 단주 4년째로 접어들었어요. 근데 아직도 술 없이 밤을 맞는 게 너무…… 너무 힘들어요. 오늘은 여기까지 할게요."

"고맙습니다."

다들 한목소리로 복창했다. 수진은 핸드폰을 꺼냈다. 아까부터 계속 단톡방에 카카오톡이 올라오고 있었다.

– 공지한 대로 오늘 10시 폐점한 뒤 매니저 모임 있습니다.

– 장소는 서울골뱅이. 참석여부 올려주세요.

– 안 오는 사람 패널티 없나용?

– 패널티 줘야한다에 한 표!!!

– 저도 한 표요! 5층 베베 참석.

– 3층 카다피 참석해요~

– 3층 모던도 참석~~ 바쁘셔도 다 참석해서 단합된 힘을 보여줍시다!

— 1층 엔코코는 사정이 있어 참석 못해요. 하지만 무조건 함께할 테니 패널티는 쫌 ㅜㅜ

박의 옆에 앉은 사람이 이야기를 시작했다. 수진은 핸드폰을 켜놓은 채로 다리 위에 올려놓았다.

"안녕하세요. 저는 알콜중독자 최입니다."

— 5층 유니 참석

— 4층 파리 참석이요. 이번만큼은 정말 우리 힘을 제대로 보여줬음 해요~~

"반갑습니다."

— 토리 매니저님의 죽음이 헛되지 않도록 해야죠. 5층 베베 참석해요*&*

"오늘 내 시상식이 있다고 해서 나름대로 멋 좀 부리고 와봤는데 아무도 알아봐 주는 사람이 없네."

괄괄한 목소리였다. 좌중에 웃음이 일었다. 진행자가 나섰다.

"처음 오신 분이 있으니까 잠깐 설명할게요. 우리가 단주 1년째가 되는 날엔 서로 격려하는 차원에서 기념목걸이랑 돈 이만 원을 드려요. 교통카드 충전해서 여기 센터 빠지지 말고 계속 나오시란 뜻으로요. 말 나왔으니 지금 드릴까요?"

진행자가 가방에서 메달과 흰 봉투를 꺼내들고 최 앞으로 걸어왔다. 직접 최의 목에 메달을 걸어주고 봉투를 건넸다. 사람들이 함께 손뼉을 쳤다.

— 우리가 쇼핑몰 직원도 아니고 브랜드 본사 직원도 아니라면 대체 우리는 어디 소속? 어이상실

— 매니저님이라고 부르다가 자살하니까 점주라고 호칭부터 바꾸네요.

– 토리 매니저님 유족분들이 아직 위로금 안 받은 건가요?

– 네. 그렇게 알고 있어요.

– 받으면 절대!!!!! 안됨. 그거 먹고 떨어져라 이거잖아요.

"이거 참 기분 묘하네."

최가 목걸이 메달을 손으로 매만지며 복잡한 표정을 지었다. 툭 건드리면 울음이나 웃음을 터뜨릴 것 같은 그런 얼굴이었다. 진행자가 최의 어깨를 가볍게 다독였다.

– 우리도 똑같이 겪을 수 있습니다.

– 5층 래핑 참석해요~

"이 기분은 겪어보지 않은 사람은 몰라요. 저도 10년 전에 이 목걸이를 받았어요. 단주 1년째가 제일 힘드니까…… 자신이 대견하면서도 무지 서럽고 외롭고 막막하고…… 아무튼 말로 표현하기 어려운 복잡한…… 그런 기분……. 물론 단주한 지 10년이 지났어도 아직도 힘든 건 마찬가지에요. 늘 술 생각이 나고 딱 한 잔만 할 건데 괜찮지 않나 하는 유혹이 끊임없이 생기고, 지금도 맨날 그렇거든요. 하지만 이젠 분명히 알아요. 절대로, 세상이 두 쪽 나도 한 잔으로 끝나지 않는다는 걸. 그리고 아무리 오래 단주했어도 딱 한 잔만으로도 모든 게 원상복귀 되어버린다는 걸요."

10년이라. 10년을 술을 끊었는데도 아직도 술 생각 때문에 힘들다니. 좀 전에 박이 단주 4년째인데 여전히 힘들다는 말을 했을 때도 수진은 깜짝 놀랐다. 한 달, 아니 보름, 아니 1주일만 술을 안 마셔도 더는 술 생각이 나지 않으려니 하고 쉽게 생각했었다.

"그럼 계속하시죠."

진행자가 자리로 돌아갔다. 최가 이야기를 시작했다.

"마흔에 집에 불이 났어. 연립주택이었는데 전체가 홀랑 다 타버린 거야. 그래서 다 같이 천막 같은 거 쳐놓고 같이 살았어. 그때부터 술을 마셨지. 눈 뜨면 남편 주머니 뒤져서 슈퍼 가서 술 사오고 돈 없으면 반지랑 목걸이랑 들고 가서 술이랑 바꿔오고 그렇게 추접스럽게 살았어. 정신병원이야 당연히 뭐 수없이 드나들었고."

최의 목소리는 남의 이야기를 하듯 덤덤하고 건조했다.

"퇴원하고 나면 한동안은 그래도 참을 만해. 근데 열 달 째가 되면 이상한 자신감 같은 게 막 생겨. 이제 술을 마셔도 예전 같지 않게 날 막 제대로 다스리면서 마실 수 있을 것 같거든. 그래서 다시 입에 대면 그게 어디 그래. 다스리긴 개뿔, 예전보다 더 못한 상태가 되지. 정말 개 같은…… 그래서 또 잡혀 들어가고 또 잡혀 들어가고……"

– 매니저님들 다 아시겠지만 일단 위로금 받으면 법적으로 강구해 볼 게 아무 것도 없어집니다.

– 법적 책임은 없지만 도의적인 차원에서 위로금을 주겠다고 한다잖아요?

– 토리 본사에서?

– 네. 쇼핑몰 측에서도 똑같구요.

최가 물을 한 모금 마시고 이야기를 이어갔다.

"그러다보니 일흔이네. 어느 날 거울을 보니 쭈그렁할망구가 있는 거야. 마흔 살 이후론 아무 것도 기억나는 게 없는데…… 근데 병원 몇 번 들락거리다보니 일흔이 된 거야. 내 인생을 통째로 도둑맞은 것 같아. 억울한데…… 억울하기로만 치면 딱 미쳐버릴 것처럼 억울한데 어쩌겠어, 다 내 잘못인데…… 누가 떠다밀어서 술을 마신 게 아닌데…… 누굴 원망하겠어, 내가."

최는 무릎 하나를 세운 자세로 앉아 허공을 바라보며 눈만 깜박거렸다.

– 1층 블랙 참석

– 모이면 뭐합니까? 저번에도 영업시간 단축해보겠다고 몇 번을 모였지만 관리자들이 서명지 없애버리고 그냥 없던 일로 끝나지 않았나요?

– 5층 모다 참석

– 이번엔 꼭 물러서지 맙시다. 우리 생존이 걸린 문제잖아요.

– 맞아요토리매니저님과그유가족의문제만이아니에요

– 단합만이 살 길

– 영업시간 단축도 반드시 필요합니다

– 내년에 최저임금 또 10퍼 이상 상승

– 회유에 넘어가는 사람이 한 사람도 있어선 안돼요. 그것만 지키면 우리가 이깁니다

"그래도 이건 있어. 살아있어서 고맙다…… 어쨌든 안 죽고 살아있어서 참 좋다……"

– 더 중요하고 시급한 문제는 영업시간 단축이에요. 토리 매니저님도 그것 때문에 극단적 선택을 한 거 아닐까요.

– 에구 죄송. 4층 인디언 불참

액정이 보이지 않도록 핸드폰을 뒤집어놓고 수진은 고개를 들었다. 최는 여전히 한쪽 무릎을 세우고 두 손을 무릎에 얹은 자세로 가만히 앉아있었다. 얼굴의 주름 사이에 쓸쓸한 웃음이 고여 있었다. 불쑥 승혜가 했던 말이 떠올랐다. 토리 매니저 이야기였다. 전기밥통을 사러 이마트에 갔다가 토리 매니저는 전기밥통 진열대 곁에 다소곳이 손을 모으고 20여 분을 가만히 서 있었다고 했다. 상품을 보는 순간 자신이 고객이란 사실을 잊고 판매사원인 줄 착각한 거였다. 조회 시간 전에 모여 간식을 먹다가 그 이야기를 듣고 다들 손뼉을 치며 웃어댔다. 웃

걸이에 사이즈링을 끼우며 수진도 픽 웃었었다. 최의 모습 위로 토리가 겹쳐졌다. 말만 들었을 뿐인데도 마치 멀찍이 떨어져 그 모습을 지켜보았던 것처럼 토리의 모습이 구체적으로 그려졌다. 수진은 고개를 숙이고 손마디를 꺾었다.

최 뒤에 두 사람인가 더 발표를 하고 모임은 한 시간 만에 끝났다. 진행자가 말했다.

"이곳에서 들은 이야기는 모두 이 곳에 두고 가십시오. 평온함을 구하는 기도로 모임을 마치겠습니다."

모두 눈을 감았다. 수진도 눈을 감았다.

"신이여. 어찌 할 수 없는 것을 받아들이는 평온함을 주시고, 어찌 할 수 있는 것을 바꾸는 용기를 주시고, 그리고 이를 구별하는 지혜도 주소서."

6월 19일

이번엔 목수였다. 십자가 만드는 목수가 죽었다. 이태완이 죽고 나서 닷새 만이었다. 그 닷새 동안, 외부인들의 죽음은 차치하고라도, 마을사람들의 죽음만 벌써 세 번째였다. 잠자는 숲에서 죽음은 더 이상 별쭝스런 사건이 아니었다.

목수의 시체를 처음 목격한 사람은 빨간지붕의 주인여자였다. 목수는 자신의 작업장에서 시체로 발견되었다. 그런데 그 죽음이 너무나 기괴했다. 십자가에 못 박힌 채 죽어있는 거였다. 흰 속옷을 입고 머리에 가시관을 쓴 것까지 2000년 전의 골고다 언덕에서의 예수와 똑같은 모습이었다. 경찰은 자살보다는 타살일 가능성이 높다고 보았다.

자살이라고 할지라도 조력자는 분명히 있는 상황이라고 했다. 혼자서 자신의 양손에 못질을 할 수는 없는 노릇이니까.

명자는 심란해서 일손이 잡히지 않았다. 피붙이가 아닌 누군가의 죽음이 그녀를 이토록 마음 어지럽게 한 건 처음이었다. 필래요 때문이었다. 누군가에게 경도되어본 적이 없는 명자로선 목수의 죽음이 필래요에게 어느 정도의 충격일지 가늠조차 할 수가 없었다. 그나마 다행인 건 필래요가 최초 목격자가 아니란 사실이었다.

오늘 아침, 여느 날처럼 일찍 집을 나서는 필래요에게 명자는 미음을 담은 죽통을 주며 목수에게 갖다 주라고 했다. 어제 목수가 십자가를 진 채 맥없이 쓰러질 때 그 모습에서 아버지를 보았기 때문이었다. 아버지는 자주 금식을 했다. 40일 금식기도도, 명자가 기억하는 것만도, 세 번이었다. 마지막 순간에도 아버지는 병원 침대에 누운 채 열흘간 금식을 하고 세상을 떠났다. 명자는 아버지가 금식하는 게 싫어서 금식하는 것 자체를 모르는 것처럼 행동했다. 기운 없는 아버지를 위해 일을 거들거나 죽을 쑨 적도 없었다. 그래서 싱크대에 팔꿈치를 얹고 떨리는 손으로 미음을 쑤던 아버지의 모습이 떠오를 때면 명자는 어쩔 수 없이 회한에 사로잡히곤 했다.

필래요는 깜짝 반가운 표정으로 죽통을 받아 들며 새집에 가기 전에 아저씨의 작업장부터 들러야겠다고 했다. 그런데 무슨 이유인지 필래요는 목수의 작업장에 들르지 않고 곧바로 새집 공사현장으로 간 거였다. 가만. 혹시…… 간 게 아닐까. 최초로 목수의 시체를 본 사람이 빨간지붕 주인여자가 아니라 필래요인 것은 아닐까. 갑자기 온몸의 피가 얼어붙는 것 같았다. 혹시 필래요가 목수의 죽음을 도운 조력자였을까. 경찰로부터 자살이라고 하더라도 목수의 죽음을 도운 조력자는 분명히 있었을 거라는 말을 듣는 순간 명자의 머릿속에 퍼뜩 떠오른 영상은 필래요가 빗속에서 목수의 손에 못을 대고 망치를 내리치는 장면이었다. 명자는 절레절레 머리를 흔들었다. 아니다. 절대 그럴 리는 없다. 필래요는 그럴 수 있는 아이가 아니다. 그랬더라면 오늘 아침 그렇게 아무렇지 않은 얼굴로 고맙다는 인사까지 하며 죽통을 받아 들었을 리가 없다. 아니, 어쩌면 그게 다 용의선상에서 비켜나기 위한 계산된 행동은 아니었을까. 열아홉 살이면, 바보천치만 아니라면, 그 정도의 머리는 굴릴 수 있다. 더한 짓도 할 수 있다. 그게 인간이다.

가슴이 세차게 요동쳤다. 필래요만 아니라면 그녀가 목수의 죽음을 이렇게 심란해할 이유가 없었다. 이건 다시없는 호재였다. 이태완이 죽은 그 곳에서 십자가에 못 박혀 죽은 남자라. 이건 아무리 머리를 쥐어짜도 나올 수 없는, 한 편의 기가 막힌 드라마였다.

기자들이 또 다시 잠자는 숲으로 달려왔다. 관광객들과 방송국 사람들로 잠자는 숲은 종일 북적댔다. 하지만 오늘은 마을원주민 중 누구도 관광객 차량을 통제하거나 영업방해를 하는 사람은 없었다. 어제 몸을 다쳐 구급차에 실려 간 사람들이 둘 다 마을 원주민들이 아니라 '굴러들어온 돌'인데다가 밥&잠에 설치해놓은 씨씨티브이를 돌려본 결과 명자네 집에 불을 지른 사람이 마을원로인 형주 할아버지로 밝혀졌다. 명자도 다친 사람들도 마을원주민들을 고소하지 않기로 했다. 손님들을 내쫓고 차량을 못 들어오게 막은 영업방해 행위도 없던 일로 하기로 했다. 거기서 한 발 더 나아가 자살마을 관련 사업을 시작하려고 하는 원주민들을 '굴러들어온 돌'들이 적극적으로 돕기로 하면서 어젯밤에 급하게 마련된 술자리는 화기애애하게 마무리되었다.

저녁시간이 다 되어 경찰들이 또 한 번 잠자는 숲으로 넘어왔다. 이태완의 팬들끼리 큰 싸움이 벌어졌기 때문이었다. 그들로부터 명자는 목수에 대한 뒷이야기를 들었다. 목수의 신원을 확인해서 가족들과 연락이 닿았는데 다들 시큰둥한 반응이더라고 했다. 그냥 죽은 것도 아니고 십자가에 못 박혀 죽었다는 말을 듣고도 당연히 들어야 할 말을 들은 사람들처럼 전혀 놀라지도 않더라고 했다.

"그러니까 그냥 미친놈이었던 거지."

"미칠 거면 곱게 미쳐야지 세상에…… 어떻게 지가 감히 예수라고."

"그러게 말이에요. 지금 생각해보니까 예수처럼 머리까지 길게 길러서."

"아, 정신병원 가면 어디나 꼭 하나씩은 있답디다. 지가 예수라고 떠들어대는 미친놈들이."

"그럼 그 놈보다 더 세게 미친놈이 그런대. 난 너 같은 아들 둔 적 없다."

명자가 공짜로 내준 저녁밥을 먹으면서 경찰들이 킬킬댔다.

오늘도 오후 다섯 시가 지나면서 손님들이 몰려들기 시작했다. 명자가 주방과 홀을 오가며 바쁘게 움직이고 있는데 여섯 시쯤 주방문을 열고 필래요가 들어왔다. 장화를 신고 고무앞치마를 두른 품이 설거지를 하려고 마음을 먹은 듯했다.

"지원군 왔습니다요."

고무장갑 낀 손을 까불까불 흔들어대며 필래요가 개수대로 갔다. 목수에 대한 소식을 벌써 들었을 텐데도 필래요는 아무 일도 없다는 듯 엄마와 눈길이 마주칠 때마다 웃음을 지어보였다. 하지만 방심한 틈에 딸의 얼굴에 스치는 스산한 표정을 명자가 놓칠 리 없었다. 자신을 추스르기도 힘들 이 순간에도 필래요는 엄마를 염려하고 있는 거였다. 필래요는 그런 아이였다. 예고를 자퇴하고 집에 내려왔을 때도 명자만 보면 실없는 소리를 늘어놓으며 깔깔대서 엄마의 마음을 더 아리게 만들었다. 어릴 때도 그랬다. 부모 사이에 냉기류가 흐른다 싶으면 엄마

아빠가 굳은 표정을 풀 때까지 노래하고 춤추던 아이. 그리고 엄마에겐 아빠의 입장을, 아빠에겐 엄마의 입장을 설명하며 화해를 시켜보려고 애쓰던 아이. 딸의 뒷모습을 쳐다보는 명자의 눈시울이 붉어졌다. 아무렇지 않은 척, 괜찮은 척, 그렇게 애쓰고 살지 마, 필래요. 너무 애쓰면서 살면 못 써, 아가.

열 시가 넘으면서 손님이 뜸해졌다. 명자는 재훈에게 자동차 열쇠를 건넸다.

"필래요랑 나가서 바람 좀 쐬고 올래요?"

재훈의 눈이 빛났다. 딸의 이름이 나올 때마다 그의 얼굴이 환해지는 걸 명자는 진작부터 느끼고 있었다. 그녀는 정원으로 나가 돌계단에 앉았다. 재훈과 필래요가 탄 차가 밥&잠을 벗어나 가풀막을 오르고 있었다. 그녀는 차가 사라진 쪽을 하염없이 바라보았다. 핸드폰이 울렸다. 박 씨였다. 아까 낮에 박 씨의 전화를 제대로 받지 못했던 게 퍼뜩 떠올랐다. 잠시 뒤에 전화를 하겠다고 하고 여태 잊고 있었다.

"최 사장. 지금은 좀 한가한가?"

"죄송해요. 빨리 전화 드렸어야 했는데……"

"아녀, 아녀. 바쁜 사람한테 자꾸 전화해대서 내가 미안하지."

"별 말씀을요."

"바쁠 테니 용건만 딱 말하지 뭐. 오늘 아침에 황석진이한테 얘기 들었어. 최 사장이 좋은 거 소개해줬다고. 당장 다음 주부터 공사 시작한다대."

박 씨가 두 번이나 전화를 건 까닭을 알 것 같았다. 잠자는 숲에서 대박 날 만한 특별한 사업 아이템이 있느냐고 묻고 싶은 거였다. 어젯밤에 명자는 황 씨에게 '통곡의 방'에 대해 말해주었다. 술자리가 파한 뒤 황 씨가 이 마을에서 해볼 만한 좋은 사업이 없겠는가 하고 넌지시 물어왔기 때문이었다. 다른 사람 시선 의식하지 않고 마음껏 울고 소리 지를 수 있는 '통곡의 방'이야말로 잠자는 숲과는 앙꼬와 찐빵처럼 환상의 조합이었다. 필래요가 집을 짓고 싶다고 했을 때 선뜻 허락했던 것도 나중에 그 집을 그런 식의 용도로 활용할 수도 있을 거라는 계산이 깔려 있었기 때문이었다.

"아, 그래도 더 알아보고 신중하게 하셔야 할 텐데."

신중하게 해도 될까 말깐데. 이 말을 삼키느라 명자는 마른침을 몇 번 삼켰다. 어제도 황 씨는 벌겋게 술 오른 얼굴로 '물 들어올 때 노 저으라고'란 말만 무한 반복했다. 지금처럼 방문객이 많을 때 하루라도 빨리 시작하고 싶다는 거였다. 명자는 일본 도쿄에 있다는 호텔에 대해 말해주었다. 자신도 아직 가보진 않았지만 도쿄엔 이미 울고 소리 지르고 뭐든 때려 부술 수도 있는 방을 갖춘 호텔들이 제법 있다고 들었다. 시간을 충분히 갖고 그런 곳들을 다 둘러본 뒤에 계획을 세워야 한다고 강조했지만 명자가 그 말을 하는 도중에도 황 씨는 술에 풀어진 목소리로 아, 다 돌아댕길 시간이 어딨슈? 물 들어올 때 부지런히 노 저으란 말이 괜히 있대유? 하고 평소에 쓰지도 않던 사투리를 팍팍 써가며 히죽댔다.

"딴 사람도 아니고 최 사장이 소개한 건데 신중하고 자시고 할 게 뭐가 있겄어."

"……"

"그래서 말인데…… 나도 뭣 좀 해볼 게 읎쓸까, 최 사장?"

박 씨가 최 사장? 하고 말꼬리를 늘이는 순간 어제 낫으로 여왕벌의 등을 내리찍던 그의 얼굴이 떠올랐다. 어릴 때도 동물들에게 못되게 구는 그가 싫어서 명자는 등하굣길에 그가 말을 시켜도 대꾸도 하지 않았다. 하지만 토박이 중에서도 토박이인 박 씨와 척져서 좋을 건 하나도 없었다. 스무 살에 처음 돈 벌이를 시작하면서 그녀가 골수에 새긴 좌우명은 '불가근불가원'이었다. 너무 가깝게도 말고 그렇다고 너무 멀게도 말고. 명자는 구상 중이던 사업을 아깝지만 눈 딱 감고 박 씨에게 던져주기로 했다.

"그렇지 않아도 숙소가 부족하단 생각을 하고 있었어요. 이왕 시작할 거, 평범한 거 말고 독특한 숙소로요."

"그런 게 뭐가 있을까?"

"야외에 작고 예쁜 인디언 천막 같은 걸 치는 거예요. 그 안에서 잠자며 쉴 수도 있고 밥도 직접 해먹을 수 있게끔요. 그 천막들을 원 모양으로 둥글게 배치하고 그 한복판의 빈 공간에 모닥불을 피우고 바비큐 같은 걸 할 수 있도록 해놓으면……"

"이, 그림이 그려지네."

"사진 찍어서 SNS에 올리기에도 아주 좋은 장소가 될 거예요. 사실 잠자는 숲에 있는 건 다 너무 뻔한 식당에 민박집에 노래방에…… 우리 집부터도 그렇고요. 아, 중요한 건 큰 돈 들이지 않고도 시작할 수 있다는 거예요."

"최 사장이 역시 다르네. 돈만 많이 안 든다면 당장이라도 시작해봐야겠지."

"한번 시간 내셔서 이색적인 그런 장소들 찾아가 보세요. 인터넷 들어가면 정보야 얼마든지 있으니까요."

전화를 끊고 명자는 담배에 불을 붙였다. 핸드폰이 또 울렸다. 박 씨려니 했지만 이번엔 남편이었다.

"여보, 나 지금 어디야?"

통화 버튼을 누르기가 무섭게 술에 만취한 목소리가 튀어나왔다. 저절로 인상이 찌푸려졌다. 그녀는 핸드폰으로 시간을 확인했다. 아직 열한 시도 되기 전이었다.

"나 지금 어디야, 여보?"

"그걸 나보고 물어보면 어떡해? 옆에 아무도 없어?"

아무 의미 없는 말이란 걸 알면서도 그녀는 그렇게 물었다.

"몰라. 개새끼들이 나만 놔두고 다 가버렸어. 개새끼들……"

숫제 아이가 투정부리는 것 같은 말투였다.

"정신 차리고 주위를……"

"여보, 나 지금 어디냐니까?"

"주변에 편의점이라도 없어? 들어가서 택시 잡아달라고 부탁해봐."

"응. 알았어. 그러면 되겠다. 근데 나 지금 어디지?"

빨리 집에 들어가라는 말을 끝으로 명자는 전화를 끊어버렸다. 전화를 끊고도 그녀는 그 자리에 그대로 앉아있었다. 마음이 무거웠다. 그녀는 남편을 싫어하지 않았다. 다만 한집에서 부대끼며 살고 싶지 않을 뿐이었다. 남편은 뭐랄까, 상대로 하여금 끊임없이 죄책감을 느끼도록 만드는 사람이었다. 가방을 물어뜯어놓은 개를 야단치고 돌아설 때 갖게 되는 떳떳하지 못한 마음, 남편과 한집에 살 때 그녀는 그런 마음 때문에 늘 불편했다.

마지막 손님들이 나가는 걸 보고 명자는 몸을 일으켰다. 무릎에서 우드득 소리가 났다. 식당으로 들어가 그녀는 일하는 사람들을 다 보냈다.

그녀는 의자에 앉아 홀을 둘러보았다. 식탁 위에 놓여있는 술병들이 보였다. 다 비워진 것이 대부분이지만 반나마 남아있는 것들도 꽤 있었다. 명자는 술을 좋아하지 않았다. 술을 잘 마시지도 못하는 편이지만 그보다는 술에 취한 느낌이 싫었고 술에서 깨어날 때의 기분은 더 싫었다. 하지만 오늘은 한잔 하고 싶었다. 아침부터 종일 긴장에 긴장을 거듭했던 하루였다. 그녀는 맥주잔에 소주와 맥주를 반씩 채워 한꺼번에 쭉 들이켰다. 한 잔만으로도 취기가 올랐다. 명자는 또 한 잔을 비웠다. 나 어디야, 여보? 남편의 취한 목소리가 귓속을 맴돌았다. 명자는 취기 오른 눈으로 허공을 바라보며 중얼거렸다. 나 어디야, 지금? 자신이 살아온 삶이 눈앞에 죽 펼쳐졌다. 친구들은 가슴에 손수건을 달고 초등학교에 입학했던 게 엊그제 같다고 하는데 명자는 십 대는커녕 이십 대, 삼십 대의 자신도 너무 아득하게 느껴졌다. 너무도 아득해서 꼭 전생의 기억 같았다. 다시 어린 시절로 돌아가라고 하면 명자는 단호하게 싫다고 대답할 것 같았다. 열 번 스무 번을 반복해서 살아도 지금까지 살아온 것에서 한 걸음도 벗어나는 삶을 살지 못할 것 같았다. 그저 하루하루 부지런하게, 늘 숨이 턱에 걸린 것처럼 헉헉대며 살아온 삶이었다.

그런 그녀도 딱 한 번 미쳤던 적이 있었다. 대학교 1학년 때 '인디언 옥수수'라는 책을 읽고 나서였다. 북아메리카원주민의 삶의 방식을 소개한 책이었다. 사람에겐 누구에게나 그 사람의 자리와 물건이 있어서 추운 겨울밤에 한데서 잠을 자더라도 '자신의 자리'에서 '자신의 나뭇잎'을 찾아 배꼽을 덮고 자면 춥지 않게 밤을 날 수 있다는 식의 내용이었다. 그 책이 명자를 미치게 했다. 제대로 된 삶은 거기에 있는 것 같았고 자신이 살아온 인생이 허섭스레기를 목숨처럼 붙들고 늘어진 세월이었던 것처럼 느껴졌다. 제대로 된 삶을 찾아보고 싶었다. 명자는 학교를 떠나 꼬박 두 달간을 거리에서 살았다. 두 달 만에 자취방에 돌아오자마자 명자는 책장에서 책을 몽땅 꺼내서 거꾸로 꽂았다. 거리에서의 그 무섭고도 투명하던 밤들. 아, 나는 지금 어디에 있는 거지?

"어, 우리 엄마가 웬 일?"

명자는 고개를 들었다. 언제 왔는지 필래요와 재훈이 바로 앞에 있었다.

"같이 한잔 할래요?"

명자가 재훈에게 물었다. 재훈이 주방에서 잔과 안주를 챙겨왔다. 명자는 재훈의 잔에 소주를 따랐다. 필래요는 콜라를 마셨다. 한 시간 동안 세 사람 모두 앞에 놓인 잔만 비울 뿐 아무 말도 하지 않았다. 명자도 재훈도 꽤 취했다. 겨루가 식당문을 긁었다. 필래요가 겨루를 안고 들어왔다.

"오늘은 집에 가지 말고 필래요 방에서 자요. 필래요는 엄마랑 같이 자고."

재훈이 겨루를 데리고 별채로 갔다. 필래요는 하품을 하며 명자의 침실로 들어갔다. 명자는 식당에 남아 식탁보를 다 걷었다. 속이 메스꺼웠다. 명자는 정원에 나가 담배를 피웠다. 그나저나 남편은 무사히 집에 들어갔을까. 또 길거리에서 자고 있는 건 아닐까. 집밖인 줄도 모르고 안경과 지갑과 핸드폰을 나란히 보도블록에 내려놓고, 또 그렇게 잠든 건 아닐까. 한숨과 함께 연기가 길게 뿜어져 나왔다. 명자는 가로등 불빛 아래 번지는 연기를 쳐다보다가 별채를 향해 고개를 돌렸다. 새벽 한 시가 다 되어 가는데 별채에는 여전히 불이 켜져 있었다.

명자는 담배를 끄고 별채로 갔다. 재훈은 불도 끄지 않은 채 잠들어 있었다. 남의 침대에 눕는 게 미안했는지 홑이불만 대충 덮고 거실바닥에 누워 있었다. 명자는 베개를 가져다가 재훈의 머리에 받쳐주었다. 그리고 일어나려다가 명자는 도로 무릎을 꿇고 앉아 재훈의 얼굴을 들여다보았다. 저 이마…… 코…… 뺨…… 명자는 재훈의 얼굴을 향해 더 깊게 고개를 숙였다. 그 순간 그가 눈을 떴다. 그 눈에 어린 경멸을 명자는 분명히 읽어냈다. 이 아이는 다 알고 있었구나. 알면서 모르는 척했을 뿐이구나. 그가 얼굴을 찡그린 채 눈을 감았다. 그래, 너는 이제 서른밖에 안 된 청년이다. 인생에 어떤 허방이 있는지 아직 모르는 나이, 그래서 쉽게 누군가를 판단하고 경멸할 수도 있는 나이, 그리고 아직은 그게 죄가 되지 않을 나이.

명자는 딸꾹질을 하면서 고개를 들었다. 그리고 두 손으로 바닥을 짚고 몸을 일으키다가 피아노 밑에 쑤셔 박아놓은 검정색 비닐봉투를 발견했다. 온몸의 털이 곤두섰다. 진저리가 등줄기를 타고 내려갔다. 보지 않아도 명자는 그 안에 무엇이 들어있는지 알 것 같았다. 며칠 전부터 그녀를 내내 불안에 떨게 했던 그 어떤 불길한 예감이 집게손가락을 곧게 펴서 그 봉투를 가리켰다. 그녀는 비닐봉투를 들고 불을 끈 뒤 현관문을 열었다.

*

아까부터 필래요는 의자에 앉아 주전자의 밑바닥을 맹렬히 핥아대는 불꽃을 쳐다보고 있었다. 이상했다. 팔을 뻗고 딱 두 걸음만 걸어가면 불꽃을 만질 수 있는 거리에 앉아있는데도 그 불꽃과 자신이 한 공간에 있는 것 같지 않았다. 텔레비전 앞에 앉아 화면을 바라보고 있는 것 같았다. 김이 오르기 시작하면서 주전자에서 삐익, 하는 소리가 났다. 불을 꺼야 한다고 생각하면서도 그녀는 의자에서 일어날 수가 없었다. 곧 주전자가 콸콸 김을 뿜었다. 삑, 하는 소리도 견딜 수 없이 커졌다. 금방이라도 터질 것 같았다. 그런데도 그녀는 의자에서 몸을 일으킬 수 없었다. 주전자는 이제 아랫부분부터 까맣게 색이 변하기 시작했다. 그녀는 겨우 일어나 가스불을 껐다. 그리고 행주로 주전자 손잡이를 감싸 쥐고 개수대에 옮겨놓고는 물을 틀었다. 물이 닿자 치지

직 소리를 내며 주전자가 물방울을 튕겨냈다. 고작 그만큼 움직였을 뿐인데도 온몸에서 힘이 빠졌다. 그녀는 개수대 앞에 드러누웠다.

10분쯤 누워있었을까. 핸드폰에 맞춰놓은 알람이 울렸다. 새벽 네 시 반이었다. 필래요는 그대로 누워있었다. 아까 머리도 감고 샤워도 했으니 20분쯤은 여유가 있었다. 그녀는 눈을 감았다. 깜빡 잠이 들었다. 꿈에서 그녀는 새를 보았다. 단박에 그녀는 그 새가 아홉 살 겨울에 만난 새라는 걸 알아보았다. 10년 전, 그녀는 아파트 정원에서 죽어 얼어있는 새를 보았다. 가여워서 그녀는 새를 조심스럽게 가방에 넣어 집에 돌아왔다. 그리고 가장 아끼는 벨벳 원피스에 새를 감싼 뒤에 비어있던 책상 맨 아래서랍에 눕혀놓았다. 이틀도 지나지 않아 방에서 고약한 냄새가 나기 시작했다. 죽으면 썩는다는 걸, 진물이 나고 악취를 풍기게 된다는 걸 어린 필래요는 몰랐다. 그게 그녀가 처음으로 맞닥뜨린 죽음이었다. 꿈속에서 필래요는 새에게 물었다. 정말 너니? 새가 대답했다. 응, 나야. 난 다시 살아났어. 네가 날 살린 거야. 못 믿겠으면 이리 와서 내 날개에 손가락을 찔러봐. 옆구리에도 손을 넣어봐, 어서. 꿈에서 깨어났을 때 그녀는 흐느끼고 있었다.

눈물도 닦지 않은 채 그녀는 그대로 누워있었다. 눈물이 말라 얼굴이 팽팽히 당겨졌다. 또 알람이 울렸다. 다섯 시였다. 그녀는 자리에서 일어났다. 이제 어떻게든 하루를 시작해야 했다. 다시 세수를 하고 옷을 입었다. 그리고 현관으로 나오는데 신발장 앞에 벗어놓은 옷가지가 눈에 들어왔다. 그녀는 비에 젖은 옷을 장화가 들어있는 검은 비닐봉지에 집어넣었다. 옷에서 지린내가 진동했다. 옷을 입은 채 오줌을 쌌던 모양이지만 기억이 나지 않았다. 그녀는 비닐봉지 입구를 묶어서 피아노 밑에 깊숙이 밀어 넣었다.

그녀는 본채로 갔다. 몇 번 심호흡을 하고 식당 문을 열었다. 맛도 모른 채로 밥 한 그릇을 다 비우고 나오는데 엄마가 목수아저씨에게 갖다 주라며 미음이 든 죽통을 주었다. 필래요는 아저씨의 작업장에 들르지 않고 곧장 새집 공사현장으로 갔다. 현장에는 프레이머 두 사람이 와 있었다.

"이제 데크 다 깔고 포치 만들고 나면 집이 몰라보게 예뻐질 거예요. 마당에 나무 심고 잔디 깔면 더 예뻐질 거고."

안경의 말이었다. 필래요는 마당 구석에 시멘트 포대를 깔고 앉아 집을 바라보았다. 데크가 깔리고 포치가 달리고 마당에 잔디에 깔린 모습을 그려보려고 했지만 잘 되지 않았다.

"이리 와서 이것 좀 봐 봐요. 접때 미리 설명했던 대로 이 방부목으로 데크를 깔 거예요. 얇은 걸 많이 쓰는데 이왕 할 거 두툼한 걸 쓰는 게 좋아요. 수명은 물론이고 걸을 때 느낌도 많이 달라요."

"아, 네."

"안 받아 적어요?"

"네?"

"맨날 녹음도 하고 받아 적고 그러더니…… 오늘은 안 받아 적느냐고요? 책 안 쓰기로 했어요?"

그러고 보니 여태 공책도 안 꺼냈다. 필래요는 가방에서 공책을 꺼내 안경이 한 말을 요약해서 적었다.

점심시간이 되었다. 재훈이 밥을 날라 왔다. 다른 날 같으면 밥만 주고는 바로 돌아갔을 재훈이 오늘은 금방 자리를 뜨지 않고 필래요 곁을 맴돌았다.

"십자가 만드는 남자, 그이가 죽었다데?"

화장실에 다녀온다며 잠깐 바깥으로 나갔다가 들어온 쌍꺼풀의 말이었다.

"그냥 죽은 것도 아니고 십자가에 매달려서……"

필래요는 숟가락을 내던지다시피 내려놓고 목수아저씨의 작업장으로 달려갔다. 작업장 입구에 노란 폴리스라인이 둘러쳐져 있었다. 그녀는 사람들을 헤치고 폴리스라인까지 갔다. 그것을 두 손으로 잡고 작업장 안을 둘러보았다.

"완전 미친놈인 거지 뭘."

"예수 흉내 낸다고 머리까지 기르고."

"그나저나 남사스러워서 이거 원. 온 동네가 그 미친놈한테 홀딱 빠져서는 울고불고 그 지랄을 해댔으니."

"목장집 부부는 밤마다 그 미친놈한테 안수기도 받으러 다녔답디다."

"거기뿐만이 아니여. 기철이 할머니도 있고 거 누구냐……"

"근데 참 아무리 회까닥해도 그렇지, 어떻게 지가 예수라고, 미쳐도 어떻게 그렇게 미칠 수가 있지?"

"아, 아까 형사들 하는 말 못 들었어? 정신병원 가면 어디나 한 놈씩은 꼭 있다잖아. 내가 예수요 하는 놈이."

"그럼 어떤 미친놈이 옆에 있다가 너 같은 아들 둔 적 없다고 한다대."

갑자기 다리에서 힘이 풀렸다. 필래요는 그 자리에 무너지듯 주저앉았다. 사람들이 하는 말이 베이킹파우더처럼 머리를 마구 부풀게 했다. 갑자기 얼굴이 가려웠다. 그녀는 얼굴을 긁었다. 목이 가려웠다. 목을 긁었다. 환한 대낮에 보는 목수아저씨의 작업장은 대속의 역사가 이뤄진 현장이라고 보기엔 너무 쓸쓸하고 슬퍼 보였다. 비장함이나 엄숙함 같은 건 전혀 느낄 수가 없었다. 가려움이 온 몸으로 퍼져나갔다. 그녀는 손톱을 세워 가슴이며 팔뚝이며 허벅지며 손닿는 대로 긁어댔다. 누군가 필래요의 어깨에 손을 얹었다. 재훈이었다. 그가 그녀를 일으켜 세우더니 차로 데리고 갔다.

"집에 가자, 필래요."

재훈이 공사현장 앞에 차를 세우고 그녀의 가방을 갖고 오겠다고 했다. 필래요는 자기가 하겠다고 말하고 차에서 내렸다. 새집을 향해 걷는데 저도 모르게 무릎이 푹 꺾였다. 새집이 지금까지와는 다른 느낌으로 보였다. 이만큼 근사하게 지어졌구나 하는 뿌듯함이 아니라 정말 할아버지 집이 없어진 거구나 하는 상실감에 초점이 맞춰졌다. 할아버지와 필래요의 추억이 곳곳에 깃들어있는 집이 불타버렸다는…… 불타버린 건 집 그 자체만이 아니라는, 30년 된 젓가락과 40년 된 냄비와 쉰 살이 된 소쿠리, 그것들이 살아낸 세월까지도 함께 불타버린 거라는…… 그러므로 소쿠리와 냄비와 젓가락이 그 어두운 부엌에 갇혀 견뎌낸 30년 40년 50년이란 세월을 자신은 결코 알지 못하리라는, 그 세월의 끝에 닿아보지 못하리라는…….

그녀는 가방을 챙겨 차로 돌아왔다. 집에 도착했다. 주차장에서 별채까지 가는 동안 자꾸 다리가 꼬여 몇 번이나 잔디밭에 넘어졌다. 어젯밤 내린 비로 땅이 젖어 있어 온몸이 흙투성이가 되었다. 재훈이 달려와 그녀를 부축했다. 별채로 들어갔다. 필래요는 벽에 기대고 앉았다. 재훈이 수건에 물을 축여 옆에 놓아주고는 아무 말도 하지 않고 밖으로 나갔다.

필래요는 창문을 닫고 암막커튼까지 쳤다. 그리고 옷을 다 벗고 수건으로 대충 손과 팔뚝에 묻은 흙을 닦고 침대에 누웠다. 핸드폰으로 인터넷 기사를 검색했다. 목수아저씨에 대한 기사가 벌써 떠있었다. 이태완이 죽었을 때처럼 그의 죽음이 자살인지 타살인지 논쟁이 분분했다.

가슴이 답답했다. 그녀는 손에 닿는 대로 파자마에 티셔츠를 걸치고 정원으로 나가 새집에서 담배를 꺼냈다. 그리고 방에 돌아와 남아있는 여덟 개비를 연달아 피웠다. 술은 중학생 때부터 마셨지만 담배는 처음이었다. 속이 메슥거리면서 온몸에서 힘이 빠졌다. 그녀는 침대에 드러누웠다.

"자니?"

도어록 번호판 누르는 소리가 들리더니 엄마가 들어왔다. 필래요는 눈을 감은 채 꼼짝도 하지 않았다. 엄마가 필래요의 얼굴을 어루만지고는 창문을 조금 열어놓고 나갔다.

필래요는 이불을 뒤집어썼다. 자고 싶었다. 아무 생각도 하고 싶지 않았다. 그녀는 눈을 꾹 감았다. 아저씨가 그녀의 눈앞을 지나갔다. 아저씨가 온몸을 벌벌 떨고 있었다. 아저씨가 하늘을 쳐다보며 눈물을 쏟았다. 아저씨가 고개를 뒤로 젖히고 호탕하게 웃어댔다. 그녀는 튕겨나가듯 침대로부터 벗어났다. 아저씨로부터 놓여나려면 몸을 움직이는 수밖에 없을 것 같았다.

옷을 갈아입고 식당으로 갔다. 홀에는 빈자리가 하나도 없었다. 문 앞에 줄을 서서 자리가 나길 기다리는 사람들도 꽤 있었다. 그녀는 몇 시간 동안 계속 설거지를 했다. 밤늦게까지 손님들이 몰려들었다.

"바람 좀 쐬고 오자."

재훈이었다. 정원에 나가자는 말인 줄 알았는데 재훈은 엄마 차에 시동을 걸고 필래요를 기다리고 있었다. 그녀는 고무장화를 벗고 슬리퍼로 갈아 신은 뒤에 차에 올랐다. 재훈이 마을 동쪽에 있는 저수지 앞에 차를 세웠다. 지난 7년 동안 사람이 서른 명도 넘게 빠져 죽은 저수지였다.

"나 괜찮아. 내 걱정 안 해도 돼, 오빠."

"괜찮아야지 그럼."

필래요는 은행나무 앞으로 다가갔다. 나무 둥치에 손을 얹었다. 십자가를 쓰다듬던 목수아저씨의 모습이 떠올랐다. 그녀는 머리를 흔들었다.

"근데 오빠 어떻게 여기 오게 됐어?"

"죽으려고."

"죽으려고?"

"응. 근데 여기서 이틀 밤 자고 나니 그냥 살아야겠다는 생각이 들더라."

"응? 어떻게?"

"모르겠어. 그냥 그랬어."

"……"

"나처럼 죽으러 이 곳에 왔다가 오히려 살아갈 힘을 얻고 돌아간 사람들도 꽤 많을 거야. 죽음은 뒤집으면 생명인 거니까. 동전의 양면처럼."

바람이 시원했다. 필래요는 의자에 앉아 고개를 젖혔다. 나뭇가지 사이에 별이 박혀 있었다. 문득 자살자들의 지옥이 떠올랐다. 단테는 왜 하필 그 많은 것 중에서 자살자들이 나무가 된다고 상상했을까. 한 걸음도 움직이지 못하고 그 자리에 붙박인 채 견뎌야 해서? 꼼짝 못하고 견뎌내야 하는 그 모든 시간을 나이테로 몸에 다 새겨야 해서? 그녀는 눈을 감았다. 만약 그런 이유로 나무를 생각한 거라면 지금의 자신이 그 지옥의 나무 같았다. 눈을 감은 채 그녀는 머리를 흔들었다. 자고 싶었다. 이대로 눈을 감았다가 떴을 때 아침이 와 있으면 좋겠다는 생각이 들었다. 재훈이 저수지 앞까지 걸어가 담배 한 대를 피우고 돌아왔다.

"들어가자, 필래요."

재훈이 차문을 열었다. 필래요는 조수석에 앉아 재훈을 쳐다보았다.

갑자기 운전을 하고 싶단 생각이 들었다. 그러면 떠나고 싶을 때 언제든 쉽게 떠날 수 있을 것 같았다.

"좋지. 차를 운전할 때면 날개를 단 것 같은 기분이 들어. 운전 가르쳐 줄까?"

재훈이 룸미러로 필래요를 쳐다보며 웃었다.

집에 도착했다. 차를 세우고 필래요는 재훈과 함께 식당으로 들어갔다. 엄마가 홀에서 혼자 술을 마시고 있었다. 당혹스러웠다. 엄마는 술을 마시는 사람이 아니었다. 아무리 기억을 뒤져봐도 엄마가 술 마시는 모습을 본 적이 없었다. 게다가 엄마는 조금 취해 있었다.

"같이 한잔 할래요?"

엄마가 재훈에게 물었다. 필래요는 엄마의 맞은편에 앉았다. 재훈이 주방으로 가서 안주를 챙겨왔다. 엄마와 재훈은 소주를 마시고 필래요는 콜라를 마셨다. 셋 다 한 마디도 하지 않은 채 잔만 비웠다. 엄마가 양손으로 턱을 괸 채 술에 젖은 눈으로 필래요를 물끄러미 바라보았다. 그녀는 괜찮다고 말하고 싶었다. 아니, 곧 괜찮아질 거라고 말해주고 싶었다. 아빠가 자주 하던 말이 떠올랐다. 풀잎의 이슬도 뱀이 먹으면 독이 되고 벌이 먹으면 꿀이 된다고. 아빠는 말했다. 필래요, 세상 살면서 어떤 일을 겪게 될지 몰라. 우리 앞에 닥친 사건들을 다 꿀로 만드는 사람이 되어야 해. 모든 걸 꿀로 만들지는 못하더라도 적어도 독으로 만들지는 말아야지. 그게 아빠의 좌우명이라고 했다. 그런 좌우명을 갖고 사는 아빠가 엄마한테나 할머니한테나 하다못해 작은 아빠들한테까지 허구한 날 지청구를 듣는 게 어린 필래요는 참으로 의아했다. 그래서 물었다. 그럼 아빠는 뱀이야? 아빠는 얼른 딴청을 부렸다. 자기에게 불리하다 싶으면 못 들은 척해버리는 사람이 아빠였다. 아빠에게 물었던 것과 똑같은 질문을 필래요는 자신에게 던졌다.

필래요, 넌 뱀이니? 그녀는 속으로 아니, 하고 대답했다. 모든 게 곰삭을 만큼의 시간이 흐른 뒤엔 지금의 이 부대낌도 결국은 꿀이 되어 있을 거라고 그녀는 믿었다. 왜냐하면 내가 벌이니까. 내가 뱀이 아닌 벌이니까. 그녀는 콜라를 한 모금 삼켰다. 하지만 아저씨가 부활하지 못해도, 그냥 죽어버린 것으로 끝이어도, 그래도 나는 여전히 벌일 수 있을까.

식탁 위에 놓인 술병이 모두 비워졌다. 재훈이 냉장고에서 소주를 한 병 더 꺼내왔다. 식당에 걸린 괘종시계가 자정을 알렸다. 엄마가 느닷없이 크게 웃음을 터뜨렸다.

"필래요. 대학 다닐 때 내 별명이 뭐였는지 아니?"

"……"

"12시면 황급히 자리를 뜬다고 다들 순데렐라라고 불렀어, 나를."

엄마가 상체를 흔들며 깔깔거렸다.

"내가 순대를 좋아했거든. 순데렐라…… 되게 기발하지 않니? 응?"

엄마는 방만한 자세로 한참을 웃었다. 그러다가 엄마는 누군가 그만! 하고 외치기라도 한 것처럼 일순 웃음을 그쳤다.

"괜찮아…… 괜찮아, 필래요. 너무 애쓰지 마. 너무 애쓰고 살면 못써, 아가."

딸꾹질을 하며 엄마가 자작으로 잔을 채웠다.

7월 15일

주전자에서 김이 오르기 시작했다. 명자는 가스레인지 앞에 앉아 물이 끓기를 기다렸다.

기운이 없었다. 열흘 전 몸살로 된통 앓고 난 뒤 아직까지도 맥을 못 추고 있었다. 밥&잠을 시작하고 이렇게 앓아본 적은 처음이었다. 돌이켜 떠올려보는 것만으로도 숨이 찰만큼 아플 여유도 없이 살아낸 7년의 시간이었다.

물이 팔팔 끓었다. 그녀는 불을 끄고 머그잔에 뜨거운 물을 반나마 따랐다. 그리고 나머지는 찬물로 채웠다. 필래요가 가르쳐준 생숙탕이었다. 거창한 이름이 민망할 정도로 만드는 법은 매우 단순했다. 뜨거운 물 반, 찬물 반. 반드시 뜨거운 물부터 채울 것. 필래요는 생숙탕을 마신 지 벌써 3년이 다 되어간다고 했다. 만날 감기랑 소화불량을 달고 살았는데 이걸 마시고부터 속도 편하고 어디 아파본 적도 없어, 엄마. 아홉 살에 아빠와 헤어지고 열세 살부터는 엄마와도 떨어져 살아온 아이였다. 십 대에게 가장 와 닿지 않는 말 중 하나가 건강일 텐데 얼마나 자주 아팠으면 이런 자구책을 다 찾았을까. 필래요는 밥을 못 삼키는 엄마를 위해 찹쌀밥도 지어주었다. 뚝배기에 찹쌀을 안쳐 밥을 지은 뒤에 테두리에 참기름을 둘러 뜸을 들인 다음 간장에 비벼 먹는 거였는데, 입이 깔깔해서 아무 것도 먹을 수 없는 와중에도 그 밥은 희한하게 잘 넘어갔다.

컵을 씻어 선반에 엎어놓고 그녀는 다락방으로 올라갔다. 필래요가 집을 지으면서 가장 신경을 많이 쓴 공간이 다락방이었다. 경사 진 지붕 한쪽에 강화유리를 박아 하늘을 볼 수 있게끔 만들어놓았다. 집을 안내하는 내내 필래요는 들떠 보였다. 목수가 죽고 보름이 지났다. 필래요는 겉보기엔 아무렇지 않은 것 같았다. 그가 죽은 뒤로 필래요의 머릿속엔 오직 책 생각밖에 없는 것 같았다. 거의 매일 밤샘 작업을 하는 눈치였다. 그렇다고 낮에 자는 것 같지도 않았다. 초고는 다 되었다고 말한 게 지난주였는데 그때부터 필래요는 출판사를 섭외하러 다니기 시작했다. 배낭을 메고 집을 나서는 필래요를 볼 때마다 피아노 밑에 쑤셔 박혀 있던 검정 비닐봉투가 떠올랐다. 그 비닐봉투 안에 들어 있던 지린내 나던 피 묻은 옷가지들과 장화.

며칠 뒤에 명자는 필래요에게 단도직입적으로 물었다. 필래요는 아무렇지 않은 말투로 대답했다. 비를 좀 맞았거든…… 피는?…… 피라니? 필래요는 의아하다는 듯 눈을 동그랗게 떴다. 그래, 옷은 그럴 수 있다고 치자. 문제는 장화였다. 명자가 정말 뜨악하게 여겼던 건 장화였다. 그 봉투에 담겨있던 건 필래요의 것이 아닌 남자 장화였다. 그것도 논에 들어갈 때나 신을 법한 시커먼 고무장화. 그 장화에 대해서도 필래요는 모르쇠로 일관했다. 그게 거기 있었다고? 왜 거기 있었을까? 엄마가 잘못 본 거 아니야? 명자는 그걸 다 태워버리려다가 태우는 장면을 누가 볼 수도 있다는 생각에 새벽에 온양까지 나가서 쓰레기봉투 두 개에 나눠 버리고 장화는 재활용수거함에 넣었다.

필래요는 모기장 안에서 잠들어 있었다. 집이 완공된 뒤에도 필래요는 여전히 별채에 머물렀다. 할아버지 집이 불타기 전에 그랬던 것처럼 낮에만 새집에 가서 시간을 보냈다. 명자는 필래요의 잠든 모습을 가만히 내려다보았다. 두 손을 가슴에 모으고 자고 있는 모습이 영락없이 제 아빠였다. 남편은 늘 반듯하게 누워 두 손을 포개어 가슴에 얹고 잤다. 어젯밤 다락방에 나란히 누워 필래요는 불쑥 아빠에 관한 이야기를 꺼냈다. 따로 살게 된 이후로 필래요가 먼저 아빠 이야기를 한 건, 명자의 기억으론 처음이었다. 누워서 밤하늘을 보고 있으려니까 아빠랑 둘이 캠핑 갔을 때 생각이 나, 엄마. 야영지에 도착하자마자 텐트를 친 다음 물을 끓여 컵라면을 먹고는 첫 날은 온종일 잠만 잤다고 했다. 둘째 날엔 토종닭 한 마리를 큰 냄비에 안쳐 불에 올리고는 닭이 익는 동안 텐트 안을 뒹굴면서 책을 읽거나 음악을 들었다고. 그리고 점심이 지나 푹 고아진 닭을 뜯어먹고 텐트를 걷어 돌아오는 게 전부였다고.

"아빠는 맨손으론 닭을 못 만졌어. 닭을 씻을 때면 꼭 아기를 목욕시키는 것 같댔어. 그래서 할 수 없이 내가 닭을 씻었어. 아빠 말을 들은 뒤론 나도 어쩐지 기분이 그래서 고무장갑을 꼈어. 닭을 씻고 배에 찹쌀이랑 대추랑 마늘이랑 인삼을 넣고 다리를 가위표로 꼬아서는 냄비에 넣었어."

"……"

"엄마, 생각 나? 어릴 때 나 닭고기 못 먹었잖아. 닭고기만 먹으면 겨드랑이가 가렵다고. 막 날개가 돋을 것처럼."

명자는 빙긋 웃었다. 필래요가 날개가 돋을 것 같다고 하면 명자는 시큰둥한 목소리로 이렇게 말하곤 했다. 소고기 먹으면 음매음매 할 것 같진 않고? 명자는 필래요의 입에서 그 이야기가 나올 거라고 예상했다.

"진짜였어. 진짜…… 닭고기 먹기 싫어서 한 말이 아니라 진짜…… 정말로 날개가 돋을까봐 너무나 무서웠어. 엄마한테 언제가 이 말을 꼭 하고 싶었어."

필래요가 입을 다물었다. 느낌이 이상해서 옆을 돌아보니 필래요는 울고 있었다. 명자는 딸을 그냥 내버려두었다. 그녀가 나이 쉰이 되도록 여전히 모르는 것 중 하나가 우는 사람 곁에 어떤 모습으로 있어야 하는가 하는 거였다. 한참 시간이 흐른 뒤에 필래요가 다시 입을 열었다.

"꼭 닭백숙을 해먹으러 그 많은 짐을 챙겨서 밖으로 나간 사람들처럼, 정말 그것 말고는 별다르게 한 게 없어. 그런데도 지금까지의 내 삶에서 가장 평화로웠던 시간, 하면 그게 생각이 나, 엄마. 밖에선 아주 천천히 닭이 익어가고 텐트 안에선 베토벤이 흐르고……"

필래요가 또 입을 다물었다. 명자는 눈을 감았다. 머릿속으로 닭이 익고 있는 커다란 냄비가 그려졌다. 평화로웠다. 필래요 식으로 말을 해보자면 명자 그녀의 삶에서 가장 평화로웠던 시간, 하면 지금 이 순간이 떠오를 것 같았다. 딸과 함께 나란히 누워 닭이 익어가는 냄비를 그려보며 딸의 입에서 흘러나온 평화, 라는 낱말을 속으로 가만히 따라해 보는 이 시간이. 잠이 올 것 같았다. 막 잠으로 빠져드는 순간 필래요가 엄마, 하고 명자를 불렀다.

"어릴 때 있잖아, 난 혼자 있는 시간엔 주로 책을 읽었어. 나랑 아빠랑 텔레비전을 너무 많이 본다고 엄마가 리모콘을 아예 가방에 넣어가지고 다녔잖아. 물론 리모콘 없이도 아침 연속극은 다 챙겨 봤지만. 근데 엄마, 사람들은 왜 아이들 읽는 이야기를 그렇게 잔인하게 지어낼까."

필래요는 '세 가지 소원'이란 동화에 대해 말했다. 어떤 사람이 할머니랑 할아버지에게 소원 세 가지를 들어주겠다고 해. 그 말을 듣자마자 할아버지가 소시지를 실컷 먹고 싶다고 말해. 그러자 소시지가 산처럼 쌓여. 할머니는 화가 나. 소원으로 고작 소시지 따위를 말해버린 할아버지 때문에. 그래서 이 소시지, 저 영감 코에 몽땅 붙어버려라 하고 말해버려. 그러자 소시지들이 줄줄이 날아가서 정말로 할아버지 코에 붙어버리는 거야. 할 수 없이 할머니는 마지막 남은 소원카드로 할아버지의 코에 붙은 소시지를 떼어 줘.

"그 동화 읽고 마음이 막 힘들었어. 도대체 그 어린 아이들에게 무슨 대단한 교훈을 주겠다고 그런 잔인한 이야기를 다 지어냈을까."

그래, 저런 아이였지, 필래요는. 명자는 동화책을 읽어주는데 울음을 터뜨렸던 필래요를 떠올렸다. 동화책 제목은 잊었지만 필래요가 울어버린 대목은 생생하게 기억하고 있었다. '구두쟁이는 아무 잘못도

하지 않았는데 매일매일 가난해지기만 했습니다.' 그때가 필래요의 나이 여섯 살이었다. 남편은 필래요의 감수성이 워낙 남달라서 그런 거라고 했지만 명자는 그렇게 생각하지 않았다. 명자는 그날 처음으로 전생이란 게 있는 게 아닐까 하는 생각을 했다. 이미 한 번 살아본 사람이 아니라면, 이미 한 번은 인생이란 걸 다 겪어본 사람이 아니라면 어떻게 저 문장에 깔려있는 삶의 허방을, 삶의 허무를 정확히 짚어낼 수 있을까.

그 이야기를 끝으로 필래요는 말이 없었다. 명자는 필래요를 낳던 날을 생각했다. 오랜 진통 끝에 그녀는 결국 제왕절개 수술로 필래요를 낳았다. 얼마나 좋았는지 그녀는 거리로 뛰쳐나가 길 가는 아무나 붙잡고 나 딸 낳았다고 자랑하고 싶었다. 명자는 그 이야기를 딸에게 들려주고 싶었다. 그래서 작은 소리로 딸의 이름을 불렀지만 대답이 없었다. 필래요는 잠들어 있었다.

명자는 다락방을 내려왔다.

그녀는 집안을 돌아다니며 불을 다 켰다. 방 세 칸에 화장실 두 칸, 주방에 거실에 다용도실을 갖춘, 전형적인 30평 주택이었다. 집은 예뻤다. 벽돌은 물론 타일과 벽지까지 모두 필래요가 고른 것들이었다. 커튼이며 가구며 집안 곳곳에 아기자기하게 걸려 있는 소품 하나하나까지도 필래요가 선택한 것들이었다. 그래선지 명자에겐 이게 단순한 집 구경이 아니라 필래요의 마음속을 구석구석 둘러보는 것 같았다.

생숙탕을 한 잔 더 마시고 그녀는 불을 껐다. 벌써 일곱 시였다. 재훈과 오 씨가 아침장사 준비를 다 해뒀겠지만 그래도 서둘러야 했다. 얼마나 많은 사람들이 잠자는 숲을 찾아오는지 피터팬은 반 년 동안 번 돈보다 지난 한 달간 번 돈이 더 많다고 좋아했다. 명자도 그랬다. 처음엔 돈 세는 게 그렇게 좋더니 지금은 너무 피곤한 날엔 돈을 담요에 둘둘 말아 장롱에 처박아놓고 잠들기도 했다. 오늘부터 1주일간은 사람들이 몰려들어오는 정도를 넘어 쏟아져 들어올 것이다. 1주일 뒤가 김은수의 7주기였다. 명자는 밥&잠 전체를 김은수 추모관으로 꾸밀 생각이었다. 이미 김은수의 사진을 박은 기념품들은 다 준비해놓은 상태였다.

집을 나섰다. 안개가 짙게 깔려 있었다. 차에 오르려다가 명자는 집을 돌아보았다.

집에 불이 나고 며칠 뒤 새벽에 그녀는 셔벗 같은 봄눈을 밟고 혼자 이 곳을 찾았다. 그 새벽 그녀는 대문을 짚고 서서 20년 전에 보았던 영화 '길버트 그레이프'의 한 장면을 떠올렸다. 엄마가 숨을 거두자 길버트는 집에 불을 질러 엄마를 화장해버린다. 죽어서까지도 엄마가 그 거대한 몸집 때문에 사람들의 구경거리가 되는 게 싫기 때문이었다.

길버트처럼 자신이 의도해서 집에 불을 지른 건 아니었지만 그녀에겐 그것이 단순한 화재가 아니라 일종의 장례처럼 느껴졌다. 그녀의 유년기엔 거대한 엄마의 시체처럼 밖으로 꺼내놓고 싶지 않은 뭔가가 분명히 있었다. 절제와 인내와 순종과 침묵, 그걸 야금야금 주워 먹고 자란 괴물. 조용하고 어두웠던 집. 너무나 길었던 식사기도. 늘 엎드려 기도하느라 말발굽처럼 변해버린 아버지의 무릎. 아버지와 어머니는 서로를 부르는 호칭도 여보가 아니라 목사님과 사모님이었다. 열 살 때였던가, 명자는 안방 문을 열었다가 어머니를 짓밟고 있는 아버지를 보았다. 발길질을 하는 사람도 당하는 사람도 입을 앙다문 채 신음소리 하나 흘리지 않고 있었다.

어머니는 조용한 사람이었다. 어머니를 폭발하게 하는 건 명자의 울음밖에 없었다. 명자가 울면 그 조용하던 어머니가 갑자기 사납게 눈을 부릅떴다. 그리고 늘 같은 말을 했다. 셋 셀 동안 웃어! 울다가 웃어야 할 때, 그 때의 굴욕감이란. 명자가 울 때를 제외하고 어머니가 노여운 얼굴을 보인 적은 꼭 한번뿐이었다. 어머니가 몹쓸 병에 걸린 뒤였다. 병은 죄로 인한 형벌입니다. 병은 하나님이 진노하셔서 내린 형벌입니다. 어머니는 오랜 투병으로 퀭해진 눈을 부릅뜬 채 성의를 입고 강대상에 서서 설교하는 아버지를 쳐다보았다. 설교가 끝나고 기도할 때도 어머니는 눈을 감지 않았다. 찬송도 부르지 않았다. 예배가 끝날 때까지 어머니는 온몸을 부들부들 떨며 아버지를 쳐다보기만 했다. 어머니는 눈을 감기 전 명자에게 절대로 목사 사모는 되지 말라는 유언을 남겼다. 그건 어머니의 인생을 스스로 송두리째 부정하는 말이었다. 이게 그녀의 유년이었다. 그래서 아버지가 어린 필래요에게 천국에 가면 다 좋은데 권투시합이 없어서 심심할 것 같다는 농담을 할 때 명자는 참기 어려운 분노를 느꼈다.

그래도 그 모든 걸 담요처럼 덮고 있는 삽화가 하나 있었다. 어머니 아버지는 시간을 낭비하는 걸 병적으로 싫어했다. 두 사람 모두 연속극을 좋아하면서도 따로 시간을 할애해서 텔레비전 앞에 앉아 있다는 건 목사와 사모로서 있을 수 없는 일로 여겼다. 그래서 생각한 방법이 아침 연속극 시간에 맞춰 아침밥을 먹는 거였다. 에구, 순이 불쌍해서 어쩔까…… 괜찮을 거야…… 하긴 나쁜 끝은 없어도 선한 끝은 있다니까요…… 그나저나 순이 엄마도 참 안 됐네. 착한 사람이 저렇게 힘들게 살면 안 되는 건데……. 순이는 연속극 주인공 이름이었다. 어머니와 아버지는 순이와 순이 엄마가 가까이에 사는 이웃이라도 되는 것처럼 그 모녀의 불행을 가슴 아파했다. 언제 떠올려도 빙긋 웃음이 지어지는 장면이었다.

필래요가 기억하는 유년은 어떤 것일까. 좋은 것, 행복한 순간들로만 그 시간이 온전히 채워져 있을 수는 없겠지만 어떤 나쁜 것도 마음만 먹는다면 긍정적인 에너지로 전환할 수 있는 힘이 필래요에겐 있었다. 멀쩡하던 맹장을 하룻밤 만에 고름투성이로 만들어버릴 수도 있는 아이가 필래요니까.

그녀는 차문을 닫았다. 그리고 액셀에 발을 얹었다. 골목을 빠져나와 과수원을 끼고 좌회전을 했다. 겨루가 보였다. 누군가를 기다리듯 숲 입구에 가만히 앉아있는 개의 모습이 백미러에 담겼다.

*

엄마가 다락방을 내려갔다. 필래요는 눈을 감은 채로 엄마가 만들어내는 소리를 들었다. 나무 계단 삐걱대는 소리, 가만히 문 여닫는 소리, 디지털도어록이 자동으로 잠기는 소리. 그녀는 자동차가 떠나는 소리를 듣고도 한참을 더 누워있었다.

잠깐 잠이라도 들었던 걸까. 전화벨 울리는 소리에 그녀는 깜짝 놀라 벌떡 일어나 앉았다.

"내가 너무 일찍 전화했구나."

하숙집 아주머니였다.

"아, 아니에요. 막 일어나던 참이었어요."

"다른 게 아니라 필래요. 창고 치우다가 네 악보를 찾았어. 다섯 권이나 되더라. 너한테 보내고 싶어서."

"아……"

"주소 좀 불러줘."

"……주소요?"

"너 예중 준비할 때 만든 거더라. 왜 그거 있잖아. 악보 복사해서 음악공책에 붙인 거."

"아, 네. 주소는 제가 문자로 보내드릴게요."

"그래, 그게 좋겠다."

"아주머닌 별 일 없으시죠?"

"참 빨리도 물어본다. 이제 잠 깼니?"

대답 대신 필래요는 빙긋 웃었다.

"넌…… 너도 잘 지내고 있는 거지, 필래요?"

필래요는 얼른 대답하지 못했다. 어떻게 지내야 잘 지낸다고 말할 수 있는 거지?

"여전히 하이디처럼?"

아주머니의 목소리가 높아졌다. 필래요는 이번에도 대답하지 못했다.

"여보세요?"

"네."

"말이 없어서 얘, 전화 끊은 줄 알았잖니."

"그게 아니라……"

"필래요."

"네?"

"한 번 안 올래?"

"……"

"있잖니, 작년부터 자꾸 눈물이 나서…… 슬퍼서가 아니라 햇빛 보거나 바람 맞거나 하면 자꾸 눈물이 나는 거야. 그래서 안과를 갔는데…… 노화래. 눈물샘 문제가 아니고 늙어서 그런 거래. 시간이 갈수록 점점 더 심해질 거래."

"아……"

"나, 필래요, 하숙 그만 치려고."

"그럼……"

"그냥 좀 쉬려고. 남들처럼 여행도 다녀보고…… 영화도 보고…… 그냥 좀 그렇게 살아보려고, 나도."

"……"

"며칠 전에 복덕방에 내놨는데 벌써 두 사람이 보고 갔어. 생각보다 빨리 정리가 될 것 같네."

"……"

"있잖니, 필래요. 네가 한 번 다녀가면 좋겠어."

기다리겠다는 말을 끝으로 아주머니는 전화를 끊었다. 필래요는 전화를 끊고도 핸드폰을 손에서 내려놓지 못했다. 자리에 누워 눈을 감았다. 아무 생각도 들지 않았다. 서운하다거나 아쉽다는 생각도 들지 않았다. 다만 드럼세탁기 앞에 앉아있던 아주머니 모습만 정지화면에 걸린 한 컷의 영상처럼 오래 눈앞을 떠나지 않았다. 천천히 도는 세탁조 앞에 쪼그리고 앉아 하염없이 그 안을 들여다보던 아주머니. 어느 순간 아주머니의 모습도 지워지고 머릿속에 남은 건 하얗게 비누거품을 내며 빙빙 도는 세탁조뿐이었다. 바다 밑바닥에 가라앉은 채 영원히 돈다는 옛날이야기 속의 맷돌처럼 이제 세탁조는 그녀의 마음 한 구석에서 멈추지 않고 영원히 윙 소리를 내며 돌 것 같았다. 그녀는 눈을 떴다. 목수아저씨가 눈앞에 있었다. 눈을 감았다. 다시 눈을 떴을 때 아저씨는 없었다.

필래요는 다락방을 내려갔다. 집을 짓는 데 정확히 50일이 걸렸다. 집을 지을 결심을 한 날부터 지금까지 그녀는 단 하루도 충분히 잠을 자본 적이 없었다. 공사를 시작하면서부터는 새벽부터 저녁까지 아예 공사현장에서 살다시피 했다. 작업을 마치면 집에 돌아와서 일지를 썼다. 그러다보면 자정을 넘기기 일쑤였다. 목수아저씨를 만난 뒤로는 집에 돌아오는 시간이 한두 시간씩 늦어졌기 때문에 할 일을 다 마치면 새벽 두세 시는 예사였다. 아예 침대에 누워보지도 못하는 날도 있었다. 그래도 피곤한 줄 몰랐다. 하루가 다르게 완성되어 가는 집을 보는 일보다 재미있는 게 세상에 또 있을까 싶도록 그녀는 집 짓는 일에 흠뻑 빠졌다. 책 쓰기도 더하면 더했지 그에 못지않게 재미있었다. 몇날며칠 죽어라고 연습해도 테크닉 하나 내 것으로 체득하기 쉽지 않은 피아노와 비교하면 집짓기도 책 쓰기도 노력에 비해 보상이 어마어마하게 크다는 공통점을 갖고 있었다. 피아노가 5나 6만큼 노력했을 때 1을 내놓는다면 집짓기나 책 쓰기는 1만큼 노력해도 5나 6으로 보답하는 작업이었다. 세상에 이런 게 다 있다니. 아니, 이런 세상도 있었다니. 오직 피아노밖에 없는 줄 알고 살아온 게 억울할 정도였다.

그리고 이제 집이 다 지어졌다. 그녀가 기대했던 것보다 훨씬 근사한 집이었다. 내부까지도 다 그녀의 취향대로 꾸몄다. 그녀는 분홍빛이 도는 집을 좋아했다. 아기자기하면서도 따뜻해 보이는 집, 그래서 아무 데나 누워도 금방 잠이 올 것 같은 집. 그리고 하늘을 바라보며 잠들 수 있는 다락방도 있었다. 그녀가 꿈꾸던 집이었다. 이 집에 있는 한 더는 집에 가고 싶다는 생각을 하지 않을 수 있을 것 같았다.

그런데 이상했다. 하나도 기쁘지 않았다. 조금도 만족스럽지 않았다. 처음엔 너무 감격스러워서 얼떨떨해진 탓이려니 하고 생각했다. 하지만 그게 아니었다. 하루 이틀 시간이 흘러도 마찬가지였다. 집을 다 짓고 닷새째 되는 날엔가는 거실을 서성이며 집에 가고 싶다고 중얼거리고 있는 자신을 발견했다. 필래요는 낙담했다. 도대체 집이 뭐니? 이것도 집이 아니면 도대체 그 놈의 집이 뭐냐고! 그 자리에 철퍼덕 주저앉아 필래요는 소리를 질렀다. 그 소리는 집을 한 바퀴 돌고 고스란히 그녀의 귀로 되돌아왔다. 그 순간 그녀는 파국이 다가오고 있음을 직감했다. 두려웠다. 딴 생각이 들지 못하도록 그녀는 밤이면 불을 환하게 켜고 책 쓰기에 열을 올렸다. 하지만 그러면 그럴수록 내부에서 뭔가가 빠져나갔다. 그 빈자리를 비집고 들어온 건 피아노 소리였다. 팔다리에서 힘이 쑥 빠졌다. 결국 나는, 필래요는 생각했다, 피아노밖에 없다는 확인하기 위해, 나에게서 피아노를 빼면 아무 것도 남지 않는다는 걸 확인하기 위해 그토록 공들여 집을 지은 걸까.

거실 한복판에 서서 그녀는 창 앞에 놓인 의자를 바라보았다. 등받이가 높고 바퀴가 다섯 개 달린 할아버지의 의자였다. 넉 달 전에 난 화재의 흔적이 의자에도 남았지만 검댕을 닦아내고 몇 군데에 청 테이프를 바르고 나니 그런대로 쓸 만했다. 그녀는 의자에 앉았다. 아주 어릴 때 할아버지 의자에 앉아있으면 이따금 아주 묘한 느낌에 사로잡히면서 눈앞이 새카매지고 속이 울렁거릴 때가 있었다. 그게 뭔지 깨달은 건 할아버지 장례식장에서였다. 할아버지를 염하는 장면을 어른들 몰래 훔쳐보면서 할아버지 의자에 앉아서 느꼈던 게 바로 이런 순간이란 걸 그녀는 깨달았다. 그러니까 삶의 끝을 미리 보고 있는 것 같은 느낌. 그녀는 아주 어릴 때처럼 의자에 앉은 채 두 다리를 위로 끌어당겼다. 오늘이 그날이었다. 눈앞이 새카매지고 속이 울렁거리는 채로 바라보았던 그날, 집이 완공된 날부터 저도 모르게 수없이 시뮬레이션을 해보았던 그날이 바로 오늘이었다. 더 미뤄야할 이유가 없었다. 미룬다고 달라질 건 없었다.

가방을 메고 대문을 나섰다. 시뮬레이션에서 늘 그랬듯 첫 번째 행선지는 재훈의 집이었다. 언덕을 넘어 그의 집에 도착했다. 재훈이 겨루를 데리고 출근한 뒤라 집은 비어있었다. 그녀는 마루에 걸터앉아 수첩을 꺼냈다. 수첩은 면도날을 끼워놓은 탓에 자동적으로 8월 둘째 주에 펼쳐졌다. 글쎄, 슬픔처럼 상스러운 게 또 있을까. 그녀는 가만히 그 문장을 내려다보다가 고개를 끄덕거렸다. 이제야 슬픔을 성스러운 게 아니라 상스럽다고 말한 시인의 마음을 알 것 같았다. 슬픔은 상스러운 게 맞았다. 다 채우지 못해서, 다 갖지 못해서, 다 이루지 못해서 슬픈 거니까. 그렇게 말하기 싫어서 존재가 어떻고 본질이 어떻고 하면서 온갖 말로 덮어놓았을 뿐이지 그 포장지를 다 벗겨내면 남는 건 결국 그거니까. 그러므로 슬픔은 상스러운 게 맞다. 상스러운 걸 넘어 천박한 게 맞다. 그녀는 신발을 벗고 마루로 올라갔다. 방문이 잠겨 있었다. 그 앞에 수첩을 내려놓을까 하다가 필래요는 도로 신발을 신고 마당을 돌아갔다. 그리고 창틀 사이로 손을 넣고 창문을 열고 수첩을 안쪽으로 밀어 넣었다. 수첩이 바닥으로 떨어지는 소리가 들렸다.

다시 언덕을 넘었다. 재훈의 집으로 갈 땐 내리막이었던 길이 지금은 오르막길이 되었다. 이런 것에 일일이 교훈을 얻으려고 하던 때가 있었다는 게 우습기도 하고 슬프기도 했다. 애쓰며 살지 말라던 엄마의 말이 떠올랐다. 그렇게 애쓰고 살면 못 써, 아가. 필래요는 엄마에게 묻고 싶었다. 어떻게 해야 다르게 살 수 있는 거냐고. 다 그렇게밖에 살 수 없기 때문에 그렇게 살아온 거고 그렇게 살고 있는 게 아니냐고. 목수아저씨도 그렇게 살 수밖에 없었던 거 아니겠느냐고.

그녀는 밥&잠으로 갔다. 정원을 가로질러 바로 별채로 들어갔다. 고작 어제 하루를 비웠을 뿐인데 그 공간이 굉장히 낯설게 느껴졌다.

등 뒤에서 문이 닫혔다. 피아노가 그녀 앞에 있었다. 뚜껑을 열고 의자에 앉았다. 누를 때 건반이 밑바닥까지 닿는 느낌이 손끝에 고스란히 전해지는 피아노를 그녀는 좋아했다. 이게 그런 피아노였다. 엄마가 예중 입학선물로 사준 스타인웨이. 그녀가 세상에 태어나서 만나본 피아노 중에 가장 좋은 피아노. 그녀는 두 손을 건반 위에 올렸다. 목수아저씨가 손을 위해 안수기도를 해준 뒤 필래요는 몇 번을 피아노 앞에 앉았었다. 그 지독하던 가위눌림을 단 한 번으로 싹 날려버릴 정도의 위력을 가진 기도라면 손을 낫게 하는 것도 충분히 가능하지 않을까 싶었다. 하지만 손은 그대로였다. 식탁이나 마룻바닥에선 정상적으로 움직이는 손이 여전히 피아노 건반에서만 말을 듣지 않고 제 멋대로 뒤틀렸다. 필래요는 소리를 작게 하기 위해 시프트 페달을 밟고 드뷔시의 '달빛'을 쳐보았다. 하나도 달라진 게 없었다. 그녀는 손을 건반에서 내렸다. 어젯밤 엄마에게 '세 가지 소원'이란 동화에 대해 말했을 때 그녀가 속으로 생각했던 건 피아노였다. 들어오기만 하면 세상을 다 줄 것처럼 손짓을 해놓고는, 다른 것에 한눈 한 번 팔지 못하게 해놓고는, 결국 아무 것도 없이 빈손으로 문밖으로 그녀를 내쫓아버린……. 노부부에겐 그래도 소시지라도 남았지만 그녀에게 남은 건 포컬 디스토니아 뿐이었다.

별채를 나왔다. 그녀는 정원에 서서 유리창 너머로 엄마와 재훈을 한참 쳐다보다가 그대로 밥&잠을 나왔다. 시뮬레이션대로라면 식당에 들어가 밥을 먹고 목수아저씨의 작업장에 가야하지만 그게 무슨 의미가 있을까 싶었다. 그녀는 새집을 향해 걸었다. 어릴 때 생각이 났다. 어젯밤 다락방에 올라와 모기장 속에 눕자마자 엄마는 네가 서너 살쯤 되었을 때, 하는 말로 유년의 삽화 하나를 끄집어냈다. 도깨비시장 앞에 있는 아파트에 살 때였어. 아파트 동과 동 사이에 유난히 바람이 세게 부는 바람길이 있었는데, 거길 지날 때마다 네가 엄마 등에 업힌 채로 마구 발길질을 하면서 바람한테 소리를 지르는 거야. 바람 너 저리 안 가! 바람 너 당장 저리 안 가! 이러면서. 그저께는 아빠와 전화통화를 하는데 새집에 대해 이런저런 이야기를 하던 끝에 아빠도 어린 필래요에 대한 기억 한 토막을 꺼내놓았다. 아빠 손은 약손 필래요 손은 똥배 하면서 네 배를 문질러주는데 네가 막 울더라. 그래서 혹시나 싶어서 아빠 손은 약손 필래요 배는 공주배 이렇게 말을 바꿔봤지. 그러니까 그제야 네가 활짝 웃어. 거기까지 말하고 잠깐 웃은 뒤에 아빠는 저, 필래요, 하고 머뭇대며 그녀를 불렀다. 앞으로 아빠한테 잘하려고 하지 마. 안 그래도 돼. 널 키우는 동안 난 아빠로서 누릴 행복을 그때 다 누렸어. 넌 자식이 부모에게 줄 수 있는 기쁨과 행복을 그때 이미 넘치게 주었어. 알았지, 필래요?

새집에 도착했다. 그녀는 더 미루지 않기로 했다. 가방을 열고 헤드폰 상자를 꺼냈다. 그녀는 상자 위에 포스트잇을 붙였다.

– 아빠에게

아빠와 함께 비 맞던 날이 떠올랐다. 그녀는 문득 자신의 생애 가장 아름다웠던 날이 비를 맞던 그 순간이라는 걸 알았다. 거실 창 앞에 서서 쏟아지는 비를 쳐다보고 있는데 아빠가 말했다. 필래요, 나가서 비 맞을까? 아빠와 필래요는 세탁바구니 안에 있는 빨래를 뒤져 옷을 갈아입고 바깥으로 나가 비를 맞았다. 두 사람은 깔깔대며 아파트 단지를 뛰어다녔다. 그녀의 몸을 이룬 모든 세포가 하나도 빠짐없이 기쁨에 충만해서 깔깔 웃어댔다. 다음으로 떠오른 건 할아버지의 부엌이었다. 예배를 집전하듯 경건한 모습으로 국수를 삶던 할아버지. 필래요, 이 나무젓가락은 이제 서른 살이 되었구나. 이 냄비는 어느덧 마흔이구나. 마지막으로 엄마의 얼굴이 보였다. 얼른 떠오르는 기억이 없었다. 엄마에게 미안했다. 필래요를 위해 모든 걸 내어준 사람은 엄마였다. 그런데 가장 환한 기억 속에는 엄마가 없었다.

아무에게도 상처를 주지 않고 떠날 수 있다면 얼마나 좋을까. 그녀는 소파 밑으로 손을 넣어서 노끈뭉치를 꺼냈다. 노끈을 2미터 길이로 서른 개를 잘랐다. 집이 완공되는 순간 그녀는 자신이 이 순간을 피해 갈 수 없다는 이미 알고 있었다는 생각이 들었다. 노끈 서른 겹을 겹쳐

머리를 땋듯 꼬기 시작했다. 중학교 1학년 때가 생각났다. 피아노가 지겨워서 학교에 가기 싫었던 때가 있었다. 엄마에게 어떻게 하면 한 동안 학교를 빠질 수 있느냐고 물었다. 맹장염에 걸리거나 교통사고가 나면 안 가도 되겠지, 엄마는 대수롭지 않은 말투로 대답했다. 필래요는 인터넷으로 맹장염에 대해 검색했다. 그리고 밖에 나가 레모네이드 두 병을 사고 모레와 자갈을 비닐봉지에 담아 방으로 들어왔다. 심호흡을 한 번 하고 그녀는 모레와 자갈을 다섯 주먹이나 삼켰다. 다음 날 그녀는 바로 급성맹장염으로 수술을 받았다. 그녀는 이 얘기를 아무에게도 하지 않았다. 엄마에게는 물론 목수아저씨에게도 말하지 않았다. 필래요는 계단으로 올라가 난간 중간쯤에 줄을 묶었다. 다리가 떨렸다. 그녀는 그때처럼 심호흡을 했다. 난 할 수 있어. 마음먹으면 모레뿐만 아니라 자갈까지도 삼켜버릴 수 있는 사람이 나야.

이제 모든 준비는 끝났다. 그녀는 계단을 내려왔다. 그리고 계단 바로 아래 놓아둔 의자를 밟고 올라섰다. 그녀의 눈앞에서 줄이 동그라미를 그리고 있었다. 동그라미 저편에서 아빠가 필래요, 하고 그녀를 불렀다. 엄마가 필래요, 하고 그녀를 불렀다. 그녀는 작은 목소리로 응, 하고 대답했다. 이름을 따라잡느라 헉헉대며 살아왔던 삶이었다. 그녀는 빙긋 웃었다. 담배 필래요, 바람 필래요, 그런 필래요가 아니라 꽃 필래요 할 때 그 필래요라구요. 필래요는 눈을 감았다. 눈앞으로 안개가 차올랐다. 그녀가 태어나던 날 이 세상을 꽉 채웠다는 그 짙은 안개가 동그라미 저편에 마중 나와 있었다. 그녀는 동그라미 속에 얼굴을 집어넣었다. 그리고 줄이 목을 조여 오는 순간 발로 차서 의자를 쓰러뜨렸다.

3

8월 16일

"비수기가 점점 길어지네. 나 여기 처음 왔을 때만 해도 여름 한 달만 비수기였는데 이젠 뭐 1년의 절반이 비수기네. 봐라, 지금도 손님보다 직원이 더 많다."

수진은 머그잔 두 개에 물을 붓고 녹차 티백을 하나씩 넣었다. 승혜 말마따나 손님은 없고 매장마다 빨간 셔츠에 명찰을 단 직원들뿐이었다. 길고 긴 여름비수기였다. 여름 석 달 동안은 매출이 거의 없어 직원들 월급 주려면 본사에서 받는 수수료에 돈을 더 보태야 했다. 그나마 수진의 매장은 매출이 나오는 편이라 직원이라도 두고 일을 할 수 있지만 그렇지 않은 매장은 매니저 혼자 거의 매일 열두 시간씩 근무하는 경우도 허다했다.

"인건비라도 줄여야 매니저들 먹고 살 텐데…… 영업시간 단축이니 뭐니 다 물 건너갔으니."

승혜가 투덜거렸다. 토리 매니저의 죽음을 헛되게 하지 말자며 단체

행동을 결의한 게 한 달 전이었다. 요구사항은 세 가지였다. 매니저들이 쇼핑몰에 소속되어 있는 직원임을 명문화하기. 폐점시간을 열 시에서 아홉 시로 한 시간씩 앞당기기. 1년에 이틀, 설날과 추석은 쇼핑몰 전체 문 닫기. 이번엔 먼젓번처럼 서명을 하는 대신 오픈 시간에 매일 30분씩 머리에 띠를 두르고 쇼핑몰 입구에 나란히 서 있기로 했다. 부담을 느낀 사측에서 면담요청을 해오면 그때 과장이나 팀장 말고 직접 대표와 만나 담판을 짓자는 전략이었다. 결론만 말하자면 아무 것도 이뤄진 게 없었다. 구호를 적은 빨간 띠까지 맞췄지만 제대로 머리에 둘러보지도 못한 채 끝나고 말았다. 단체행동을 눈치 챈 사측에서 대대적인 엠디개편안을 들고 나왔기 때문이었다. 엠디개편이란 매장을 다른 위치로 이동하는 것을 말하는데, 위치에 따라 매출 차이도 크게 나는데다 새로 매장을 만들 때 드는 비용의 상당 부분은 결국 매니저 부담이었다. 밉보여서 매장을 구석자리로 옮기게 되는 상황을 대수롭지 않게 받아들일 수 있는 매니저는 없었다.

"들어 가. 손님도 없는데 둘이나 있을 게 뭐 있어. 이럴 때 여행이라도 좀 다녀오든가."

여행? 구화를 하는 사람처럼 수진은 승혜의 입을 빤히 쳐다보았다. 이따금 며칠씩 어디론가 떠나보긴 했지만 그걸 여행이라고 여겨본 적은 없었다. 비 내리는 운동장이 떠올랐다. 운동장을 딱 반으로 가른 것처럼 반쪽에는 해가 떴는데 반쪽에는 비가 쏟아지던 그 운동장. 어린 수진은 혼자 비를 맞으며 해가 쨍쨍한 쪽을 쳐다보았었다. 수진은 평생 그 운동장을 벗어나본 적이 없었다. 여행은 해가 뜬 그 반쪽에 속하는 낱말이었다.

그녀는 자기와 함께 비를 맞아준 사람들을 꼽아보았다. 여자가 떠올랐다. 호영이 남긴 물건을 주겠다고 수진을 찾아왔던 여자. 또 연락해도 되냐고 묻던 여자. 이어서 남자가 떠올랐다. 십자가를 만드는 남자. 그 남자가 죽었다. 남자는 가시관을 쓰고 흰 속옷을 입고 예수처럼 십자가에 매달려 죽었다고 했다. 인터넷 기사 속의 '의문의 십자가 사내'는 10년 전 동생으로부터 간의 일부를 이식받았는데 동생이 수술후유증으로 죽고 나자 죄책감으로 힘들어하다가 망상증 환자가 되었다고 했다.

수진은 남자를 이해할 수 있었다. 오랜 세월 동안 남자도 그 운동장에서 수진과 함께 비를 맞고 있었던 거였다. 그래서 수진을 보자마자 그녀의 마음을 읽어내고 여자여, 당신 잘못이 아닙니다, 라고 말해줄 수 있었던 거였다. 그건 남자가 자기 자신에게 수도 없이, 하루에도 수십 번 수백 번씩 건넸던 말이란 것도 그녀는 알았다. 수진은 매일 인터넷을 뒤져 남자에 대해 새로운 기사가 올라온 게 있는지 확인했다. 검찰과 경찰은 타살 가능성이 매우 높다는 입장이었다. 수진은 자살이라고 확신했다. 무시무시하게 비가 쏟아지던 저녁, 그 식탁에 함께 둘러앉았던 사람이라면 누구라도 자신과 같은 생각일 것이었다.

남자가 죽은 날로부터 두 달가량이 지난 어제, 남자의 죽음에 관한 새로운 기사가 떴다. 십자가 사망 당시를 재현해본 결과 경찰은 남자의 죽음을 단독자살인 것으로 잠정결론 내렸다고 했다. 수진은 남자가 그녀를 대신해서 십자가에 매달린 거라고 생각했다. 그냥 그런 생각이 들었다. 아무 근거도 없으면서도 그 생각은 그녀의 안에서 확신으로 굳어있었다. 그 밤 남자는 수진에게 당신은 구원 받았습니다, 라고 말했다. 구원 받을 거라고 말한 게 아니라 구원 받았다고, 과거형으로 말했다. 그때 이미 남자는 수진을 대신해서 죽을 것을 결심했던 것은 아닐까.

"어, 저 아이……"

승혜가 머그잔을 계산대에 내려놓고 의자에서 일어났다. 그 아이다. 분홍색 구두에 공주풍의 여자아이 옷만 입는, 일곱 살 난 남자아이. 수진도 일어났다. 오늘도 아이는 큼지막한 리본이 달린 분홍색 구두를 신고 있었다.

"원피스 좀 보려고요."

아이의 아빠가 말했다. 승혜가 원피스 코너로 가족을 안내했다.

"이거 예쁘다."

엄마가 앞섶에 스팽글이 잔뜩 달린 보라색 원피스를 가리켰다. 아이가 활짝 웃으며 고개를 끄덕였다.

"입어볼까?"

아빠가 말했다. 아이가 탈의실로 들어가 금방 옷을 갈아입고 나왔다. 그러고는 양손으로 치맛단을 쥐고 거울 앞에서 빙그르르 돌았다.

"마음에 들어? 그걸로 할까?"

아이가 힘차게 고개를 끄덕였다. 엄마와 아빠가 흐뭇한 표정으로 서로를 쳐다보았다.

"그냥 이거 입혀서 갈게요."

카드를 내밀며 엄마가 말했다. 수진은 아이가 입고 왔던 옷을 비닐봉투에 담았다.

"참 별쭝나지?"

승혜가 말했다. 손님들은 대부분 평범했다. 저 가족처럼 눈에 띄는 사람은 거의 없었다. 수진의 눈엔 아이보다 아이의 부모가 더 특별한 사람들 같았다.

"저 부모…… 참 좋은 사람들인 것 같아요."

"매니저님 눈엔 좋아 보이는구나, 저게. 난 위험해 보여. 내가 저 부모라면 때려서라도 바로 잡겠어. 조금만 달라도 절대로 끼워주지 않는 게 세상인데. 며칠 전에도 애들에게 왕따 당하다가 죽은 아이가 있었잖아. 엄마가 우크라이나 사람이었대. 생김새가 다르다고 초등학생 때부터 계속 시달림을 당했대. 그런 세상이야. 그런데 저건…… 부모로서 직무유기야."

난 어떤 엄마가 될 수 있을까. 수진은 세 가족의 뒷모습을 배웅하듯 바라보며 그런 생각을 하다가 소스라치게 놀랐다. 한 번도 해본 적이 없는 생각이었다. 결혼한 다음 날, 호영은 밤새 지옥에 있었던 것 같은 얼굴로 눈을 떴다. 아침마다 그런 상태란 말을 듣긴 했지만 눈으로 보는 건 그날이 처음이었다. 그녀는 호영 모르게 산부인과로 가서 루프 시술을 받았다. 이 세상에 자신과 호영을 닮은 아이를 내놓는다는 건 정말이지 미친 짓이었다. 그런데 이제 다르게 살아볼 수 있을 것 같다는 설렘 같은 것이 꼬물대고 있었다.

"언니!"

베베 매니저가 종종걸음으로 승혜에게 다가왔다.

"내가 웃긴 거 보여줄게요. 엄청 웃겨."

베베가 핸드폰으로 동영상을 보여주었다. 승혜와 베베가 동시에 웃음을 터뜨렸다. 동영상 내용도 모른 채 수진도 웃었다. 승혜와 베베가 몸을 흔들며 웃어대는 모습이 너무 웃겨서 웃음을 참을 수가 없었다. 승혜가 웃다말고 수진을 빤히 쳐다보았다.

"매니저님도 그렇게 웃을 줄 알아?"

관리자가 지나갔다. 더 웃긴 동영상을 보여주겠다고 핸드폰을 뒤지던 베베가 얼른 자기 매장으로 돌아갔다.

"5년 넘게 함께 일하면서 매니저님 이렇게 웃는 거 처음 본다."

"……"

"혹시 연애해? 맞지? 남자 생겼지?"

"……"

"나야말로 연애나 했으면 좋겠다. 연애한다고 짧은치마 입고 모텔 들락거리고 그럴 때도 있었는데. 언제 이렇게 늙어버렸는지."

"언니도 그러셨어요?"

"그럼! 난 뭐 리즈시절도 없었을까봐? 매니저님, 나도 웃긴 얘기 하나 해줄까?"

"네."

"결혼하기 전에 우리 남편이 제일 멋있어 보였을 때가 언제였는지 알아?"

"……"

"모텔 들어가면서 손 꽉 잡아줄 때."

"네?"

"남자들이 모텔 들어갈 때 딴청을 부리잖아. 몰라, 요즘 젊은 애들은 어떤지. 우리 세대만 해도 보통 다 그랬거든."

"……"

"근데 이 남자는 방에 들어갈 때까지 손을 꽉 잡고 안 놓는 거야. 그게 그렇게 좋을 수가 없더라고."

그래, 연애해도 좋겠다. 평범한, 남들 같은 연애. 그러니까 영화가 끝나면 주전부리 사들고 모텔로 숨어들고, 모텔비가 너무 아깝다 싶어지는 때가 되면 결혼도 하고 아이도 낳고. 전화도 없이 안 들어오는 남편에게 이럴 거면 이혼하자고 문자도 날려보고, 만취해서 돌아온 남편의 양말을 벗기며 지겨워 지겨워, 혼잣말도 해보고. 부부싸움 한 뒤엔 초밥 만들어준다고 밥 위에 물고기 모양 과자 얹어주고, 그걸 보고 웃다보면 저절로 화해가 되고 뭐 그런…….

매장을 나와 수진은 식품관으로 내려갔다. 벌써 세 시였다. 오늘이 호영의 첫 번째 기일이었다. 그녀는 쇼핑카트를 밀고 다니면서 식재료를 담았다. 그녀는 제사상을 차려본 적도 없고 제사 지내는 걸 직접 본 적도 없어 무슨 음식을 장만해야 하는지 몰랐다. 그냥 호영이 좋아하던 음식을 준비하기로 했다. 그녀는 술 진열대 앞을 지나쳤다. 제주 없이 제사를 지내기로 했다. 한 모금이라도 술을 입에 대면 그동안 이를 악물고 견뎌온 게 수포로 돌아갈 게 뻔했다.

차를 몰아 집으로 갔다. 아파트 정문에서 그녀는 거주자 입구로 차를 몰았다. 당연히 올라가야 할 차단기가 꼼짝도 하지 않았다. 수위가 차 앞 유리에 붙은 스티커를 보더니 예전 스티커네요, 하고 말했다.

"두 달 전에 주차 스티커 싹 바꿨거든요."

"아, 네."

"오래…… 어디 다녀오셨나 봐요?"

수진은 네, 라고 대답하려고 했지만 선뜻 말이 나오지 않았다. 그녀는 우선 차를 뒤로 뺐다가 방문객 입구를 통과했다. 시동을 끈 뒤에도 그녀는 차에서 내리지 않았다. 5월에 여름옷을 챙기느라 잠깐 들른 뒤로 처음이니 거의 석 달 만이었다. 호영이 죽은 뒤로 그녀는 집에 있을 수가 없었다. 집에선 잠자는 것은 고사하고 먹고 씻는 것조차 힘들었다. 그녀는 손바닥으로 목덜미를 문질렀다. 수위의 말대로 나는 이제 돌아온 것일까.

수진은 차에서 내렸다. 장본 것들을 꺼내 들고 10층으로 올라갔다. 현관문의 도어록 덮개를 올렸다. 호영이 연락도 없이 밤늦도록 돌아오지 않던 밤들이 떠올랐다. 집에서 기다리다가 도어록 덮개 올라가는 소리가 들리면 그녀는 반가움과 동시에 실망감을 느꼈다. 무사히 돌아오길 바라면서도 한편으론 영원히 돌아오질 않길 바라는 마음. 수진은 집안으로 들어섰다. 묵은 공기에서는 여전히 호영의 냄새가 났다. 그녀는 냉장고 앞에 장본 것들을 내려놓고 집안을 돌아다니며 창문부터 열었다.

벌써 다섯 시가 다 되어가고 있었다. 수진은 우선 잡채부터 하기로 했다. 당면을 찬물에 담가놓고 마늘을 깠다. 그 여자가 떠올랐다. 호영이 남긴 물건을 주겠다고 찾아왔던 여자. 수진은 앞치마에 손을 문지르고 여자에게 카카오톡을 보냈다.

– 오늘이 호영 씨 첫 기일이에요.

– 올래요?

– 같이 저녁 먹게요.

핸드폰을 닫으려는 순간 대화창에 뜬 숫자 1 세 개가 동시에 사라졌다. 마법 같은 순간이었다. 세상이 나를 잊지 않았다고 말해주는 순간이었다. 눈시울이 뜨거워졌다. 하지만 여자는 카카오톡을 확인만 하고 답은 보내지 않았다. 수진은 핸드폰을 닫고 시금치를 다듬었다.

잡채와 애호박전, 두부찌개, 민어구이와 새우튀김이 완성되었다. 이것저것 많이 산 것 같은데 만들어보니 이게 전부였다. 수진은 거실 벽에 교자상을 붙여놓고 호영의 사진이 담긴 액자를 상 한복판에 갖다놓았다. 그리고 음식을 날랐다. 수박과 복숭아도 한 접시씩 올렸다.

수진은 상 앞에 무릎을 세우고 앉아있었다. 여덟 시였다. 여자에게선 여전히 답이 없었다. 수진은 촛불을 켜고 거실등을 껐다. 그리고 장식장 서랍에서 서류봉투를 꺼냈다. 여자가 호영이 남긴 거라며 전해주었던 물건이었다. 봉투에 든 건, 여자의 말대로, 공책이었다. 아무 것도 씌어있지 않은 흰 무지공책. 수진은 흰 종이를 내려다보았다. 마지막 날 아침이 떠올랐다. 출근하려고 신발을 신는데 호영이 뒤에서 그녀를 안았다. 그리고 사랑해 여보, 라고 말했다. 아무 감정이 느껴지지 않는 말투였다. 너무나 사무적인 어조여서 얼핏 화를 내는 것처럼 들리기도 했다. 그때 뒤돌아서서 호영을 안아주었더라면, 나도 사랑해 하고 말해주었더라면, 그랬더라면 그의 죽음을 막을 수 있었을까.

호영이 자살한 뒤, 사람들은 그녀를 위로하면서도 네가 좀 더 노력했다면 그의 죽음을 막을 수 있지 않겠느냐는 시선으로 그녀를 쳐다보았다. 그들은 호영의 상태를 정확하게 알지는 못했다. 왜냐하면 상태가 좋지 않을 때 호영은 집밖을 나서는 일이 거의 없었으니까. 사람들이 본 건 조증인 상태의 호영이었다. 돈 쓰기 좋아하고 세상을 발밑에 둔 것처럼 호언장담하며 하루 이틀 잠을 자지 않아도 지치는 기색 하나 없이 눈이 반짝거리던 호영. 그의 죽음을 막기 위해 나는 어떤 노력을 해야 했을까. 내가 '노오력'을 했다면 뭔가 달라졌을까. 아니 10년 동안 내가 했던 모든 것들은 그 '노오력'의 범주에 속하지 못하는 것들이었나. 그의 죽음을 몇 주 뒤로 미룰 수 있었을지는 몰라도 그의 죽음 자체를 막을 수는 없었을 거라고 그녀는 생각했다. 호영에겐 더 이상 자기 자신과 싸울 기력이 남아있지 않았다. 한바탕 조증이나 울증이 지나가고 난 뒤 호영은 팔을 엇물려서 양손으로 자신의 어깻죽지를 안고 한동안 앉아 있곤 했다. 그건 어쩌면 자신과의 싸움을 그만두고 이제 자신을 안아주고 싶다는 표현이 아니었을까. 호영이 자신을 안아준다는 건, 진실로 자신과 화해한다는 건 죽음밖엔 없었다.

그녀는 촛불을 끄고 불을 켰다. 여자에게선 아직도 답변이 없었다. 수진은 혼자 밥을 먹었다. 먹을 게 입에 들어가자 술 생각이 간절했다. 오늘 하루만 견디자, 수진은 생각했다. 그건 알콜중독자모임에서 만난 사람들이 준 팁이었다. 평생 끊는다고 생각하면 엄두가 나지 않으니 오늘 하루만 끊는다고 생각해요. 그런 하루가 모이다 보면 평생이 되는 거니까. 그런 거라면 얼마든지 자신이 있었다. 여태 그렇게 살아온 그녀였다. 평생을 살아야 한다고 생각하면 하루를 시작하기도 전에 벌써 지치는 기분이었다. 그럴 때마다 수진은 생각했다. 오늘 하루만 살아내면 되는 거라고 생각하자. 그런 하루가 모이면 평생이 될 테니.

상을 치우고 그녀는 침실로 들어갔다. 그녀는 벽에 기대고 앉아 침대 위의 캐노피 파이프를 올려다보았다. 아직도 거기에 허리띠가 매어져 있었다. 호영은 그 허리띠에 목을 매서 자살했다. 호영의 죽음을 확인하고도 그녀는 그 흔적을 지우지 못했다. 그녀는 침대 매트를 밟고 올라섰다. 허리띠를 잡고 그 안에 목을 집어넣어 보았다. 키발을 돋우지 않아도 얼마든지 그 동작이 가능했다. 그렇다면 마지막 순간에 침대에 발만 디뎠어도 죽지 않았을 텐데. 일말의 망설임이나 아쉬움조차 없었던 걸까, 호영의 그 마지막 길엔.

그녀는 호영이 1년 전에 묶어놓은 허리띠를 풀었다. 그리고 불을 끄고 침대에 누웠다. 겨루가 떠오르고 필래요가 떠올랐다. 잠자는 숲을 생각할 때마다 겨루와 필래요가 동시에 떠올랐다.

한 시간 정도 뒤척이다가 수진은 침대에서 일어나 주차장으로 내려갔다. 그녀는 트렁크를 열고 캐리어를 꺼냈다. 집으로 올라왔다. 침실로 들어가 캐리어를 열고 그 안에 든 것들을 다 꺼냈다. 식칼, 밧줄, 비닐봉투, 번개탄, 청산가리가 든 봉투, 제초제, 10리터들이 휘발유통, 그리고 종이가면.

그녀는 바닥에 내려놓았던 종이가면을 다시 집어 들었다. 남자가 십자가에서 죽었다는 뉴스를 접한 날 그녀는 한숨도 자지 못하고 밤새 뒤척였다. 남자에게 빚을 졌다는 부채감이 그녀를 쉴 새 없이 들까불었다. 다음 날, 그녀는 출근하자마자 쇼핑몰 3층 파티용품점에서 이 가면을 샀다. 토리 매니저의 유가족은 여전히 위로금을 받지 않겠다고 버티고 있었다. 외로운 남자가 외로운 그녀를 그냥 지나치지 않은 것처럼 외로운 그 유족들을 위해 그녀도 뭔가 한 가지는 하고 싶었다. 가면으로 얼굴을 가린 채 피켓을 들고 국회의사당 앞에 가만히 서 있는 거라면 해볼 수도 있을 것 같았다. 하지만 그녀는 매일 생각만 할 뿐 아직 행동으로 옮기진 못하고 있었다.

가면을 내려놓고 그녀는 캐리어 안으로 들어가 몸을 잔뜩 웅크리고 누웠다. 내일은 오전 근무만 하고 잠자는 숲으로 내려가야지, 수진은 생각했다. 한 이틀 푹 쉬고 와서 더는 미루지 말고 피켓 시위를 시작해 봐야지. 가면 뒤에 숨어서라면 까짓 것 나라고 못할 게 뭐가 있어. 수진의 머릿속으로 필래요와 함께 산책하고 있는 자신의 모습이 그려졌다. 그 뒤를 검둥개가 쫄랑쫄랑 꼬리를 흔들며 따라오겠지. 수진의 얼굴에 희미하게 웃음이 떠올랐다. 그녀는 팔을 뻗어 캐리어 뚜껑을 닫았다.

*

괘종시계가 자정을 알렸다. 마차가 도로 호박이 되고 말도 시궁쥐로 변해버리는 시각. 명자는 행주를 쥔 채 의자에 털썩 주저앉았다. 이 시각이 되면 명자는 종일 주어진 배역을 연기하다가 무대에서 내려와 분장을 지우고 있는 것 같았다.

명자는 홀을 돌아다니며 식탁보를 걷었다. 필래요가 하품을 하며 눈앞을 지나갔다. 명자는 걷은 식탁보를 바구니에 담아 문밖에 내다놓고 식당을 나왔다. 정원에서 담배 한 대를 피웠다. 언제 왔는지 겨루가 그녀의 발치에 앉아있었다. 그녀는 겨루를 데리고 차에 올라탔다.

그녀는 새집을 향해 차를 몰았다. 빠른 길을 놔두고 언덕 너머로 빙 둘러가는 길을 택했다. 언덕 너머에 재훈이 살고 있었다. 그는 집에 다녀오겠다며 사흘간 휴가를 달라고 했다. 그녀는 얼른 그 말을 이해하지 못하다가 잠깐 시간이 지난 뒤에야 그가 말한 집이 어머니가 사는 집이란 걸 깨달았다. 이 곳은 그에게 집이 아니었다. 여긴 그에게 일터일 뿐이었다. 당연했다. 그런데도 이 곳이 명자 자신에게 집이듯 재훈에게도 집일 거라고, 왜 그렇게 생각해버렸던 걸까.

그의 집엔 불이 꺼져 있었다. 그는 돌아왔을까. 돌아와서 저 안에서 자고 있을까. 그녀는 액셀을 밟았다. 그의 집이 빠르게 멀어져 갔다. 그가 약속을 지킨다면 오늘 아침엔 밥&잠에 나타나야 한다. 집에 다녀오겠다고 인사를 온 그의 손엔 커다란 여행 가방이 들려 있었다. 사흘간의 여정이라기엔 가방이 너무 지나치게 컸다. 필래요의 장례를 치르고 명자는 재훈이 곧 이 곳을 떠날 거라고 생각했다. 아무래도 상관없었다. 떠나면 떠나서 좋고 남는다면 남아서 좋았다. 떠나면 떠나서 싫고 남는다면 남아서 싫었다.

차가 언덕을 넘었다. 자정이 넘었지만 잠자는 숲은 불빛과 소음에 휩싸여 있었다. 마을원주민들의 상당수가 농사를 접고 가게를 열면서 이젠 누구도 그 불빛과 소음을 문제 삼지 않았다. 가게를 차릴 만큼의 여력이 없는 사람들은 집을 손봐서 민박집을 운영했고 그 정도의 자금력마저 없는 사람들은 서둘러 중고자판기라도 사서 놓거나 길가에 좌판을 깔고 도토리묵을 팔았다.

새집에 도착했다. 겨루는 현관 앞에서 멈춰 서더니 안으로는 한 발자국도 들어가려 하지 않았다. 명자는 겨루를 놔두고 혼자 안으로 들어갔다. 집안을 돌아다니며 스위치를 올렸다. 필래요의 죽음을 맨 처음 목격한 건 명자였다. 그녀는 마룻바닥에 앉아 허공에 매달린 딸을 멍하니 쳐다보기만 했다. 그러다가 경찰이 와서 필래요를 계단 난간에서 내린 뒤에야 정신을 차리고 달려가 딸의 몸에 손을 댔다. 팔을 만지고 다리를 만지고 얼굴을 만질 때도 눈물 한 방울 보이지 않던 그녀가 필래요의 바짓가랑이에서 똥을 만지는 순간 딸의 아랫도리를 끌어안은 채 까무러치고 말았다.

명자는 소파로 가서 앉았다. 그리고 필래요가 목을 매달았던 자리를 똑바로 쳐다보았다. 필래요가 떠난 뒤 명자는 매일 밤마다 이 곳에 왔다. 딸이 왜 그런 선택을 했는지 이해할 수가 없었다. 딸의 선택을 납득할 수 있다면. 그래서 목 놓아 울 수라도 있다면. 필래요가 주방에서 나와 계단을 올라갔다.

명자는 일어났다. 현관으로 나가려다가 명자는 보일러실로 갔다. 조심스럽게 문을 열었다. 얼마 전부터 비둘기들이 나뭇가지를 물어다가 집을 짓더니 사흘 전에 알을 낳았다. 그런데 무슨 이유에선지 어미가 알을 품지 않았다. 수컷은 뒤에서 울고 암컷은 알을 쪼아대기만 했다. 지금은 그나마 암컷도 수컷도 보이지 않고 알만 덩그마니 놓여있었다. 돌아서려는데 필래요와 남편과 자신이 비둘기들에게 그대로 대입되면서 목구멍 저 안쪽에서 우우, 하는 소리가 솟구쳐 올라왔다. 눈물은 나오지 않았다. 명자는 입으로만 울었다. 필래요를 때리던 날이 떠올랐다. 집도 아닌 사거리에서였다. 필래요가 레슨을 가지 않은 걸 알고 명자는 주먹으로 딸의 머리통을 후려쳤다. 필래요의 나이 아홉 살 때였다. 우우우우…… 눈물이 가슴에서 소용돌이 쳤다. 명자는 주먹으로 가슴을 퍽퍽 쳤다. 그래도 눈물은 나오지 않았다.

그녀는 겨루와 함께 밥&잠으로 돌아왔다. 정원에 서서 그녀는 담배에 불을 붙였다. 필래요가 대문을 향해 걸어가고 있었다. 하루 종일 필래요는 명자 앞을 오갔다. 늘 옆모습이나 뒷모습만 보일 뿐 얼굴은 한 번도 보여주지 않았다. 낮이건 밤이건 명자의 세상은 온통 회색이었다. 오직 필래요만이 빨갛고 파랗고 노란 색깔을 갖고 있었다. 명자는 연기를 내뿜었다.

식당 안에서 괘종시계가 종을 두 번 쳤다. 자야했다. 명자는 담배를 끄고 방을 향해 걸음을 떼었다. 필래요가 별채를 향해 걸었다. 그러다가 누군가를 기다리는 듯 별채 현관문 앞에 우뚝 섰다. 명자는 무언가에 이끌리듯 별채로 갔다. 도어록 덮개를 올리고 일곱 자리의 숫자를 눌렀다. 제발 열리지 않았으면 했지만 찰칵, 잠금장치가 풀렸다.

명자는 안으로 들어갔다. 필래요가 떠난 뒤 이 곳에 들어온 건 지금이 처음이었다. 필래요가 죽은 장소인 새집엔 매일 가면서도 이상하게도 별채엔 들어갈 수가 없었다.

그녀는 신을 벗었다. 그랜드피아노가 그녀 앞에 버티고 있었다. 그녀는 불도 켜지 않은 채 피아노 앞으로 갔다. 뚜껑을 열고 의자에 앉았다. 건반 위에 열 손가락을 올려놓았다. 필래요가 예중 입학시험을 치르던 날이 떠올랐다. 명자는 추운 운동장에서 딸을 기다렸다. 입실하고 두어 시간 만에 필래요가 본관 현관문을 밀고 나왔다. 필래요는 문 앞에 서서 고개를 갸웃한 채 하늘을 올려다보았다. 얼굴까지 잔뜩 찡그리고 한참을 그렇게 서있었다. 망쳤구나 싶어서 명자는 가슴이 내려앉았다. 필래요가 고개를 돌려 엄마를 쳐다보았다. 그리고 무표정한 얼굴로 뚜벅뚜벅 걸어왔다. 어땠어?…… 잘 쳤어…… 마주르카는? 마지막 부분 실수 없었고?…… 응, 평소보다 더 잘 쳤어…… 스케일은? 내려올 때 손가락 안 꼬였어?…… 다 잘 쳤어. 보나마나 합격이야. 걱정하지 마, 엄마…… 근데 표정이 왜 그래?…… 그냥 이상해서. 고작 10분 동안 시험 치르기 위해 1년 동안 그렇게 살았다는 게 그냥 너무 허무해서. 명자는 웃었다. 열세 살 먹은 꼬맹이의 입에서 튀어나온 허무라는 낱말이 그녀를 웃게 했다. 그땐 그랬다. 지금은 그 낱말이 갈퀴처럼 그녀의 가슴을 박박 긁었다. 그녀는 상체를 앞뒤로 흔들었다. 그때 피아노를 그만두게 했더라면. 필래요가 일반 학교로 전학가고 싶다고 그렇게 조를 때 그때라도 뜻을 받아주었더라면.

건반덮개를 깔고 그녀는 피아노 뚜껑을 덮었다. 이제 자야지. 자야 아침에 일어나 장사를 하지. 장사를 해야 돈을 벌지. 돈을 벌어야…… 아무튼 돈을 벌어야지. 그녀는 침실로 들어갔다. 필래요가 침대에 누워 있다가 발딱 몸을 일으켰다. 그녀는 침대에 누웠다. 눈을 감았다. 잠이 들었다.

얼마 뒤, 명자는 현관문 여닫는 소리에 잠에서 깼다. 곧 침실문이 열렸다. 재훈이었다. 침대를 향해 걸어오다가 그가 멈칫했다. 잠시 뒤 그는 침대로 올라와 명자 옆에 누웠다. 그가 몸을 뒤척이다가 명자 쪽으로 돌아누웠다. 그의 호흡이 팔뚝에 고스란히 전해졌다. 명자는 눈을 감았다. 머릿속에 닭이 안쳐진 커다란 냄비가 그려졌다. 냄비에서 김이 솟아올랐다. 닭 익는 냄새가 퍼지기 시작했다. 명자는 텐트 안에 누워있었다. 텐트 안에는 베토벤이 흐르고 있었고 텐트 바깥에 걸어놓은 냄비에선 뚜껑이 들썩이도록 푹푹 김이 뿜어져 나왔다. 평화롭게, 평화롭게 닭이 익어가는 시간이었다. 그녀도 잠이 들었다.

얼마쯤 잤을까. 재훈이 가만히 몸을 일으켜 침대를 빠져나갔다. 이제 떠나는 거구나, 떠나기 위해 돌아왔던 거구나, 그녀는 생각했다. 곧 조용히 현관문 닫히는 소리가 들렸다.

네 시가 되길 기다렸다가 명자도 일어났다. 별채를 나와 자기 방으로 가서 샤워를 했다. 담배를 한 대 피우고 공들여 화장을 했다. 반듯하게 다려진 검정블라우스에 흰 치마를 입고 식당으로 갔다. 식당 문이 열려 있었다. 불도 환하게 켜져 있었다. 그녀는 앞치마를 두르고 조리실로 들어갔다. 재훈이 회색 셔츠에 검정 바지를 입고 앞치마를 두른 모습으로 가스레인지 앞에 서 있었다.

"곤드레가 어디 있지요, 사장님? 아무리 찾아도 안 보여요."

재훈이 나무주걱으로 냄비 속을 휘저으며 물었다.

"어젯밤에 삶아서 창고 냉장고에 넣어놨어요."

명자가 대답했다.

"아, 창고 쪽은 생각도 못했어요. 매일 하던 일인데, 고작 3일 쉬었다고……"

재훈이 콧잔등을 찡그리며 웃었다. 명자는 함박을 들고 쌀독 쪽으로 발을 떼어놓았다. 필래요가 쌀독 뚜껑에 앉아 아이처럼 다리를 흔들며 명자를 쳐다보고 있었다.

에필로그

목수아저씨가 내 앞에 장화를 내려놓았다. 아저씨의 작업장 입구였다. 내가 신을 갈아 신기를 기다렸다가 아저씨가 내 샌들을 커다란 비닐봉투에 담았다. 그리고 손전등을 밝히고는 땅바닥에 찍힌 샌들 자국을 발로 문질러 지웠다.

"집에 돌아갈 때도 과수원 앞까지는 장화를 벗으면 안 돼. 알았지, 필래요?"

나는 고개를 끄덕였다. 몇 걸음 걸어보았다. 남자 성인 장화를 신고 비에 질척해진 땅을 걷는다는 건 생각보다 쉽지 않은 일이었다. 자꾸 발이 장화 밖으로 빠져 나오려고 해서 팔자걸음을 걸을 수밖에 없었다. 하지만 발이야 아무래도 상관없었다. 아저씨가 손전등까지 비춰가며 꼼꼼하게 내 발자국을 지울 때 며칠 전에 저녁식사 자리에서 아저씨가 했던 건배사가 떠오르며 눈앞이 새카매졌다. 이것은 당신들을 위해 흘리는 내 피입니다. 뭔가 끔찍한 일이 벌어지려고 하고 있었다. 도대체 무슨 일일지 상상도 할 수 없지만 너무나 끔찍한, 내가 도저히 감당할 수 없을 만큼 무서운 일이.

"자, 이걸 벗어선 안 돼. 맨손으론 아무 것도 만져선 안 돼."

아저씨가 흰 목장갑을 내 양손에 끼워주었다. 아까부터 자꾸 안 된다는 말을 반복하는 아저씨가 낯설었다. 아저씨는 안 된다는 말을 하는 사람이 아니었다. 나야말로 아저씨에게 안 된다고 말하고 싶었다. 무조건 안 된다고 말하고 싶었다. 하지만 그건 마음일 뿐 나는 또 아저씨의 말에 말없이 고개를 끄덕였다. 아저씨가 나를 데리고 평상으로 갔다. 평상에 내려놓은 손전등이 담벼락을 스크린처럼 비추고 있었다. 담벼락 바로 앞에 십자가 세 개가 나란히 세워져 있었는데 커다란 십자가를 중심으로 양 옆으로 작은 십자가가 있었다. 어제까지만 해도 이 자리엔 십자가가 없었다. 몸이 떨리기 시작했다. 나는 아저씨를 쳐다보았다. 아저씨도 떨고 있었다. 떨기만 하는 게 아니라 손바닥으로 자신의 머리를 치며 무슨 말인가를 쉼 없이 중얼대고 있었다. 그러다가 아저씨는 십자가 앞에 엎어지듯 주저앉았다. 하도 급작스러워서 처음엔 자빠졌는 줄 알았다. 아저씨가 눈을 희번덕거리며 기도를 시작했다. 처음엔 작정하고 시비를 거는 어조이더니 점차 아저씨의 목소리가 차분해졌다. 나는 손전등을 쥐고 작업장을 한 바퀴 비춰보았다. 빨랫줄에 널린 수건 두 장과 흰 셔츠가 눈에 들어왔다. 무대의 소품처럼 늘 저 자리에서 비가 오면 비를 맞고 바람이 불면 바람을 맞다가 해가 뜨면 바싹 마르길 반복하던 저것들. 이게 연극무대라면, 그래서 연극이 끝난 뒤 뜨거운 박수를 받으며 무대를 내려올 수 있는 거라면.

"필래요."

아저씨가 내 옆에 앉았다.

"난 이제 죽을 거야."

나는 아무 말도 하지 않았다. 할 수가 없었다. 토할 것 같았다. 심장이 뇌로 옮겨간 것처럼 머리가 쿵쿵 뛰었다.

"넌 증인으로 이 자리에 있으면 돼. 이 모든 것의 증인이 되어야 해."

아저씨가 나를 가만히 일으켜 세우더니 내 몸을 꽉 끌어안았다.

"필래요, 나의 마리아."

포옹을 풀고 아저씨가 내 정수리에 입을 맞추었다.

"넌 나를 따르던 사도 마리아이며, 옥합을 깨트려 내 발에 향유를 부어 장례를 준비한 베다니의 마리아이며, 갈보리에서 내 죽음을 지켜본 막달라 마리아이고, 십자가 곁에서 아들의 죽음을 견뎌낸 어머니 마리아야."

아저씨가 내 턱을 치켜들더니 내 눈을 물끄러미 들여다보았다. 그런 채로 한참 침묵이 흘렀다.

"부활한 예수를 처음으로 만난 여인도 마리아였어. 기꺼이 또 한 번…… 그 마리아가 되어줄 거지?"

나는 정신을 차리고 아저씨를 힘껏 밀쳤다.

"왜 그래야 하는데요?"

"다 죽어가고 있어. 사방이 온통 시체 냄새야. 이 죽음을 막을 수 있는 건 부활밖에 없어."

아저씨가 텐트로 가더니 커다란 가방을 들고 왔다. 아저씨는 큰 십자가 오른쪽에 있는 작은 십자가에 박아놓은 못에 가방에서 꺼낸 것들을 하나씩 걸기 시작했다. 나는 손전등으로 십자가를 비춰보았다. 망치, 드릴, 흰 끈들, 그리고 회칼. 칼날이 불빛을 받아 날카로운 빛을 되쏘았다. 그 순간 이 공간에서 펼쳐질 일들이 내 눈 앞을 빠르게 지나갔다. 나는 비명을 지르며 그 자리에 고꾸라졌다.

*

담벼락에 십자가 세 개가 나란히 세워져 있다.

새벽.

무대의 끝에서 목수가 등장한다. 머리에는 날카로운 가시관을 쓰고 흰색 트렁크 하나만 몸에 걸치고 있다. 목수는 맨발로 진흙탕 속을 천천히 걸어 십자가 앞으로 온다.

흙바닥에 쓰러져 있던 필래요, 눈을 비비며 일어난다. 사방을 두리번거리다가 어느 순간 정신을 차리고 목수에게 뛰어간다.

필래요 부활하지 못하면요?

목 수 (필래요를 돌아보며) 나는 부활이요 생명이니.

필래요 아저씨가 하나님의 아들이라고요?

목 수 (필래요의 눈을 깊게 들여다보며) 응.

필래요 아저씨가 예수라고요?

목 수 응.

필래요 (주먹으로 가슴을 두드린다) 아저씨, 정말!
(가슴을 마구 쥐어뜯다가 목수를 향해 휙 몸을 튼다) 안하면요? 죽어버리고 끝이면요?

목 수 (필래요를 뒤로 힘껏 밀치며 엄한 목소리로) 내 아버지의 이름으로 명하노니 더러운 사탄아, 물러가라.

필래요, 뒤로 엉덩방아를 찧으며 넘어진다. 잠시 뒤 자리에서 일어나 평상으로 가서 앉는다.

목수, 대못 몇 개를 입에 물고 십자가에 등을 대고 선다. 그리고 오른발을 십자가에 올리고 대못을 발등에 대더니 망치 든 오른손을 높이 치켜든다. 그리고 망설임 없이 망치를 내리친다.
못 박힌 발등에서 피가 흐른다. 목수는 왼발도 십자가에 올리고 똑같이 못질을 한다. 목수의 얼굴이 고통으로 일그러진다.
필래요, 몸부림친다.

목수, 끈으로 허리를 십자가에 단단히 고정시키고 목과 왼쪽 어깨도 십자가에 묶는다. 목수의 발등에서 피가 줄줄 흐른다. 가시에 찔린 이마에서도 피가 흐른다.

숨을 몰아쉬다가 목수, 팔을 뻗어 오른쪽 십자가에 걸어둔 회칼을 쥔다. 칼끝을 옆구리에 댔지만 멈칫거리기만 할 뿐 찌르지 못한다.

목 수 (필래요를 쳐다보며) 못 하겠어, 필래요. 너무…… 너무……

필래요, 자리에서 일어나 목수에게로 간다. 그리고 목수를 묶은 끈을 풀기 위해 손을 내미는 순간 하늘에서 밝은 빛이 쏟아져 내려온다.

목소리 (무대 위에서 울려 퍼진다) 이는 내 사랑하는 아들이다.

필래요 (두 손을 모으고 독백한다) 아, 이제야 모든 게 보여. 할아버지 집에 불이 났을 때 날 깨워서 집 밖으로 데리고 나온 존재, 그 분은 하나님이었어. 그 하나님이 나를 아저씨와 만나게 했고 이 자리에까지 있게 한 거야. 이 모든 게 오늘 이 순간을 위한 과정이었어.

목 수 (애절한 목소리로) 필래요, 어서……

필래요, 바닥에 엎드린 채 꼼짝도 하지 않는다. 목수가 끈을 풀려는 듯 몸을 버둥대기 시작한다. 움직일수록 몸에서 피가 더욱 철철 흘러내린다. 목수, 회칼을 바닥에 떨어뜨린다.

목 수 (소리를 지른다) 씨발! 얼른 풀라니까!

필래요, 고개를 들고 목수를 쳐다본다. 흰 자위밖에 보이지 않는 눈, 거품을 가득 물고 있는 입.

목 수 (다른 사람이 된 듯 지금까지와는 딴판인 목소리로) 아, 씨발. 나한테 왜 이러는데? 나도 싫다고 했잖아. 그러지 말라고 했잖아. 아, 좆도! 좆까지 말라구!
(다시 애절한 목소리로, 바로 앞에 있는 누군가에게 말하듯) 아팠지? 많이 아팠지? 형 때문에…… 많이 아팠지?
(다시 성난 목소리로 필래요를 향해 악을 쓴다) 씨발 좆같은 년아. 풀라구! 얼른 와서 풀라구, 이 개 같은 년아!

필래요, 엎드린 채 꼼짝도 하지 않는다.

목수, 십자가 위에서 몸부림친다. 그의 몸이 점점 아래로 처진다. 목수, 핏발 선 눈을 부릅뜨고 필래요를 노려본다.

침묵.

긴 침묵.

필래요, 엉엉 울면서 목수에게 다가가 바닥에 떨어진 회칼을 주워 그의 손에 들려준다. 회칼을 쳐다보는 목수의 얼굴이 점차 평온해진다. 그의 눈에서 눈물이 흐른다. 목수, 회칼로 자신의 옆구리를 찌른다. 또 다시 실신하는 필래요.

목 수 (하늘을 우러르며 큰 소리로) 내 아버지, 어찌하여 나를 버리셨습니까.

목수, 드릴로 자신의 양손 손바닥에 구멍을 뚫는다. 그리고 십자가 가로 널빤지에 걸어둔 고리에 팔을 끼운 뒤 미리 박아둔 대못에 손바닥의 구멍을 끼워 넣는다.

침묵.

목수의 몸이 점점 아래로 처진다. 이제 바닥에 무릎을 꿇고 앉은 모양새가 된다. 목에 맨 줄이 그의 목을 조른다. 그의 얼굴이 붉어지다 못해 검은 색으로 변한다. 혀가 쑥 튀어나온다. 고개가 푹 꺾인다.

필래요, 정신을 차리고 벌떡 몸을 일으킨다. 주위를 두리번거리다가 십자가 앞으로 가서 그 앞에 털썩 주저앉는다.

침묵.

긴 침묵.

필래요, 무릎걸음으로 목수에게 다가간다. 콧구멍 앞에 손가락을 대 본다. 그리고 십자가 앞에 배를 깔고 양 팔을 뻗은 자세로 부복한다.

동이 튼다.

필래요

채영신 지음

발 행 처 · 도서출판 청어
발 행 인 · 이영철
영 업 · 이동호
홍 보 · 천성래
기 획 · 남기환
편 집 · 방세화
디 자 인 · 이수빈 | 김영은
제작이사 · 공병한
인 쇄 · 두리터

등 록 · 1999년 5월 3일
(제321-3210000251001999000063호)

1판 1쇄 발행 · 2020년 5월 30일

주 소 · 서울특별시 서초구 남부순환로 364길 8-15 동일빌딩 2층
대표전화 · 02-586-0477
팩시밀리 · 0303-0942-0478

홈페이지 · www.chungeobook.com
E-mail · ppi20@hanmail.net
I S B N · 979-11-5860-849-1(03810)

이 도서의 국립중앙도서관 출판시도서목록(CIP)은 서지정보유통지원시스템 홈페이지(http://seoji.nl.go.kr)와 국가자료공동목록시스템(http://www.nl.go.kr/kolisnet)에서 이용하실 수 있습니다.(CIP제어번호: CIP2020017635)